誰《た》そ彼《がれ》の殺人

小 松 亜 由 美

幻冬舎文庫

誰《た》そ彼《がれ》の殺人

目次

恙《つつが》なき遺体

1

法医解剖室《ほういかいぼうしつ》はいつも暗いし空気が重い。どんなに換気してもホルマリンの臭気が消えず、軽く噎《む》せる。数匹の小バエが飛来していて少々不快な気分になった。蛍光灯からぶら下げられているハエ取り紙は、大きなハエを何匹も吸着し黒々としている。そろそろ交換時期だ。解剖着に着替えると、少し動くだけでも汗をかく。今は春で肌寒いからまだ良いが、梅雨から真夏はうんざりだ。額にまで汗が滲《にじ》んできた。せっかくのメイクが台無しである。後で鏡を見るのが恐ろしい。

上下布製の術衣《じゅつい》の上から、足元まであるディスポーザブル（使い捨て）の長いガウンを着用。同じくディスポーザブルの帽子、顔を覆うフェイスシールドはプラスチック製で透明、前方が広く見渡せる。口を覆うN９５マスク。これが少々息苦しい。手袋はニトリル製のものを二重に嵌め、更に軍手と三重仕様だ。そして長靴。これらを身に着けると、まるで宇宙服だ。

当大学の法医解剖室には二台の解剖台が設置されているので、執刀医が二人いれば同時進行が可能だ。いつも使用しているのは奥の解剖台で手前が予備である。解剖台の数は大学によって違いがあるものの、一台から二台が普通だろう。大理石製やステンレス製などまちまちだが、ここではステンレス製を採用している。

警察と遺体が既に到着しているので、急いで解剖器具を揃えなくては。私は小走りで奥の解剖台へ駆け寄った。

ステンレス製のメスホルダーに替刃をセットし、有鉤《ゆうこう》、無鉤《むこう》のピンセットや数種類の剪刀《せんとう》、肋骨《ろっこつ》剪刀、骨膜剝離子《こつまくはくりし》、鉗子《かんし》などの本数をチェックしながら並べる。

一通りの作業が終わる頃、ドアの磨《す》りガラスに赤い光が反射した。車のテールランプだ。どうやら警察車両が遺体を運び出すために移動したらしい。遺体の搬入を見届けねば。

遺体搬入口のドアを開ける前、一度ジャンプして自分に気合いを入れる。ゲン担ぎの儀式だ。更に、長時間立ちっぱなしになるので、準備運動のためでもある。

勢い良くドアを開けると白いワゴンが横付けされていた。所轄署の遺体搬送車両だ。そして、普通車が一台。こちらは宮城県警察本部の車両である。

法医解剖には、宮城県警本部から検視官《けんしかん》が一名と、検視官補佐が一名から二名解剖に参加する。そして、遺体発見現場を管轄している所轄の警察署から、警察官が数名と解剖中に写真撮影を担当する鑑識一名が解剖に入る。今日は仙台北署だ。

遺体がビニール製のエンゼルバッグに包まれたままストレッチャーに乗せられ、数名の警察官の手で運ばれて来た。私の前で止まると、所轄の警察官が礼をする。身の引き締まる瞬間である。

解剖台までの通路には、床に嵌め込み式の体重計があり、それでストレッチャーごと計測する。ストレッチャーの重さを引けば遺体の体重になる。

「後で書記担当の方に体重を申告して、ホワイトボードに書いてもらってください」

マスクのせいで声がこもるので、声を張り上げる。解剖中も警察官に多くの指示を出す。そのせいで解剖後はいつも喉が痛い。

体重を計測後、遺体をエンゼルバッグから出し、解剖台に乗せる。仙台北署の警察官は私より若い男たちだったが非力で、ふらつきながら遺体を解剖台に乗せようとしていたので、思わず介助してしまう。明らかに私の力が彼らを上回っていた。

遺体に一礼してから、ざっと外表《がいひょう》を観察する。比較的若い男性で目立った創《きず》は見られない。

法医学分野では〈創〉と〈傷〉を使い分ける。〈創〉は開放性の損傷《そんしょう》——いわゆるぱっくりと割れたキズ——に使用され、〈傷〉は非開放性の損傷に用いられる。刺されてできたキズは刺創《しそう》、切ったキズは切創《せっそう》、擦れてできたキズは擦過傷《さっかしょう》など。但《ただ》し、これらは厳密ではない。

法医解剖に掛かる時間は、創の多さに比例する。だが、身体の外表に創がないからといって「解剖が早く終わりそうだ」などと油断は禁物。転落や交通事故に多いのだが、外表は綺麗なのに中を開いたら臓器や骨がぐちゃぐちゃで、解剖時間が格段に長引くことがある。この遺体も最後まで何があるか分からない。

執刀医が来る前に遺体の写真撮影をおこなう。撮影担当は所轄の鑑識係だ。解剖台に乗せられる遺体は勿論、全裸である。その遺体の全身や顔面のアップ、眼瞼《がんけん》（まぶた）、眼球、口腔内《こうくうない》、頸部《けいぶ》、そして創のアップを撮影する。直腸温《ちょくちょうおん》と身長も計測し、執刀前の作業はこれで終了となる。

私、梨木楓《なしきかえで》は臨床検査技師《りんしょうけんさぎし》で、法医解剖技官の職務に就《つ》いている。

五年前、杜《もり》の都は仙台に位置する国立大学、杜乃宮《もりのみや》大学医学部保健学科検査技術専攻を卒業し、そのまま杜乃宮大学医学部法医学教室へ就職した。

何故、臨床検査技師の資格を取得したかというと、全ては法医学のためである。

小学校高学年で横溝正史《よこみぞせいし》の『獄門島《ごくもんとう》』に出会ったのが全ての始まりだ。それをきっかけに推理小説にはまり、古今東西、和洋問わず読み漁《あさ》った。そして、法医学や科学捜査に興味を持ったのだ。

法医学者になるためには、医師にならなければならない。その難関を突破するには、私の軽い脳味噌では無理だと早々に判断、臨床検査技師の資格を取り解剖技官として法医学教室に潜り込むことを決めたのだ。

臨床検査技師の就職先と言えば、やはり病院である。患者の採血や血液検査、エコー（超音波）検査などの検査業務全般に携《たずさ》わる。よって、私のように法医学教室に潜り込むために臨床検査技師の資格を取得する人物はほぼ皆無《かいむ》ではなかろうか。

念願の法医学教室で働くことができて嬉しい反面、想像と違って戸惑いが多い。現実は過酷だ。毎日が修業である。

我が法医学教室は宮城県内で発見される異状《いじょう》死体（変死体）の死因究明――検屍《けんし》、解剖、検査など――を一手に引き受けている。宮城県内には医学部が設置されている大学が一つしかない。よって、否応なしに一極集中となる。ちなみに異状死体とは、自然死（老衰）や病死ではなく犯罪死の疑いのある死体のことだ。

「遺体外表の写真撮影は終わったのか」

背後から急に声を掛けられ、驚いて飛び上がる。

「これから解剖なんだから緊張感を持てよ」

偉そうに仁王立ちする我が上司は、今宮貴継《いまみやたかつぐ》、三十二歳独身。法医学教室の若き准教授、新進気鋭の法医学者だ。解剖実務、研究、医学部生への教育全てが素晴らしいと称えられる法医学者なんてそうはいない。どれかが欠けているのが世の常なのだが、今宮は腹が立つぐらいカンペキ。上司である教授からの信頼も厚い。しかし、当の本人は周囲の評価はどこ吹く風といった様子で、常に飄々《ひょうひょう》としている。そんなマイペースな今宮が羨《うらや》ましい。

「男子更衣室の手袋のストックがなくなりそうだったぞ。すぐに発注しとけ」

「すみません。どうもそちらの部屋には入り辛くて……」

今宮は、ふん、と鼻で笑った。

「もうすぐ三十路《みそじ》なんだから別に恥ずかしがることじゃないだろう、男子更衣室ぐらい」

「まだ三年ありますよ！」

私が大声を張り上げたものだから、警察官らが何事かと一斉にこちらを振り返る。私は恥ずかしくなって縮こまった。マスクやフェイスシールドで顔が見えないのが幸いである。

今宮は低く笑う。

「始めるぞ」

私も慌てて後を追う。

今宮が解剖台に着くと室内の雰囲気が一変する。仙台北署の警察官たちは壁際に並んで立つと背筋を伸ばす。検視官も直立不動の姿勢を取った。私は解剖台を挟んで今宮の向かい側に立つ。

「それではこれより、剖検《ぼうけん》番号一七八三の司法解剖を開始します。黙禱《もくとう》」

今宮は遺体に黙禱を捧げる。他の皆もこれに倣《なら》う。

黙禱後、私は時計に目を遣《や》り、ホワイトボードの横に立っている警察官に指示を出す。

「開始時刻は十三時三十分です。解剖開始時刻の記載をお願いします」

解剖室の壁にはホワイトボードが取り付けられていて、解剖番号や日付、遺体の名前、年齢、身長、体重の他に臓器の重さなどを記載する場所がある。毎回、所轄の警察官が一名、記載を担当してくれる。

更に、解剖台の横には書記用の机があり、一台のデスクトップパソコンが載っている。書記係の検視官補佐は、解剖所見をここで入力するのだ。カタカタとタイピングをする小気味よい音が聞こえて来た。

こうして、今宮執刀による司法解剖が始まった。

解剖台の遺体に視線を移す。遺体はでっぷりと肥《こ》えた色白の男性だが、皮膚の色はどちらかというと黄色を呈している。芦田太一《あしだたいち》、四十二歳、男性。東京都内にある三日月《みかづき》出版の編集者である。外表には目立った外傷が見当たらない。果たして死因はいかなるものか。

本日の午前中、芦田太一の遺体発見現場である作並《さくなみ》温泉のとある旅館にて、今宮と私は芦田の検屍（検案）を終えて来たばかりなのだ。検屍の詳細は午前中に話を遡《さかのぼ》る。

2

四月二十四日、金曜日。早朝から今宮に呼び出された。週末だからといって気を抜けない。電話の内容は「作並温泉のとある旅館で男性の異状死体が発見された」というもの。すぐに遺体が法医解剖室へ搬送されてくるかと思いきや、検視官の要請で現場へ出向くことになった。宮城県警より検屍要請があればいつでもすぐに出発できるよう、常に最低限の準備をしている。

法医学教室の検査室にて検屍用バッグの中身を確認する私の横で、今宮は珍しく神妙な面持ちだ。久々の検屍で緊張しているのだろうか。そうだとしたら、意外にも繊細である。

やがて検視官らの迎えがあり、我々は警察車両へ乗り込んだ。

宮城県警本部の検視官、小倉由樹《おぐらよしき》警部は今宮の高校時代の同級生である。今宮も小倉も仙台市内の生まれ。高校、大学も仙台なので生粋の仙台人だ。

ちなみに検視官とは、異状死体を解剖するか否かを判断しなければならない、警察官の中でも重要な役職である。各都道府県警察本部にて一名から数名が任命されている。十年以上の犯罪捜査や鑑識経験を有し知識の豊富な者が、大学の法医学教室などで研修を受けて初めて検視官となれる。階級は警部か警視以上だ。

小倉検視官と吉田巌《よしだいわお》検視官補佐、今宮と私が乗った車は、国道四十八号を西に進む。杜乃宮大学医学部・歯学部学舎がある星陵《せいりょう》地区の南側を通る国道四十八号は作並街道とも呼ばれている。

車窓の景色は住宅街からすぐに新緑へと変わった。天気は雲一つない快晴。若葉が陽光にきらめいて、水彩画のような景色が続く。左右の車窓を交互に眺めてキョロキョロしてしまった。これが旅行なら楽しいのに。

国道四十八号とJR仙山《せんざん》線は作並まで併走するので、陽光を受けて快走する電車が木々の間から時折見え隠れした。

僅《わず》かな時間とお金で温泉地に来られるとは贅沢だ。仙台市内から三十分も経過していない。早朝に出発したおかげで渋滞は免《まぬが》れた。

小倉は助手席で窮屈そうに座っている。モデル並みの高身長ゆえだ。ステアリングを握る吉田は温泉巡りが唯一の楽しみらしい。強面《こわもて》の外見からは想像もつかない趣味である。

「これが仕事じゃなかったら、絶好の行楽日和《びより》ですよ。作並は何度も訪れているんですがね。本当にいい所ですよ」

小倉と今宮は温泉に全く興味がないらしく、吉田の話を生返事で聞いていた。これでは一回り以上年長の吉田が可哀想である。私だけが一生懸命に相槌《あいづち》を打っていた。

今宮が車窓の外に目を遣りながら、助手席のシートをポンと叩く。

「小倉検視官。今の内に事件概要《がいよう》を詳しく聞かせてくれないか。遺体の身元は分かっているのか？」

「了解」

退屈していた様子の小倉は嬉々として今宮に応じ、揺れる車内で分厚い書類を器用に捲《めく》り始めた。こちらは酔いそうになる。

それにしても、小倉は三十代で警部、更に検視官とは生え抜きのエリートだ。小倉は国家公務員試験を楽々パスしキャリア組への道が拓けていたのにもかかわらず、それをわざわざ蹴って地方公務員試験を受け、今に至るらしい。今宮も小倉もどのような教育を受けて来たのだろう。二人の脳を取り出して見たい。

宮城県警本部の捜査第一課には検視官が五人いて、小倉はその中の一人である。無論最年少だ。小倉の階級は警部、吉田が警部補となっている。

「身元は割れている。ホトケさんは芦田太一、四十二歳。東京都内にある三日月出版の編集者だそうだ。そこそこ大手だな」

三日月出版はミステリ専門の出版社で、確か本社は飯田橋にある筈《はず》。私の部屋の書棚にも文庫本や単行本が何冊かある。

一一〇番通報は本日の午前六時二十五分。第一発見者は旅館の仲居だという。ここで素朴な疑問が浮かんだので、質問してみた。

「こんな早朝に、どうして仲居さんがその部屋に行ったんですか」

「ホトケさんと朝の散歩を約束していた人物が、仲居に依頼したそうだ。『部屋を見に行って欲しい』とね。芦田太一は時間に正確な男で、約束の時間に遅刻なんてあり得なかったと。旅館は『青葉会』のメンバーしか宿泊しておらず、大した騒ぎにはならなかった。客室で亡くなるお客さんも時々いるから、旅館も死人が出た時の対応に慣れたもんだったよ。発見者の仲居がすぐに一一〇番通報をし、熊ヶ根《くまがね》駐在所の警察官が駆けつけた。その後で仙台北署から宮城県警本部へ通報と相成った訳」

「芦田さんは観光目的で作並にいらしたんですか？」

「仙台在住の推理作家で結成されたサロンの懇親会だそうだ。それが『青葉会』。毎年一回ほどおこなわれているそうで、ガイシャはその幹事役だったらしい」

推理小説に目がない私は「本当ですか！」と浮かれたものの、サロン構成メンバーの名を聞いてすぐに落ち着きを取り戻す。特に興味のある作家がおらず、どの人物の作品も全く読んだことがなかったからだ。

「芦田太一は自分の客室で亡くなっていた訳か。布団の上で？」

推理小説にまるで興味のない今宮が話を逸らした。今宮の質問に小倉が頷《うなず》く。現場の状況がとにかく異様だったため、今宮に臨場要請をしたという。仙台北署の初動捜査や鑑識作業はほぼ終了し、現場はそのまま保存。残るは遺体の検視、検案だけのようだ。

「北署の連中から話を聞く限り、他殺を疑っている。室内がだいぶ荒らされているようだ。それと――」

「それと？」

「まあ、説明するよりも、実際に見てもらった方が早いだろうな、タカちゃん」

「職務中に馴れ馴れしくするなよ」

二人は高校時代三年間、同じクラスだったという。今でも「タカちゃん」「オグ」と呼び合う仲なのだが、今宮は職務中に馴れ合うことを控えている。しかし、一方の小倉はそうでもない。小倉は笑いながら、助手席から後部座席に身を乗り出した。

「そう言えば、昨日の解剖、恙虫病《つつがむしびょう》だったんだって？　よく見つけられたな！　僕もその解剖に入りたかったよ」

昨日の午前と午後にそれぞれ一件ずつ司法解剖があった。午前中の遺体は七十三歳の男性で妻と二人暮らし。おととい早朝、畑仕事に出掛けたという。昼に戻って来ない夫を心配した妻が畑に行き、畦道《あぜみち》に倒れている夫を発見した。救急車を呼んだものの、死後硬直《しごこうちょく》が始まっていたので病院へは不搬送《ふはんそう》となったらしい。基本的に救急車に遺体は乗せられないのだ。目撃者がおらず、死亡した経緯も不明なので司法解剖になってしまった。

翁《おきな》の既往症《きおうしょう》は糖尿病とのことだが、重いものではなかった。数日前より筋肉痛や発熱、悪《お》寒《かん》など風邪のような症状があったので、市販の薬を飲んで凌《しの》いでいたという。

遺体の左脇の下に直径一センチメートルぐらいの黒い潰瘍《かいよう》があった。私は「おでき」か「かぶれ」だろうと大して気にも留めていなかったが、今宮はそれを見逃さなかった。今宮は老人男性の死因を〈恙虫病〉と断定したのだ。

〈恙虫病〉とは。病原体である〈恙虫病リケッチア〉を保有する恙虫（ダニの一種）の幼虫にヒトが刺咬《しこう》されると、ヒトの体内に恙虫病リケッチアが侵入する。それにより惹起《じゃっき》される急性発疹性熱性疾患《きゅうせいほっしんせいねつせいしっかん》の総称だ。典型的な症状としてダニの刺し口がある。刺された直後は軽い発赤《ほっせき》程度だが、四〜五日目には小さな水疱《すいほう》を作り、やがて直径一センチメートルほどの潰瘍を形成、黒褐色《こくかっしょく》の痂皮《かひ》（かさぶた）となるらしい。遺体の脇の下にあったのは、恙虫の刺し口だった。

主訴は頭痛、発熱、全身の倦怠感《けんたいかん》、リンパ節の腫脹《しゅちょう》、悪寒、関節痛、筋肉痛で、抗生物質の登場によりかつての高死亡率は低下していたが近年は再び死亡例が出始めているという。

「風邪と似ているから、油断して死に至るケースが多いんだ。適切な処置をすれば助かるんだが。臨床研修で東北を回ったことがあってな。秋田や山形で恙虫病の患者に出くわしたことが何度かあった。だから遺体の脇の下を見た時、間違いないと確信したんだ。それで寄生虫病学教室の教授に血液の標本を見てもらった。彼は恙虫病の権威だからな。そうしたら、やっぱり恙虫で間違いないってさ」

とは、今宮の弁である。

ちなみに昨日午後からの司法解剖は若い男性の遺体だった。おととい国分町《こくぶんちょう》で殴り合いの喧嘩の末、死亡。被疑者はいまだ逃走中らしい。国分町は東京で言うなら歌舞伎町みたいな場所で、東北最大の繁華街だ。発砲事件や暴力沙汰が巻き起こる少々物騒な場所でもある。

遺体の全身は青痣《あおあざ》だらけで〈ブラックアイ〉に〈バトル徴候《ちょうこう》〉と、外力による損傷が一目で分かるほどだった。眼瞼が青紫色を呈していることを〈ブラックアイ〉と呼び、その原因は頭蓋《ずがいてい》底骨折などの重大な頭蓋内損傷を伴うことがあるので、要注意の外表所見だ。〈バトル徴候〉も同様、頭蓋底骨折を疑う場合に見られる外表所見で、耳介《じかい》後部（耳の後ろ側）の皮膚変色のことである。

「県警本部はタカ……いや、今宮准教授の話題で持ちきりだよ。やっぱり、この法医学教室は今宮大先生がいないとダメだな」

小倉が今宮のご機嫌取りをする理由が何となく分かる。もうすぐゴールデン・ウィークなので「休暇中に検屍と解剖が入ったら是非ともご協力願いたい」という意思表示というか嘆《たん》願《がん》だ。

なぜ警察がこんなにも低姿勢かと言うと、今宮と私のボスでもある教授が一度、宮城県警本部と大喧嘩をし「ゴールデン・ウィーク中の検屍と解剖は一切やらない」という宣言を出したからだ。慌てた県警本部は何度も教授に謝罪の申し入れをしたのだが、教授は受け入れず「山形か福島など隣県の大学に依頼すればいい」と突っぱねたのだ。

法医学の教授には変人が多いので、教室のスタッフは「また始まった」と静観モードだったが、見かねた今宮が「自分が検屍と解剖をやる」と言い出した。検屍、解剖が大嫌いで、どちらかというと研究者肌の教授は——何故、法医学を専攻したのか意味不明だが、こういう者はザラにいる——今宮の申し出を快諾《かいだく》、それ以来ゴールデン・ウィークは今宮担当となったのだ。

理不尽な上司と思うが、当の今宮にしてみれば「より多くの事案を勉強できるからラッキー」なのだそうで、利害が一致したのだ。何という師弟関係だろう。

「法医学者のご機嫌取りとは、検視官も大変な役職だな。宮城県内に法医学教室がもう一つぐらいあれば、こっちがダメでも大丈夫だったのにな。医学部と警察、どちらもがんじがらめの縦社会だから気持ちは分かる。どうせ上司に『せいぜい機嫌でも取って来い』と言われて来たんだろう」

「今宮にまで臍《へそ》を曲げられたら敵わない」と、怯《おび》えている小倉に、今宮も拗づいていたらしい。おだてられても、簡単に木には登らない。

「何を言ってるんだ！　僕は今宮大先生の活躍に期待してるんだよ。県警本部は関係ないよ」

職務が関係ないとなると、薄気味悪いだけである。

「それより小倉検視官。またスーツなのか。いいかげん、県警本部の作業着を着ろよ。現場は綺麗な場所だけじゃないだろうが」

小倉は顔を顰《しか》める。

「あんなダサイ服を着るなら死んだ方がマシだ。仕事着の基本はスーツだろう。今宮先生も大学ではネクタイを締めろよ」

事件や事故の現場に赴《おもむ》く捜査第一課の警察官は背中にオレンジの文字で「宮城県警」と書かれた紺色の作業着を着用している。テレビドラマなんかで刑事がスーツ姿のまま現場を出入りしているが、あれはよろしくない。山や河川、不衛生なゴミ屋敷や風呂場、トイレなど、異状死体は色々な場所で発見される。そのため、スーツのままでは汚れるし、第一動き辛い。

小倉はその作業着を忌み嫌って袖を通そうとしない。先ほどから「ダサイ」を連発しているが、それでは作業着を折り目正しく着用している吉田の立場がないだろう。思った通り、吉田は運転席で頬をひきつらせている。

要は、小倉はお坊ちゃんなのだ。身に着ける物は超一流でないと気が済まない。本日もイタリア製と思《おぼ》しきダークグレーのスーツを身に纏《まと》っている。今宮は呆《あき》れ顔だ。

「高いスーツを汚したら勿体《もったい》ないだろう」

「汚れたら、新しいのを買えばいい。それに僕、ジーンズなんか穿《は》いたことないぞ」

「悪かったな。大学教員はジーンズで十分だ。大学は法人化したからな。もう公務員じゃない」

今宮は現場や検査なんかで水に濡れても良いように、ダイバーズウォッチを着けている。一方の小倉はロレックス。二人は対照的で比べると面白い。

「皆さん、ここが作並駅です」

吉田が後部座席を振り返る。車両はゆっくりと作並駅前を通過する。「歓迎・作並温泉」と書かれた巨大なこけしが視界に飛び込んで来た。大きいのが二体と小さいのが一体。どうやら親子のようで微笑《ほほえ》ましい。二十名ほどの団体客がその下で記念撮影をしている。吉田が羨ましそうに目を細め、ぼやいた。

「彼らは温泉、我々は検視ですよ」

作並駅から三十分ほど歩けば、ニッカウヰスキー工場の見学もできる。しかし、酒に全く興味のない私は、旅行計画に組み入れたことがない。きっと今宮もだろう。今宮は酒に弱く、付き合い程度で殆《ほとん》ど呑まない。彼はビール一杯ですぐに顔が真っ赤になる。

車両は国道四十八号を北西に走る。窓を開けていると、吹き抜ける風が心地よい。そよぐ青葉が目の保養になる。

ようやく前方に温泉街が見えてきた。飲食店が軒を連ね、観光客の姿も多くなる。国道四十八号を右折し、更に湯神《ゆがみ》神社を通過する。訪問予定の宿は、この更に奥にあるらしい。

狭い山道が急に拓けたと思ったら、目的地の紅葉《もみじ》旅館が姿を現した。今宮と二人、車内で白衣を羽織り、ディスポーザブルの手袋を嵌める。

広い駐車場には警察車両と思しき車が数台と、一般車両が数台。車種には明るくないので、後で男性陣に訊《き》いてみよう。この中に事件関係者の車もあるのだろうかと、更に駐車場を見渡すと、一台の車が青いビニールシートで覆われている。周囲に誰もいないということは、鑑識作業は終わったようだ。

「清々しい空気ですね、梨木さん」

運転に疲れたのか、吉田は運転席から降りると伸びをする。私もつられてしまう。そこへ今宮が「ん」と、検屍道具の入ったカバンを押しつけてきた。カバンを持つのはいつも私の役目である。一方、小倉は緩《ゆる》んだネクタイを締め直し、白の綿手袋を嵌めていた。臨戦態勢である。吉田も綿手袋を嵌める。

「いやぁ、一度来てみたかったんですよね。よりによって、仕事で来る羽目になるとは。しかし、味のある建物ですよね」

吉田いわく紅葉旅館はメディアに一切登場せず、温泉マニアに口コミで評判の秘湯らしい。私は仙台の人間だが、この旅館の存在を知らなかった。

吉田と私は旅館の外観を眺める。二階建て和風建築の建物は自生の紅葉で覆われている。おそらくこれが旅館の名の由来だろう。青紅葉も美しいが、燃えるような赤や橙《だいだい》に飲み込まれる様を想像すると、やはり秋に来たくなる。

四人で旅館の玄関に佇《たたず》む。宿泊客を示す深緑色の立て札には「青葉会御一行様」とある。

今宮の様子を窺《うかが》ったが、彼の表情からは何も読み取れない。既に法医学者の顔だ。一方の私は、これから遺体に臨《のぞ》むのだと思ったら急に緊張してしまい、胃がキリリと痛む。解剖には慣れたものの、現場に出向くとなると雰囲気が違う。法医学に携わって五年にもなるというのに、現場は少し苦手だ。

玄関は意外に広く、足元の三和土《たたき》は石張りで、ピカピカに磨き上げられている。独特の匂いが漂っているが、どうやらお香を焚いているらしい。

　正面はフロントで、その奥から藍色の着物に身を包んだ女性が姿を現した。年齢は五十代だろうか。顔色が悪く、その上汗をかいている。女将《おかみ》かと思ったが、受付にいる数人の女性たちも同じ着物を着ていたので、どうやら仲居の一人のようだ。仲居らは興味津々といった様子で我々の一挙手一投足に注目している。

　小倉が警察手帳を見せると、その仲居の表情は更に強張《こわば》った。

「――け、警察の方ですか。御足労をおかけします」

と、仲居は折り目正しく礼をする。その時だ。

「小倉検視官、巌《がん》さん、お疲れ様です！」

ドタドタと大きな足音を立てて現れたのは、仙台北署刑事第一課の船岡雄治《ふなおかゆうじ》警部補である。パンチパーマに浅黒い肌のせいか、五十歳手前という年齢より幾分若く見える。吉田よりも三歳ほど年上とのことだが、吉田を「巌さん」と呼んで慕っているようだ。声が大きいので、どこにいても船岡だと分かる。

「今宮先生と梨木さんも、わざわざすみませんね！」

　鼓膜が震える。今宮も顔を顰めていたが、船岡は気づいていない。

「現場の客室に案内致します！　どうぞ、こちらです」

船岡に促《うなが》され靴を脱いで上がると、緋色の絨毯《じゅうたん》がフカフカし過ぎて何度も足を取られた。船岡は盛大な足音を立てていたが、果たしてこれまでの人生でどのような歩き方をしてきたのだろう。

フロントの左奥には大階段があり、そこから二階に上がれるようだ。ロビーも広く、ソファやテーブルが置かれ、宿泊客が寛《くつろ》げる空間となっている。大階段の左横に廊下が奥へと延びていて、正面には大きな掃き出し窓。青紅葉が風で揺れている。ちょうど窓枠が額縁のように見え、絵を鑑賞している気分になる。

久々の事件だからなのか、やたらと張り切っている船岡の先導で、我々一行は現場の離れへと向かう。館内は静まり返っていた。明日は土曜日なので、もう少し湯治客がいても良いものを。

広いロビーを抜け、歩を進めるたび廊下がミシミシと音を立てる。意外に廊下は横幅が広く窓が大きいので、自然が間近に迫っている。

「離れ自体が特別室とでも言うんですかね。普通の客室より豪華な造りになっておりまして。著名人がお忍びで泊まる時によく利用するようです」

館内の間取りは、一階がフロントにロビー、宴会場、男女それぞれの浴室。もちろん温泉である。そして今回の現場である離れ。二階は全て客室になっている。

開いている窓から爽やかな風が流れ込んで来た。窓の外は紅葉など青葉の饗宴である。下を覗《のぞ》き込むと清らかな渓流。駐車場に降り立った時は分からなかったが、旅館は断崖絶壁に建てられているのだ。重なり合う青葉の隙間から渡り廊下が見えた。その先に一軒の建物。離れは山の傾斜を利用して建てられているのか、山と一体化しているように見えた。我々の後ろをついて来た仲居が窓の外を指差す。

「あちらが離れになっておりまして、特別な客室が六室ほどございます」

離れの窓に人影がちらついた。仙台北署と宮城県警の捜査員だろう。

廊下の至る所に漆塗りで猫足の台座が設けられ、青紅葉が生けられている。花器は様々だ。

「当旅館では一年を通して紅葉を飾っているんです」

仲居は口唇《こうしん》を震わせている。男たちは紅葉に興味がないのか、相槌を打っているのは私だけ。館内の説明をしてくれているのに、無視とは態度が悪い。

「冬もですか。造花のような作り物ではなく？」

私は仲居に訊きながら京都の鈴虫寺《すずむしでら》を思い出した。あそこは年中鈴虫がいるはず。

「ええ。宮城県内の農家と提携し、特別に温室栽培をしておりまして。お客様には、年中紅葉を楽しんでいただけます」

春や冬に紅葉では季節感が台無しになるのではないかと他人事《ひとごと》ながら心配になった。本当に客が喜んでいるのか疑問だが、視界に入る青紅葉はどれも瑞々《みずみず》しく、丁寧に生けられている。

女将の姿が見えないので、それとなく船岡に訊いてみた。女将は心臓が弱く高齢のせいもあり、ショックで寝込んでしまったという。死人の対応に慣れているのは旅館従業員だけのようだ。女将の回復を待って事情聴取をするらしい。

薄暗い渡り廊下を通り抜けるとすぐに視界が拓けた。特別室が並ぶ離れに到着したのだ。離れの入口はロビーになっており、ワインレッドの絨毯に紫檀《したん》の応接セットが置かれている。昨日までは和やかな歓談の場であったはずが、一転して事件現場の一部だ。捜査員がたむろしており、ピリピリとした緊張感が支配している。我々の登場と同時に、皆がこちらに向かって「お疲れ様です」と敬礼をする。

正方形のロビーの三辺を取り囲むように客室の入口が六つ。左側から時計回りに松の間、竹の間、梅の間、桜の間、桃の間、桐の間。芦田太一が宿泊していたのは正面右手の桜の間だという。その客室だけ襖《ふすま》が開け放たれ、黄色の規制線が張られていた。

「発見時のままか」

今宮の表情が引き締まる。私も先ほどから動悸が治まらない。微《かす》かな死臭を嗅ぎ取ったからだ。船岡は大袈裟《おおげさ》に咳払いをした。

「今宮先生、ガイシャは――」

「ああ、さっき小倉検視官から伺ったので結構ですよ。早速遺体を見せてもらいます」

今宮が出端《でばな》をくじいたものだから、船岡は心なしかしょんぼりした。

小倉は仲居にフロントで待機するよう指示し、躊躇《ためら》わず桜の間へ入って行く。吉田、船岡に続いて今宮も室内へ消えた。私は少し躊躇《ちゆうちよ》し、男たちの背中を見送るしかできない。

法医解剖室に搬送されて来る遺体は既に全裸であるため、どのように亡くなったのか余韻すら感じられない。しかし、このように現場に足を踏み入れると死者のそれまでの人生を垣間見る上、死に顔も生々しい。苦悶の表情もあれば、眠るように穏やかな人もいる――。これらを直《じか》に感じるので胃の辺りが重くなり、酷い時は吐き気を催す。流血や臓器は慣れっこなのに、臨場するのは毎回緊張する。今宮はどうなのだろうか。今度機会があったら訊いてみよう。

襖の向こう側から、今宮の「すげぇな」という素っ頓狂な声が聞こえて来た。法医学者は一体何を目撃したのだ。突き動かされるように室内へ入ると、そこには異様な光景が広がっていた。

布団の上には浴衣《ゆかた》をはだけた芦田太一が仰臥位《ぎようがい》（あお向け）で亡くなっている。金庫のドアは開放され、彼の所持品と思われるボストンバッグの中身は空だ。漁られたのかハンカチや眼鏡ケース、衣類などが近辺に散乱している。とにかく、部屋中荒らされているのだ。

そして最も異様なのが、遺体の上や周囲に青紅葉の葉や枝が散らばっているという光景だ。青紅葉の洪水——いや、海である。

船岡が仲居から聞いた話によると、床の間に飾っていたもののようだ。花瓶は倒され、畳や掛け軸も濡れた形跡がある。

桜の間は八畳一間の和室だ。中心に布団が敷かれているので、座卓と座椅子は床の間と反対側の壁際に寄せられている。窓際には籐製のテーブルと椅子が二脚。しかし、これらもなぎ倒され転がっている。

部屋の様子から遺体に視線を移す。遺体の眼瞼は閉じ、口唇は半開きで比較的穏やかな表情だ。浴衣の胸元と裾《すそ》は大きくはだけ、辛うじて帯一本で留まっている。眼鏡は座卓の上に置かれていたものの、レンズが割れていた。

今宮は遺体に両手を合わせた。

「今から仙台北署に遺体を搬送するのは時間が勿体ない。検視はここで全部やっちまったらどうだ。この状況じゃ、どうせ司法解剖だろう、小倉検視官」

検視官による検視は、所轄警察署の霊安室でおこなうのが通常だ。我々法医学教室の人間も検屍要請が入れば警察署に赴くことが殆どである。しかし今回は「特殊なケース」という理由で現場に呼ばれた上、ここから所轄署まで距離があるので、今宮による検屍と小倉による検視をここで一気にやってしまおうというのが今宮の提案だ。ここから北仙台の仙台北署まで、車で約三十分は掛かる。ちなみに検視官による遺体の検分を「検視」、医師による遺体の検分を「検屍（検死）」もしくは「検案」と使い分けている。

「そうだな。助かる。俺が書記をやるから」

小倉は頷き、所轄の捜査員数名と鑑識の撮影係を招集する。私は早速、検屍道具の入ったカバンより無鉤ピンセットとステンレス製の物差しを取り出し、今宮に渡した。

「おお。いつもより手際がいいじゃないか。どうした？」

「久々の現場なので、気合いを入れただけです」

「――ふうん」

今宮は壁掛け時計を見上げる。時刻はちょうど午前九時。

「それでは、検屍を始めますか。午前九時開始。よろしくお願いします」

と、遺体に再び手を合わせる。私も今宮を真似た。小倉を始め捜査員らも厳《おごそ》かに頭を下げる。

「よし。今宮先生を手伝ってホトケさんの衣服を全部脱がせてくれ」

小倉が指示を出すと、所轄の捜査員が一斉に遺体に群がり、あっという間に全裸にした。

今宮と小倉は脱がされた浴衣に触れて何かを確かめていた。私は不思議に思って尋ねた。

「どうしたんですか？」

「浴衣が湿っているんだよ。水が掛かったんだろうな。乾燥しつつあるが、びしょびしょだったんだろう。ほれ、おまえも触ってみろ」

と、今宮に浴衣の帯を手渡される。手袋を脱ぎ、恐る恐る指で触ってみると、確かにしっとりしている。

「帯が濡れていますね。布団も畳も、遺体の周囲に水を被った形跡があります」

「格闘でもしたんでしょうか」

船岡が今宮に質問すると、我がボスは即座に否定した。

「その可能性は低いでしょう。ほら。ご覧の通り、上肢には傷一つありませんよ。暴力沙汰があったのなら〈防御創《ぼうぎょそう》〉など、何らかの外傷が見られるはず」

上肢どころか全身に青痣すらない。これはますます中を開けてみないと分からないパターンだ。船岡は「なるほど」と神妙に頷き、手帳に何かをメモしている。

今宮が遺体の死後硬直や死斑《しはん》などを調べてゆく。この間に私は遺体の肛門に温度計を差し込んだ。通常は五分後ぐらいに抜く。鑑識によると室温は二十二度とのことで、直腸温が分かり次第、室温も考慮して死亡推定時刻を割り出す。

遺体の両手掌《りょうしゅしょう》と両足底《りょうそくてい》は、まるで煤《すす》でも付着しているかのように黒ずんでいる。これは鑑識が指紋や掌紋《しょうもん》、足紋《そくもん》を採取したからだ。この芦田太一なる男に前科――警察用語で「マエ」――があると、指紋などですぐに身元が割れる。善良な民間人の身元はいつまで経っても分からないことがあるが、犯罪者の身元はすぐに判明する。

「もし自らが身元不明になったら」と不安に思う方には、歯医者に行って〈デンタルチャート〉（歯科所見の記録）を作成してもらうことをお勧めする。火災の被害に遭《あ》って全身が炭化したり、水場で青鬼の如《ごと》く高度腐敗したとしても、歯や骨は案外最後まで残る。

「栄養状態は良好。体格は大。皮色《ひしょく》は黄色調。死後硬直は全身の諸関節で中等度《ちゅうとうど》に発現。次、顔面に行くぞ。両眼は閉じる。角膜《かくまく》は透見《とうけん》可能だ。瞳孔《どうこう》は正円形、直径は左右とも五ミリメートル。左眼瞼に蚤刺《そうし》大《だい》の溢血点《いっけつてん》が三個、右眼瞼は二個、左右の眼球結膜《けつまく》に溢血点が三個ずつ認められる。眼球硬度は尋常。梨木、直腸温は？」

遺体の肛門より温度計を抜いて確認する。

「二十九度です」

「よし。鼻骨に骨折を認めない。鼻《び》腔内《くうない》、口腔内は空虚。口腔粘膜にも溢血点が五個程度認められる。舌尖《ぜっせん》は歯牙《しが》の後方に存する、と。頸部に特記すべき損傷・病変を認めない。胸郭には変形を認めず、腹部も特記すべき損傷・病変を認めない。次は左上肢だな。ん？」

今宮が何かを発見したようだ。その場にいた全員が遺体の左肩付近を覗き込む。

遺体の左肩——腕と肩のちょうど境目で、肩峰部《けんぽう》と呼ばれる——に直径二センチメートルほどの変色斑《へんしょくはん》が一個あった。その中心部分は黒褐色調に変化し、一見すると虫刺されのようである。

「また恙虫の仕業でしょうか」

と、私は今宮にルーペを手渡す。

「確かに似てなくもないが——」

今宮はルーペを片手に変色斑を覗き込む。船岡の話によると芦田は昨日、山菜採りのため近隣の山へ入ったとのことだ。今宮は頷く。

「昨日の解剖で恙虫病が発覚したばかりだからな。一つの可能性として考慮しよう」

「——あのう」

私はおずおずと今宮に切り出した。

「何だ、梨木」

「恙虫病だとしたら、直腸温が低過ぎやしませんか？　普通、発熱しますよね」

「いい所に気がついたな。しかし、恙虫病の潜伏期間は五日から二週間だから、昨日今日で発症しないぞ。芦田太一が五日から二週間前に山へ入ったのなら別だ」

船岡は「マエアシを捜査します」と、手帳にメモを取っている。「マエアシ」とは、事件が起きる前の足取りである。ちなみに事件後の足取りは「アトアシ」と言うらしい。

小倉が無鉤ピンセットで遺体の眼瞼を捲る。

「ホトケさん、肌が少し黄色くないか？　黄疸《おうだん》だろうか？　眼球の白目部分も黄色い気がする」

今宮も「私もそう思う」と頷く。

「芦田太一の既往歴は分からないのでしょうか。病院に通院していたようなことはないんですか？」

私が尋ねると船岡は手帳を捲った。

「ホトケさんの荷物を確認しましたが、診察券の類《たぐい》はありませんでした。捜査員を何名か東京へ派遣し、家宅捜索《かたくそうさく》をおこなっておりますので、後で連絡があるかと」

中腰になっていたので足腰が痛い。立ち上がって伸びをしながら、再び室内を見回した。

「それにしても、何故こんなに部屋が荒らされているのでしょう。強盗の可能性はあるのでしょうか。他の部屋には入られていないのですか？」

私の発言で、今宮と捜査員らは一旦遺体より目を逸らす。船岡は鼻息を荒くした。

「そこなんですよ、梨木さん。何故ここまで部屋が荒らされたのか分からない。ホトケさんの所持品で失くなっている品を捜査中です。金庫の中には財布が残っておりました」

「単なる強盗、じゃなさそうですね。パソコンも残っているし」

卓上にはノートパソコンが取り残されている。画面が割られていてボロボロだ。船岡が頷き、

「更に、ホトケさんのバッグから大変なものが見つかりましたよ」

船岡が鑑識を呼び止め、ビニール袋を持って来させ、我々に中身を見せてくれた。中には紅葉の葉っぱのような植物が数十枚入っている。植物には明るくないので、しばし考え込んでしまった。

「山菜、じゃないですよね。何ですか、この葉っぱ。まさか新種の紅葉ですか」

「山菜や紅葉なら我々も苦労しませんよ。大麻草です。この袋の中に入っている物は、どう見ても新しい。近隣で採取して来たかのようです。芦田太一が山菜採りと称して山に入っていたのは、実は大麻の栽培だったのではないかと疑っております。そして自ら使用していたのではないかと」

もしそれが事実なら大事件ではないか。

「実は、ここにばら撒《ま》かれている植物は青紅葉だけでなく、大麻草も混在しております」

私は驚いて、もう一度部屋を見回す。よくよく見れば、少しだけ葉の形が違うものが交じ

っている。指摘されなければ気づかなかった。「紅葉旅館だから、ここにあるのは全て紅葉である」という先入観が観察眼を鈍らせた。これは猛省しなくては。

今宮は部屋に入った瞬間から分かっていたようで「すげぇな」と叫んだのはそのためだったらしい。私は興奮して一気にまくしたてた。

「こ、この大麻を探すために部屋を荒らしたとか」

今宮は大袈裟に溜息をついた。

「そんな訳ねぇだろ、梨木。部屋を荒らすぐらい必要な物を、何故遺体の周囲にばら撒くんだよ」

「大麻の栽培、売買に関して何らかのトラブルがあったのではないかと推測し、仲間割れのセンで捜査を進めております。解決は早いと思われますが、いかんせんホトケさんの死因が分からない。ちなみに、ホトケさんにマエはありませんでした」

「――なるほど」

船岡の説明に今宮が静かに頷いた。「その捜査方針に納得がいかない」という本心を隠しているのが分かる。長い付き合いの小倉も勘づいたのか、私に目配せをしてきた。小倉は大袈裟に咳払いをする。

「大麻を使用しているか否かは尿検査をすればすぐに判明する。な？　今宮先生」

「――ああ、そうだな」

今宮は何事もなかったかのように検屍を続行した。右上肢、左下肢を隈なく観察し、右下肢から右足底に移った時だ。またもや今宮の動きが止まった。

「ここにも、左肩峰部と同じような変色斑が一個あるな。ほれ」

と、私にルーペを手渡してきた。覗いてみると、なるほど、左肩にあった変色斑とほぼ同一である。

「靴を履いて山の中に入っても、足の裏まで何かに刺されることってあるんですか」

「蛭《ひる》は服の中まで入って来るぞ」

船岡が「この辺にもヤマビルがたくさんいる」と言い出す。吸血してパンパンに膨れている蛭を想像したら肌が粟立《あわだ》った。

「よし、次は背面《はいめん》だ」

今宮の一言で、大の男ら四、五人で遺体をあっという間に伏臥位《ふくがい》(うつ伏せ)にする。背中も傷一つなく〈死斑〉だけが発現していた。今宮が死斑を指で押して確認する。

「死斑の色調は赤紫色調《せきししょく》。背面で高度に発現し、指圧《しあつ》で消褪《しょうたい》する」

人は亡くなると血液の循環が停止する。血管内の血液が重力によって低位部に停滞することを〈血液就下《しゅうか》〉と言い、〈死斑〉とは血液就下によって低位部の皮膚が変色した状態を示す。

「死斑と直腸温、死後硬直などから考えて、死亡したのは七〜八時間前だろうな。本日の午前二時前後じゃなかろうか」

吉田と船岡は素早くメモを取り始めた。小倉は記憶するタイプらしく、今まで手帳の類を持っているのを見たことがない。小倉は腕組みをする。

「ここまでで死因はどうだ？　今宮先生」

「残念ながら『不詳』だな。開けてみないと分からんだろう」

「よし、分かった。司法解剖にするぞ。いいな」

「異存はない」

検屍終了の時点で死因は「不詳」であるため、小倉検視官の判断で芦田太一は司法解剖に附《ふ》されることとなった。

仙台北署の捜査員により、室内に担架が持ち込まれる。エンゼルバッグに包まれた芦田が搬出されるのを静かに見送った。

「現場保存解除。今宮准教授の執刀で、すぐに鑑定処分許可状と鑑定嘱託書《かんていしょくたくしょ》を取ってくれ。遺体は午後一時に杜乃宮大の法医解剖室へ運ぶこと。一時半から執刀開始だそうだ」

小倉がてきぱきと部下に指示を出す。そして今宮と私の方を振り返った。

「玄関ロビーに事件関係者を待機させてある。例の『青葉会』なるグループだ。一緒に話を聞くか？　楓ちゃん、ミステリ好きだから、彼らに会いたいでしょ」

小倉に顔を覗き込まれそうになったので、素早く今宮の陰に隠れた。

「楓ちゃん、つれないなぁ」

小倉はロンドン留学の経験があるとかで、時折女性をファーストネームで呼びたがる。私は大迷惑なのだが、宮城県警や所轄の女性警察官には大人気らしい。

「事情聴取はそっちの仕事だ。その間に、俺たちは旅館の周囲を散策して来るよ。新鮮な空気を吸いたいからな。出発時間までには戻る。戻って来なかったら携帯電話に連絡くれ」

今宮に腕を引っ張られた。

「ちょっと、先生。どこに行くんですか」

「だから散歩だ。事情聴取が終わるまで、外をぶらぶらしてようぜ」

今宮と二人、離れを後にして旅館の玄関に差し掛かった時、ロビーにいた人物たちの視線が一斉に向けられたのを感じた。横目で窺うと、新聞や雑誌でお目にかかったことのある顔ぶればかりだ。仙台在住の推理作家たちである。特にファンではないものの、テンションが上がってもおかしくない状況だが、さすがに今は芦田の検屍を終えたばかりなので、胸の辺りが重苦しい。

「あれが推理作家どもか。全員仙台に住んでいるんだってな。初めて出くわしたぜ。自由業の臭いがプンプンする。きっと、昼過ぎに起きても何も言われないんだろうな。大学教員に比べたら、羨ましい」

「今宮先生、ジロジロ見たら失礼ですよ！」

今度は私が今宮の腕を引っ張って旅館の外へ出た。旅館の裏手は森へと通じる小道になっている。今宮と二人で遭難でもしたらと不安になったが、どうやら一本道なのですぐに引き返せそうである。人目がなくなったら急に推理欲が湧き出て来た。頭の中で疑問点の整理が追い付かない。

「芦田さんはやはり殺害されたのでしょうか」

「もしそうだとしたら、殺害方法が分からん。検屍の段階では何も断定できないな。暴力は受けていないようだし、首絞めの痕《あと》もない」

「枕で窒息させられたとか」

「窒息の所見は見られなかった。それに、暴れる男を枕で窒息させようとしたのなら、顔面に何らかの痕跡が残るはずだ。薬物を飲まされていたのなら、話は別だが」

「金品を盗みに入った強盗と出くわし、ショック死したとか。ほら、病気を患って心臓が弱っていたのかも。他に考えられるとしたら、山菜と間違えて毒草を食べたとか。トリカブトとか」

「相変わらず短絡的で矛盾だらけな考えだな。推理小説の読み過ぎなんじゃないか」

私の推理は即座に却下された。

「まあ、面倒臭い議論はそこまでにして、解剖まで頭を休めようぜ」

今宮は深呼吸をした。私も真似をして清々しい空気を胸一杯に吸い込む。今までの胸の重苦しさはどこへやら。時折吹き抜ける風には濃い緑の匂いが混じり、陽光が心地よい。

すると、小道の前方からガサリと木の葉を踏みしめる音がして、突如として人影が現れた。束の間の森林浴を満喫し、気を抜いていた我々は過剰に驚いたが、相手も酷く驚いていた。

姿を現したのは上下ジャージ姿の女性だ。背中にはリュックを背負っている。先ほど旅館で我々を出迎え、離れまで案内してくれた仲居であることに気づいた。

「あれ？　さっきの仲居さんですよね。ええと――」

彼女は胸に名札を付けていたはずだが、何せ検屍前だったので、緊張で見逃した。

「紅葉旅館で仲居頭をしております、飯星澄子《いいぼしすみこ》と申します。確か、杜乃宮大の先生方ですよね」

我々が頷くと、飯星は安堵した表情になった。汗まみれの顔をタオルでごしごしと拭う。

こんな非常事態にハイキングだろうかと訝《いぶか》しんだ。そんな私の疑いの目を飯星は察したようだ。

「事情聴取の時間までに、山菜を採りに行って来たんです。警察の方にはフロントで待つよう言われましたが、山菜を切らすと困るんですよ。山菜料理が当旅館の売りですから。それに、旅館にいると気が滅入ってしまうので……。亡くなった芦田さんとはちょっとした知り合いだったものですから……」

と、タオルで口元を隠しながら語尾を震わせた。

「ほお、そうですか。旅館で死人が出て、休業するかも知れない時に山菜が必要なんですか」

今宮の鋭い指摘に飯星は頬を強張らせた。「言い過ぎですよ」と、私は今宮の白衣の袖を引っ張る。飯星はタオルをもみくちゃにした。

「な、何かをして気を紛らわせたかったんです。そうでもしないと、芦田さんのことを思い出してしまうので」

と、歯切れ悪く答えた。私は飯星の背後を指差した。

「この先に何があるんですか？」

「切り立った崖になっていて危ないですよ。以前、滑落した人が亡くなりました。昼間でも薄暗くて、何もありません。私だって行きたくないぐらいです。観光客の方々にはお勧めしない道です。特に、軽装の方には――」

飯星は我々を交互に見た。白衣姿で山の中をうろうろしていたら相当怪しい上に、軽装では恙虫やヤマビルなどの被害に遭う可能性も高くなる。大人しく飯星と旅館に戻ることにした。

旅館に向かって歩き出した時、急に飯星が悲鳴を上げて飛び退《すさ》る。よろけそうになった彼女を今宮が支えた。

「どうしました？」

「そこに大きな黒い蛇が……！」

「ええっ！」

私も悲鳴を上げつつも、飯星が指差す方向を見たが、それらしき姿はなく一本の太い枯れ枝だけが転がっていた。

「あれを蛇に見間違えたんじゃないですか？」

「いいえ、違います。確かにいたんです！　あの藪《やぶ》の中へ逃げ込んで行きました」

「――やけに逃げ足の速い蛇ですね」

今宮は感情のこもらない声でそう言った。飯星の目撃談を真に受けていない様子である。

当の飯星はすっかり怯えてしまい、足早に旅館へ向かう。仕方がないので私と今宮も後を追った。

「本当に蛇はいたんでしょうかね」

「さあな。しかし、俺たちに嘘つく理由もないだろう」

結局、今宮と私の森林浴は僅か十五分にも満たなかった。旅館の玄関先では、小倉が仁王立ちで待ち構えている。私は何事かと焦ったが今宮は呑気だ。

「あれ、事情聴取は終わったのか？　さすが小倉検視官。早いな」

「まだ始まってもいない。やはり今宮先生に同席してもらおうと思って、携帯に何度も電話したけど通じなかった。どこに行ってたんだ」

今宮がスマートフォンを確認すると、どうやら旅館の裏手は圏外だったようだ。「すまんすまん」と謝罪したが、事情聴取に興味が持てないのか、何だか適当だ。「小倉が勝手に待っていただけ」と言って悪びれる様子もない。

飯星は我々に頭を下げると、フロントの奥へと消えた。小倉が訝しげに彼女を見つめている。

「飯星澄子と一緒だったのか？」

「ああ。散歩の途中で偶然出くわした。こんな時まで山菜採りだそうだ。裏山に行っていたんじゃないか」

「——ふうん」

と、小倉は顎に片手をあてがい、何かを考えている。こうして見ると女性に馴れ馴れしい片鱗は窺えず、まともに仕事をこなしている宮城県警本部の検視官である。あまり彼を見つめていると勘違いされそうなので、すぐに視線を逸らした。

「飯星澄子、やたらと憔悴《しょうすい》していたな。芦田太一が亡くなったのがそれほどショックだったんだろうか。今宮、彼女は何歳に見える？　法医学者なら年齢推定はお手の物だろう」

「ふん。死者に限ってだ。生きている人間は難しい」

女性の年齢当てとは不謹慎だと憤慨しそうになったが、彼らは至極真面目に年齢推定に関して議論しているだけのようだ。今宮は数分考え込んだ後で答えを出した。

「まあ、軽く五十歳は超えているだろうな」

「残念。彼女は四十二歳だ。死亡した芦田太一と同い年」

「えっ！　老けて見えたのは、隈やこけた頬のせいか」

「女性は化粧や髪色などで誤魔化されるから、正確な年齢を弾きだせないんだよな。飯星澄子の場合は、全体的にげっそりした雰囲気のせいで年齢が高く見えたんだ」

すると、小倉が急にこちらを振り返った。

「楓ちゃんは若く見えるな。二十代前半ぐらいだ」

「そ、それはどうも……」

いつもの軽い小倉節だったので適当に返事をし、その場をやり過ごした。一応まだ二十代なので「若い」と言われてもそんなに嬉しくない。

吉田検視官補佐と、仙台北署の船岡が揃って小倉を呼びに来た。事件関係者の事情聴取を始めるため、部屋の用意が整ったとのことだ。関係者の中には精神的ショックが大きい者もいるので、事情聴取は遺体が発見された現場の離れではなく、宴会場を借りておこなうことになった。

玄関脇のロビーは、窓から降り注ぐ陽光とは裏腹に取り巻く雰囲気がどんよりと重い。それを察したのか、多弁な小倉も静かになった。

籐製の椅子には四人の男女がそれぞれ力なく座っており、会話は一切ない。その四人の傍らには、ジャージから着物に着替えた飯星澄子が所在なげに立っている。

彼女らに聞こえないよう、我々は小声で話そうとしたが、今宮が遠慮もなく声を張り上げる。

「『青葉会』のメンツは、あれで全員ですか」

と彼女らを指差したので、私は慌てて今宮の脇腹を肘で小突いた。船岡が手帳を捲る。

「そのようです。仲居の飯星澄子が彼らの接客を任されていたんですな。この旅館に集まるのは年に一回程度だったとのことで」

「――なるほど」

飯星澄子の他、ロビーにいるのは男性二名と女性二名の推理作家。――私はこの四名の作品を全く読んだことがない。こんなことなら、何か読んでおけば良かったと少しだけ後悔したが、結局どの人物の作風も好きになれそうにないので、今後も一切彼らの本を手に取ることはなさそうだ。

ブランド物で身を固めた女は、トラベルミステリを売りにしている梅本清香《うめもときよか》だ。仙台に住んでいながら、彼女の書く物語の舞台は京都や奈良、鎌倉などの古都が多く、活躍する探偵はハーフのセレブ女優だ。

梅本清香の隣の男は彼女の夫で梅本遼司《りょうじ》。確か、趣味はゴルフと公言しており、そのせいか肌が浅黒い。旅行会社社員を探偵役としたトラベルミステリで一時代を築き、原作の二時間ドラマがしょっちゅう放映されていたものだが、最近は再放送ばかりで、書店で彼の新作を見かけない気がする。夫婦揃って旅行物の作品を書いているのは珍しい。

梅本清香の向かい側で、俯《うつむ》きがちに座っている長い黒髪の女は、男性作家顔負けのハードボイルド作品で鮮烈なデビューを飾った涼風暁美《すずかぜあけみ》。確か物語の舞台は仙台中央署で、登場人物は一匹狼の刑事だったような。

涼風暁美の隣で神経質そうに貧乏揺すりをしている男は渡利宗正《わたりむねまさ》。本格推理の密室ものを得意としているようだ。俳優並みのルックスで、女性に絶大な人気を誇っている。身長は小倉と同じぐらいだろうか。私には、彼の外見のどこがいいのかさっぱり分からない。作品の内容ではなく、著者の外見で本が売れるというのは何だか納得がいかない。彼の作品を全く読んでいないので、決めつけるのも良くないが――。

以上は全て、メディアからの受け売り情報である。

事情聴取は宴会場に一人ずつ呼んでおこなうことになった。今宮は何度も欠伸《あくび》をして眠そうだ。私は呆れる。

「今宮先生、しっかりしてくださいよ。芦田さんの死因に関して、何か有益な情報を摑めるかも知れないじゃないですか」

「こういうことは、小倉たちに任せておけばいいんだよ。法医学者の出る幕じゃやねぇ。もともと俺たちに捜査権なんてないんだし。それより俺、正座が苦手なんだよ。五分と座っていられないからな」

と、今宮は胸を張った。自慢するようなことではない。

捜査本部もまだ設置されていない状況なので、本来なら宮城県警本部の人間である小倉と吉田もこの場にいなくていい筈。所轄の仙台北署に任せて現場を離れるのが筋であろう。しかし、小倉は妙に現場主義の所があり、それに吉田が振り回されているという構図である。現に、吉田の表情は非常に険しい。年下の上司にいたく気を遣っているのだろう。心中お察し申し上げる。

今宮はいまだに「ロビーがいい」「正座は嫌だ」とブツブツ文句を言っている。往生際が悪い。

「今宮先生。早く小倉さんの隣に座ってくださいよ」

私は今宮の背中を押しやった。

宴会場はだだっ広く、居心地が悪い。旅館従業員が窓際に座卓を用意してくれた。入口からちょうど正面の窓を背に小倉と今宮、その隣に私が座る。座卓の角を挟んで小倉の隣に吉田、小倉の向かい側に船岡が座った。事情聴取の相手は船岡の隣に座ることになる。

「まずはこれをご覧ください」

船岡が離れの見取り図を卓上に開いた。

離れへの出入口は一ヶ所だけ。我々が往復した渡り廊下の先だ。松の間から桐の間、計六部屋の客室は素晴らしい景観が望めるよう、大きな掃き出し窓になっている。しかし、離れ自体が断崖絶壁に建てられ直下は渓流なので、人の出入りは不可能だ。

客室はオートロックではなく室内から施錠するねじ式の古いタイプで、第一発見者の飯星が芦田の部屋を訪れた時には開いていたとのことだ。船岡が離れを指差した。

「ご覧の通り、フロントから離れに向かう出入口は一ヶ所で、外部から不審者の侵入はあり得ません。更に、昨晩離れに出入りした従業員は飯星澄子のみですので、もし殺しとなると容疑者は飯星と青葉会の連中に絞られますな」

これは「クローズド・サークル」ではないかと、私は前のめりになる。男たちの表情を窺ったが、私と同様に興奮する者は、いない。隣の今宮はまたしても興味がないようで、腕組みをしたまま口をへの字に結んでいる。あくまでも、遺体の検分を優先しているのだろう。

部屋割りは、竹の間が梅本清香、梅の間が梅本遼司、桃の間が渡利、桐の間が涼風で、松の間が空室。芦田の部屋の両隣は梅本遼司と渡利だったようだ。桜の間で乱闘があったとしても、梅本清香が宿泊した竹の間や涼風が宿泊した桐の間までは聞こえて来ないだろう。

「紛失している旅館の備品があるかどうか、紅葉旅館仲居頭の飯星澄子に現場を確認してもらいました。失くなっていたのは延長コードだそうです」

「延長コード、ですか」

今宮が珍しく興味を示したものだから、船岡は嬉しそうだ。

「そうなんです。昨日の昼過ぎに、芦田太一の希望で貸し出したとのことで。パソコンを使おうにも、コンセントまで遠かったみたいですな。バッテリの充電が切れており、コードレスで使用できなかったようです」

「――なるほど」

今宮は頷くと再び黙り込んでしまった。何か思い当たったのだろうか。訊いてみたいが、考え事をしている時に話しかけると不機嫌になるので、ここはそっとしておこう。

船岡がシャツを捲って自らの腕時計を確認する。

「それでは最初に、飯星澄子から呼びましょうか」

船岡の仕切りで事情聴取が始まった。彼の声だけがやたらと響く。

入室して来た飯星の顔色は、先ほど会った時よりも一層悪く目は虚《うつ》ろで、更に老けた印象だ。返答の声が小さく、何を言っているのか分からない。

「あなたが芦田さんの第一発見者ですね。その時の状況を詳しくお聞かせ願えますか」

船岡が問うと、飯星は声を震わせながらやっとのことで答える。

「今朝の六時十五分頃でしょうか。梅本様……、ああ、ご主人の梅本遼司様の方です。梅本様からのご依頼で、芦田様が起きていらっしゃるか確認に行って欲しいと……」

「梅本さんは芦田さんとお約束でも？」

飯星はゆっくりと頷いた。

「梅本様と芦田様は散歩のご予定があると前日に伺っておりました。午前六時に玄関前のロビーで待ち合わせとのことでしたが、芦田様がお見えにならず……。芦田様は時間に正確な方でしたので『これはおかしい』と梅本様がお思いになったようで、私にお部屋まで行って欲しいと……。そこで私が芦田様のお部屋に参りまして、ノックしたのですがお返事がなく……。鍵が開いておりましたので、おかしいなと思いながら室内に入りましたところ、お部屋の中が荒らされており、芦田様が布団の上で仰向けにお倒れでした。お顔が土色でしたので『これはもういけない』と思ったのですが、どうにも足が竦《すく》んでしまって……。私の後から入っていらした梅本様が芦田様の脈を確認してくださいまして。ええ、触る勇気がなかったものですから……。私がすぐにフロントに戻り、警察へ連絡致しました」

車内で小倉が「通報は午前六時二十五分」と言っていたから、ここまでの供述で怪しい点はなさそうだ。部屋が密室になっていたのなら、ややこしい事態だが、鍵が開いていたとなると、やはり何者かに侵入された可能性が浮上する。

「他の皆さん方は？」

「ええ。次々と起きていらっしゃったようです。私がフロントから戻ると、全員芦田様のお部屋の前に集まっておいででした。結局、室内に入ったのは私と梅本様のみで、他の方々は入口から覗いて中を確認しただけでした。特に涼風様はショックだったようで、自室へ戻って横になられました。私がお水とお薬をお持ちしたので……」

プロの推理作家でも、遺体を見て気分が悪くなるのは当然の反応だ。しかも知人となると尚更《なおさら》だろう。私と今宮のように、解剖が日常になり、異状死体に慣れている方がおかしい。

飯星いわく、昨晩の青葉会の動向は午後七時の夕食までは各自自由行動で、夕食はこの宴会場で全員揃って摂《と》ったという。夕食終了が午後八時半。その後は皆、芦田の部屋に集まって酒宴となり、午前一時には解散したとのことだ。酒宴の間、飯星は酒やつまみを運んだり、食器やグラスを下げたりと奔走したのだった。

船岡の質問は続く。

「芦田さんのご病気など、何か気づいたことはありませんか？」

「以前から体調が思わしくないというのは聞いておりましたが『疲れているせいだ』と病院にはいらしていないようでした。以前より病院嫌いでしたので、歯医者にもいらしてなかったようです。独り身と伺っておりましたので、不摂生が続いたのではないでしょうか」

「芦田さんは昨日、夕食までに山に入っていたそうですが、何かに刺されたなど話していませんでしたか？」

「――いいえ、全く」

飯星は落ち着いていたかと思えば、急に周囲をキョロキョロ見回したりと落ち着きがなくなったりもする。そんな彼女を、今宮がまるで観察するように見つめている。

船岡に質問役を任せていた小倉だったが、ここでやっと口を開いた。

「芦田さんとは、プライベートで会われることはなかったんですか」

「一度もお会いしたことはありません。何せ、お互いに住んでいる場所が宮城と東京ですし……」

「芦田さんは、山菜採りが趣味だったようですね。一緒に行かれることはあったんですか」

飯星は頷いた。

「地元の山には少々詳しいので、芦田様が旅館にいらした際にご案内することはありました。昨日も同行させていただきました」

「他に一緒に行かれる方は？」

「梅本遼司様です」

あの梅本遼司の趣味が山菜採りとは意外な気がした。年齢の割には落ち着きのない――悪く言えばチャラい――印象なのに。

飯星いわく、青葉会の会合は年に一回程度で、月日は毎年バラバラなのだとか。年一回だけの開催とはいえ、売れっ子たち――中には落ち目の者もいるが――の予定を取りまとめていた芦田の苦労が偲ばれる。小倉は質問を続ける。

「あなたは青葉会のお世話係とのことでしたが、どういう経緯でその係になったんですか？」

「大した理由はありません。ただ、私がミステリファンで、他の従業員より推理小説に詳しかったので」

小倉の鋭い眼光を避けながら、飯星は蚊の鳴くような声で答えた。明らかに怯えている。こういう場合、捜査のプロは怪しいと判断するのだろうか。

「なるほど」

小倉は案外簡単に引き下がった。今宮は何を考えているのだろうと隣を見ると――すっかりまどろんでいた。相当疲れているのだろうが、ここは起きていていただきたい。私が恥ずかしいではないか。小倉が苦笑している。

吉田検視官補佐が大きな咳払いをしたものの、今宮の背筋が伸びる気配もなく、私が肘鉄を食らわせても起きない。事情聴取はそのまま続行され、質問役は船岡に戻った。

「芦田さんが亡くなったのは午前二時前後と推測されます。詳細は司法解剖をおこなってからになりますが――」

ここで飯星が動揺し始めた。

「あ、芦田さんは解剖されてしまうのですか……」

「死因不詳ですので、ご理解ください。我々には死因究明の義務と責任がある。司法解剖は警察捜査の一環です。何人《なんぴと》たりとも拒否はできません」

いきなり今宮が発言したものだから、一同は驚いた。居眠りをしつつ会話をしっかり聞いているとは何と器用な男なのだろう。今宮の部下として小倉たちに合わせる顔がなく、そろそろ苦い缶コーヒーでも買って来てやろうかと思っていたのに。もしや、寝たふりをして飯星を油断させようとしていたのか。そうだとしたら、なかなかの策士である。

「――午前二時頃でしたら、私は従業員用の仮眠室におりました」

飯星が自らアリバイを語り始める。ミステリ好きと言っていたので、事情聴取の流れを把握しているのかもしれない。もしくは、自らアリバイを語り、やましいことがなさそうだと思わせ疑いを逸らそうとしているのか……。

「五時起床まで仮眠を取っておりました。同僚も何人か一緒でしたので。ええ。女性用と男性用の仮眠室がございます。昨晩は私も含めて六人の女性従業員がおりました」

他の従業員が熟睡していたら、抜け出すことは可能だろう。

その時だ。飯星が窓の外を指差し悲鳴を上げる。人影が横切ったというのだ。小倉、船岡、吉田が素早く窓際に駆け寄り、ガラス戸を開け放つ。素早い身のこなしは、さすが刑事たち。片や今宮は、足が痺《しび》れて動けなかったようだ。――情けない。

虫が数匹飛来して来たので手で払う。今宮を置き去りにし、私も窓際へ近寄る。外は青紅葉の群生で葉の隙間から辛うじて山道が見えた。そこはどうやら、先ほど我々が飯星と歩いた場所のようだ。

私と小倉は顔を見合わせる。窓の外は、人が歩けるスペースなんてないのだ。吉田が小声で「犯人でもでっちあげようとしたんですかね」と呟《つぶや》く。

小倉が飯星に微笑みかけた。

「ご安心を、飯星さん。外には誰もいませんでしたよ。参考までに、どんな人物が見えたのか教えてくれませんか？」

飯星は震えながら答えた。

「お、男の人です。長身で髭《ひげ》を生やした……。黒の半袖シャツにジーンズで、帽子を被っていました！　ほ、本当に見えたんです。左から右に駆け抜けて行ったんです」

一瞬だったはずなのに、やたらと詳細に覚えているではないか。不審者は玄関方向へ逃げたことになる。宴会場の外で待機していた仙台北署の捜査員に船岡が指示を出す。外を見回りに行かせたようだ。一方、吉田は不審者の特徴を手帳に記していた。今宮は顎に手を遣りながら、何かしきりに考えている。

小倉は笑顔のままで言った。

「そう言えば、飯星さん。先ほどは山の中で何をなさっていたのですか？　今宮先生や梨木さんとお会いになったようですが」

飯星はギクリと身体を震わせた。

「山菜を採りに行っておりました。当旅館の料理に必要ですので。山菜採取はいつも私の仕事です。この旅館で毒草を見分けられるのは私だけですから」

「いつも採りに行かれる場所は、この旅館の裏手ですか？」

飯星は激しく首を横に振った。

「今朝はたまたまです。警察の方より旅館内へ留《とど》まるように言われておりましたので、近場で済ませようと思ったのです。この裏手は切り立った崖になっておりますし、蛇や蛭も出ます。私もあまり行きたくないのですが、仕方なく……」

「なるほど」

小倉が吉田に目配せをし、吉田は手帳を勢い良く閉じた。小倉は飯星に頭を下げる。

「飯星さん、ありがとうございました。これで結構ですよ。次は、涼風さんにお声掛けしていただけますか？」

「は、はい」

飯星は我々に一礼すると、そそくさと宴会場を後にした。

入れ替わるように入室して来たのは涼風暁美である。事前の情報で二十八歳と聞いていたが、涼風は飯星とは逆にだいぶ若く見え、十代でも通用するかのような肌質と艶のある黒髪だ。目元が涼しげな和風美人。私より一つ年上のはずなのに、羨ましい限りである。ロビーで見かけた時はだいぶ憔悴していたようだったが、今は随分と回復して頰に赤みが差している。

涼風は私の向かい側に座った。宴会場に入って来た時から、ずっと私を見ている。彼女の気に障る発言をした訳でもなく、ただ会釈をしただけだ。視線を避けようと俯いたりしてみたが、まだこちらを見つめている。思い切って訊いてみた。

「あの、何か……？」

「あら、ごめんなさいね。事情聴取の場に女性がいたので驚いてしまって」

「こいつはあなたのことを存じ上げているようですよ」

今宮が親指で私を指差し、余計なことを言った。涼風は無表情のまま口元だけを歪めて

「ふふふ」と笑う。

「推理小説を書いております、涼風暁美と申します。私のことをご存じなんて光栄だわ。意外に思われるかも知れないけれど、ハードボイルドを書いているのに、男性ファンより女性のファンの方が多いの」

どうやら私は彼女を知っているというだけで、勝手にファンにされたようだ。隣では今宮が静かに肩を揺らしている。笑っているのだ。とんだ災いを振り撒いてくれたものだ。

「ところで、あなたも警察官？　そう言えばお名前も聞いてなかったわね」

自らの素性を簡単に明かすと、途端に涼風の目は輝き出す。

「杜乃宮大の法医学教室にお勤めされているのね！　梨木さんも解剖をなさっているのかしら」

「勿論です。技官は解剖補助がメインの仕事ですので」

「今までどのぐらいの人数を解剖されたの？」

「八百体ぐらいです。解剖体数は年間三百体ほどで、法医学に携わって五年目ですが、全ての解剖に入る訳ではありませんのでそれぐらいですね。上司や諸先輩方だと千体、一万体と解剖していますから、私なんかまだまだひよっ子です」

涼風はまるでお祈りをするように、胸の前で両手を組み合わせ「凄いわ」を連発している。

「今度の作品に女性の法医学者を出そうと思っていたところなの。グッドタイミングよ。ねぇ、もっとお話を聞かせてくださらない？　法医学に関しては、まだ知識が浅くて困っているのよ」

事情聴取が、涼風による私へのインタビューになりつつある。誰か止めてはくれないかと男たちを横目で窺ったが、今宮と船岡はニヤニヤと笑っており、吉田だけ眉間に皺《しわ》を寄せていた。小倉が苦笑しながらも、助け船を出してくれた。さすがフェミニスト。

「涼風さん。法医学をご執筆に生かしたいというプロ意識には敬服致しますが、今は事情聴取にご協力ください」

「あら、すみません」

涼風は小倉を見て頬を染め、我に返ったのか沈痛な面持ちに戻った。

その時である。襖が豪快に開き、梅本夫妻と渡利宗正が乱入して来た。その背後で仙台北署の捜査員が慌てている。三人の入室を制止しようと吉田が中腰になったが、それを小倉が窘《たしな》めた。事情聴取を待っていた推理作家たちは相当苛立《いらだ》っている。渡利が不機嫌な表情で腕時計に目を遣る。

「今から二時間後に仙台駅前で雑誌のインタビューを受けることになっているんです。俺だけでも事情聴取の時間を早めていただけないですかねぇ」

渡利の発言に梅本夫妻が過敏に反応する。

「あら、ズルイわよ渡利さん。私だってこれから編集者と打ち合わせがあるんだから。主人もゴルフの予定があるって言うのよ。とにかく、こんな所に一秒だっていたくないわ」

「どうにかなりませんかね、刑事さん。俺もゴルフの後で新作のミーティングがあるんですよ」

「ふん、どうかしら。今のあなたに声を掛ける出版社があるのかしらね。また国分町にでもいんですよ」


繰り出すんじゃないの？　誰のお金で遊べると思ってんの」

「おいおい、清香。人聞きの悪いこと言わないでくれよ」

「お二人さん。痴話喧嘩なら外でやってくれませんかね。これ以上事情聴取を遅らせたくないんですよ」

「渡利。随分態度がデカいじゃねぇか。売れっ子だからって調子に乗って先輩作家を舐めてんじゃねぇぞ」

梅本夫妻と渡利が小競り合いを始め、我々は呆れた。事情聴取を邪魔しているのは紛れもなくこの三人だ。このままだと更に時間が押してしまう。涼風はものすごい形相で三人を睨《にら》みつけている。温厚なイメージだったのに驚いた。

やれやれ、といった感じでついに小倉が立ち上がる。

「皆さん、落ち着いてください。そんなにお急ぎでしたら、このまま一緒にお話を伺います。お待たせして申し訳ありませんでした」

小倉の謝罪により、あれだけやかましかった推理作家たちが急に大人しくなった。さすがは県警本部の検視官。人の操り方を心得ている。結局、船岡が座席を譲って吉田の隣に詰め、梅本夫妻と渡利は涼風を挟んで座る。涼風は居心地が悪そうに両肩を竦める。

渡利と梅本夫妻が加わったことで、再び自己紹介を余儀なくされる。梅本夫妻は我々の素性に目を輝かせたが、渡利は興味なげにそっぽを向いた。推理作家でも反応は様々らしい。誰もが法医学に興味を持っているとは限らないのだ。

梅本遼司は三十七歳、清香は三十二歳、渡利宗正は三十五歳とのことだ。全員、年齢よりも幾分若く見える。自由業だからだろうか。しかし、医学部准教授というお堅い職業でありながらも、いまだ学生に間違われる男が私の隣にいる。

「それでは、涼風さんから、芦田さんとのご関係をお聞かせ願えますか」

船岡が聴取を開始するものの、涼風は話し辛そうに逡巡する。

「——芦田さんにはデビュー当時からお世話になっていて、今回のことは……」

涼風は言葉を詰まらせ、ハンカチで涙を拭う。先ほどまでのはしゃぎぶりはどこへやら。しかし、この涙は演技とは思えない。情緒不安定なのか。

涼風、梅本夫妻、渡利。この四人の編集担当は芦田だったという。それが縁で青葉会が結成されたとか。

今宮は飯星の時と同じように推理作家たちの動作に注目している。涼風が落ち着くのを待ち、船岡が聴取を進める。

「昨晩から今朝までの、涼風さんの行動をお聞かせください」

涼風はハンカチを畳み直す。

「ふふ。アリバイね。自分がこの立場になるなんて思いもよらなかったわ」

と、少しだけ笑うと、ぽつりぽつりと話し始めた。

「夕食前は、清香さんと離れのロビーでお茶を飲んでいました。夕食を食べた後は、芦田さんのお部屋に行って皆さんと呑みました。それまで、特に変わった様子はありませんでした。

――でも」

「『でも』？」

「いつもは朝方まで宴会が続くんですけど、昨夜《ゆうべ》に限っては芦田さんがしきりに『眠い』とおっしゃって。それで解散となったんです。時刻は午前一時頃だと思いますけど。疲れているんだろうと、みな無理強いはせず、大人しく自室へ引き上げました」

涼風は自室へ戻った後、すぐに風呂に入り、その後で布団に入ったという。ここまでの涼風の供述は、飯星が語った内容とほぼ一致する。今のところ、矛盾点はない。船岡が芦田との関係を問うと、涼風は言葉を濁し俯いてしまった。何か躊躇うことがあるのだろうか。

「お答え難《にく》い質問でしょうが、捜査上大事なことなんです」

「涼風さんは、芦田さんからしつこく言い寄られていたんですよ」

涼風の代わりに渡利が答える。

「ええっ！」

驚きの声を上げてしまったのは私である。今宮にジロリと睨まれた。

「芦田さんが一方的に想いを寄せていただけで、お付き合いはしてなかったようですがね。涼風さんの社交辞令的な優しさを芦田さんが勘違いしたんです。殆どストーカーでしたね。仕事にも支障が出ていたんじゃないですか」

渡利は「煙草いいですか？」と、誰の返事も聞かない内に勝手に吸い始めた。煙がこちらに漂って来たので私がわざと盛大に噎《む》せると、渡利は「あ、すみません」とすぐに灰皿で煙草を揉み消した。彼は虚勢を張っているだけで、案外気が弱いのかも知れない。

涼風は俯いたまま蚊の鳴くような声で答える。

「——渡利さんがおっしゃったことは——事実です。編集者と作家という関係を悪化させたくなかったのですが、交際はお断りしました。でも、芦田さんはしつこくて……」

「最近は脅迫までされていたんだよな。『俺と付き合えないなら、今後一切おまえの作品は出版しない』と」

「ど、どうして渡利さんが知ってるのよ！」

涼風が蒼褪《あおざ》める。

「青葉会どころか、出版業界じゃ有名な話だぜ。三日月出版の編集長も、知っていながら放置したんだ。厄介ごとに巻き込まれるのは嫌だったんじゃないか。そちらのお二人さんも知ってるよな？」

渡利が梅本夫妻に尋ねると、二人は大きく頷いた。芦田と涼風が揉めているのを知っていながら、誰も助け船を出さなかったということか。セクハラ、パワハラで訴えられても然《しか》るべきなのに。

「私をお疑いなら、お門違いです。こんなことぐらいで芦田さんを殺したりしません。確かに交際をお断りしてから、芦田さんの私に対する態度は厳しくなりました。私は電化製品に疎く、最低限の物しか触れないんです。パソコンを全く扱えないので、手書きで原稿を書いていたのですが、芦田さんからはパソコンで書くよう強要されるようになりました。そうですね……。他に気づいたことと言えば芦田さんはここ最近、体調不良を訴えていました。お酒も呑めなくなって、食欲もなくなったと言っていましたし、黄疸が出ていたような気がして……。でも、昨晩は食事もお酒も進んでいたので、安心していたんですけど……」

涼風は肩を落とす。細い身体が一層細く見えた。

「そりゃ、作家と編集者ですから、皆さん色々あったと思いますけど……。梅本遼司さんの雑誌連載が評判悪かった時に、芦田さんを殴ったとかで……。今では私たちの間で笑い話になっていますけど、当時は深刻だったようです。芦田さんがしきりに愚痴をこぼしていました」

「おいおい、ここで告げ口か？　優等生ぶるんじゃねぇよ。ちょっと売れてるからっていい気になるな」

梅本遼司が涼風の方に身を乗り出したものの、船岡に制止されしぶしぶ姿勢を正す。こうして梅本遼司を間近で見ると、暴力団関係者としか思えない風情だ。とにかく売れっ子への僻《ひが》みが強過ぎる。

続いては渡利宗正のアリバイ聴取だ。渡利は神経質そうに眉間に皺を寄せている。彫りの深い顔立ちだ。黒いシャツの胸元を大きくはだけ、金鎖のネックレスを着けている。ナルシストの臭いがぷんぷん漂う。こういう男は苦手だ。私は自らの視界に渡利を入れないようにした。

渡利は髪を掻《か》き上げる。

「芦田さんとの関係は良好でしたし、特にお話しするようなことはありませんよ。昨日も行動は完全に別々でした。俺は車が趣味でね。創作に行き詰まると気晴らしに車を飛ばします」

渡利は作並周辺を一人でドライブし、紅葉旅館にチェックインしたのは夕食の時間である午後七時ギリギリだったという。ここで梅本清香が首を傾《かし》げた。

「あら？　本当に到着したのは七時直前？」

渡利は顔を強張らせる。

「――どうして？」

「夕方近くに私は涼風さんと離れのロビーでお茶を飲んでいたのだけれど、涼風さんと別れた後で散歩でもしようと玄関に向かったのよ。そしたらその時、渡利さんの車が駐車場にあった気がして。お部屋にでも籠っているのかしらと」

「他の客の車と見間違えたんじゃないですか？　夕方近くなら薄暗くもなってたろうし」

「そうかしら。渡利さんの車は高級車だから、それはないと思うんだけど……」

渡利は慌てたように梅本清香の話を遮る。何だか怪しい。

「芦田さんがこんなことになって残念です。数いる編集者の中でも、仕事がしやすい人でしたので。ミステリ作家は人殺しの物語を創作しますが、決して人の死に慣れている訳ではないんですよ。しかも身近な人間の死となるとね。――今もかなり動揺しています」

渡利は大きな溜息をついた。

「俺は、芦田さんに拾われて推理作家デビューできたんです。いわば恩人ですよ。恩人がいなくなって、これからどうしたらいいのか不安です。彼のためにも早く犯人を捕まえて欲しい。そのためには何でも話します」

と渡利は頭を下げた。見かけによらず殊勝ではないか。しかし、そんな渡利を見て眉を顰《ひそ》める者がいた。涼風暁美である。

「最近の芦田さん、渡利さんのことを一言も話題に出さなくなったので、仲違いをしたのかと疑ってました。お二人で出掛けることもなくなってましたよね。以前はよく呑み歩いてたのに……。何かあったんですか？」

渡利の表情が凍りついた。

「単に創作上の行き違いがあっただけですよ。作家と編集者なら幾らでもあるでしょう。涼風さんだって経験ありますよね？　ああ、それより昨晩の件ですが――」

と、渡利は自ら語り出した。渡利いわく昨晩の芦田の様子は、飯星や涼風が語った内容とほぼ同様であった。結局は誰もが彼の体調不良に気づいていたのだ。芦田の死亡推定時刻前後の状況を尋ねられると、渡利は腕組みをして目を閉じる。

「酒が入ると眠くなるタチでして。酒宴がお開きになると、芦田さんの部屋から自室へ戻って速攻で布団に入りました。午前二時前後のことは覚えてないですよ。ええ、朝までぐっすりでしたね。何も覚えていませんよ。覚えているのは、夢の中でまで編集者に原稿催促をされたことですかね」

ここでやっと今宮が口を開く。

「芦田さんの体調不良は、いつ頃からかご存じですか？　飲んでいた薬などお分かりではないでしょうか」

　渡利は遠い目をした。

「――そうですねぇ。数ヶ月以内といったところでしょうか。半年前はもっと太っていましたし。あの人、大の病院嫌いで有名でしたから、健康診断にも行ってなかったんじゃないでしょうか。薬の類も飲んでいるところを見たことはありませんでした」

「他に気になることはありませんでしたか？　精神的に不安定になったりとか」

　渡利は即座に否定する。

「芦田さんは常に穏やかで、激昂したりするような喜怒哀楽の激しい人ではありませんでした。そういや『背中が痛い』としきりに訴えてたな。時には脂汗《あぶらあせ》を流していた」

　他のメンバーも「そう言えば」と頷く。梅本遼司が言った。

「いい大人なのに、自分で体調管理もできない、どうしようもないヤツでしたよ。渡利の言う通り、背中が痛いと常に言ってましたね。たまに脂汗をかいていることもありました。吐き気が止まらず、トイレから出て来ないこともありましたよ」

「そうですか。なるほど」

　今宮は何かに思い至ったのか、しきりに「なるほど」を繰り返している。背中の痛みと黄疸。予想されるのは膵臓《すいぞう》の病気だ。後で今宮に確かめることにするが、結局は午後の解剖で解明するだろう。

続いての聴取は梅本夫妻だ。「ミステリ界のおしどり夫婦」と称されていたものの、近年ではその化けの皮が剝《は》がれつつあり、離婚間近だという噂が囁かれている。夫婦間での収入格差が原因のようだ。新作を生み出し続けているのは妻の清香の方で、夫の遼司は仕事もせず遊び呆《ほう》けている。あの日焼け具合を見れば一目瞭然。国分町通いにゴルフ三昧。完全にヒモ状態だ。

梅本清香の新刊の売れ行きは芳《かんば》しくないようだ。女は一緒にいる男の影響をモロに受けるのかも知れない。くわばら、くわばら。

何故私がこのように推理作家のゴシップに詳しいかと言うと、よく購入するサブカルチャー雑誌に作家の悪行や悪い噂が掲載されているからである。怖い噂や都市伝説、オカルト等にも興味があるので、コンビニでこのような類の雑誌を見つけたら、つい手に取ってしまう。今宮には「くだらねぇ」と一蹴されそうな内容の記事ばかりだが、私は好きなのだ。

「芦田さんのお別れ会を考えないとね。俺はだいぶ世話になったから」

「そうね。私たちがこうしているのは芦田さんのおかげだもの」

「彼のご両親がお気の毒だな。確か二人とも、まだご健在だろう?」

「後でご連絡した方がいいかしら」

おしどり夫婦を装う二人を冷ややかな目で見入る。吉田は呆れているのか口を半開きにしている。

梅本清香の甘ったるい香水の匂いが鼻を突き、胸がむかつき始めた。今宮も同様のようで、軽く噎せている。彼は香水が大の苦手なのだ。エレベーターなどで香水の匂いを振り撒く女性が乗って来ると、あからさまに顔を顰めるのを何度か目撃したことがある。

「国分町をブラブラしていると、しょっちゅう職質（職務質問）に引っ掛かりますが、こんな取り調べは初めてですよ」

梅本遼司は自虐的に笑うものの、自慢するような話ではなく、吹き出したのは妻の清香だけだった。知り合いが亡くなったのに、不謹慎ではないか。涼風が梅本遼司を睨みつける。

ふと、卓上に乗せた梅本遼司の右手に視線が行く。手の甲から指にかけて、所々に青痣ができている。何故こんな所にと違和感を覚えた。

昨日の午後から夕食の時間帯まで、芦田と一緒に行動していたのは梅本遼司だったという。こう見えて彼は山菜採りが趣味らしい。そう言えば数年前「自分が採集した山菜の調理担当は妻の清香」と雑誌のインタビューで答えていた記憶がある。梅本遼司は山が好きそうに見えないし、妻の清香は爪にゴテゴテと派手なネイルアートを施しており、料理が得意とは思えないが——。仲睦まじい夫婦を演じるため、梅本遼司がインタビューで嘘をついた可能性もある。

「ずっと一緒に行動していた訳ではありませんよ。俺が仲居の飯星さんと一緒に山へ入っていたら、芦田さんが途中から合流して来まして」

梅本遼司いわく、その時の芦田には別段変わった様子もなく、強いて言うなら度々息切れをしていたということであった。梅本遼司が山菜採りに熱中している間、妻の清香の方は離れの露天風呂に浸《つ》かったりと旅館内で一人過ごしていたという。

「夕食までに芦田さんとは一度も会わなかったわ。夕方近くに涼風さんとお茶を飲んだけど。先ほども言いましたが離れのロビーです」

夕食後、芦田の部屋での酒宴に話が及ぶと、梅本夫妻は沈痛な面持ちになる。特に梅本遼司の顔色は蒼白《そうはく》だ。彼は卓上に乗せた右手の痣を左手で摩《さす》った。

「芦田さんの体調不良は以前より知っておりました。しかし、昨晩は食欲も旺盛で、酒もだいぶ進んでましたので、もう治ったものかと安心していたんですが……」

梅本清香がハンカチで目頭を押さえる。もし彼女が芦田殺害の真犯人なら相当の悪女だろう。

「どれぐらい呑まれてました？」

今宮が質問する。芦田が摂取したアルコールの量が気になったのだろう。梅本夫妻は顔を見合わせた。

「俺は夕食の時点で既に酔っぱらってたからな。あまり覚えてない。清香、おまえはどうだ？」

「そうねぇ。芦田さんはビールがお好きでしたので。一人で中瓶二本ほど空けたんじゃないかしら。渡利さんは、芦田さんがグラスを空ける度にお酌してたわね。普段はそんなことしないのに珍しいと思ってたけど」

芦田は久々に呑み過ぎたせいか、呂律《ろれつ》が回らなくなり「眠い」と言い出しその場に横になってしまったという。飯星が布団を敷き、高いびきをかく芦田をやっとのことで皆で寝かせ、午前一時にそれぞれが自分の部屋に戻ったのだ。今宮が再び質問をする。

「嘔吐《おうと》などはしていませんでしたか？」

梅本清香は首を横に振る。

「いいえ」

今宮は、吐物《とぶつ》吸引による窒息を疑ったのだろう。しかし、芦田の身体や現場には嘔吐の痕はなかった。芦田の様子からすると中等度酩酊状態で血中のアルコール濃度は一・五〜二・五mg／mlだろう。ちなみに四・五mg／ml以上だと死に至る。

「鍵は内鍵で、芦田さん以外に掛けられる人はいません。お互いに知り合いですし、他に宿泊客もいなかったので『鍵なんか掛けなくても』という油断があったのは事実です。あの時、芦田さんを無理矢理起こして、鍵を掛けさせれば良かった。後悔しています」

梅本清香は再びハンカチで涙を拭う。どうもわざとらしい。そんな彼女の仕草を見た渡利が鼻で笑う。

「なぁにが『後悔しています』だよ。大女優だな。俺は知ってるんだぜ。アンタは芦田さんに何度も印税の前借りを無心していたようじゃないか。ヒモ旦那とご自分の派手な生活のせいで、台所は火の車だったようだな」

「ちょ、ちょっと！　変な言いがかりはよしてちょうだい」

新たな疑惑が浮上し、刑事たちの表情が険しくなる。それにしても印税の前借りなどとは無茶苦茶な話だ。

芦田の死亡推定時刻には梅本夫妻も各自の部屋にいて物音一つ聞いていないということだが、梅本遼司の供述時の態度は何とも挙動不審で、ソワソワと落ち着きがなく額からは汗が噴き出している。暑い気候でもないのに。

今宮は腕組みをしつつ、じっと梅本遼司を見つめている。梅本もそれに気づき、更に落ち着かない素振りだ。何かやましいことがあるのだろうか？　梅本のおどおどした姿を見て、渡利が低く笑う。

「おい、渡利。何がおかしい。言いたいことがあるなら言ってみろ！」

梅本遼司が声を張り上げ卓上を叩いたものだから、湯飲みの中身が零《こぼ》れそうになり、私は慌てて自分の湯飲みを押さえた。梅本の挑発に渡利は「待ってました」とばかりに身を乗り出した。

「聞いてくださいよ、刑事さん。実は、芦田さんは大麻中毒なんじゃないかって、もっぱらの噂でした。しかも仲間はここにいるこの男です。芦田さんとリョウさんは二人で大麻を育てて売り捌《さば》いていたんじゃないかって」

「何だとぉ、てめえ！　いい加減なことを言うんじゃねぇよ」

梅本遼司が立ち上がり、渡利に摑みかかろうとした。それを梅本清香と涼風が必死で食い止める。梅本遼司は興奮で顔を真っ赤にしながらも胡坐《あぐら》をかいてどっかりと座り込んだ。船岡と小倉が何やら目配せをして頷いた。今宮は渡利から視線を逸らさず、黙って話を聞いている。

「俺は芦田さんが大麻中毒者じゃないかって、ずっと疑っていました。それで体調が思わしくなかったんじゃないかって。芦田さんの部屋にばら撒かれていたのは大麻の葉っぱでしょう？　やはり大麻絡みで殺害されたのではないでしょうか」

芦田は大麻の売人かつ中毒者であったのだろうか。梅本遼司が共犯とのことだが、もし渡利の供述が真実なら、ミステリ界に激震が走るだろう。

近年、覚醒剤や大麻、特に危険ドラッグなどは民間人でも簡単に手に入る。「ちょっとだけ」という気軽な考えが命取りだ。今年になって、危険ドラッグで死亡した遺体を何体解剖したことか。警察からも声を大にして世間に伝えて欲しい。「危険ドラッグは確実に死に至る」と。

「芦田さんの死因に大麻は関係ないでしょう」

唐突に今宮が発言したので驚いた。小倉は「本当か？ 今宮先生」と目を輝かせる。渡利は神妙な顔つきで背筋を伸ばした。

「――ほぉ。法医学者の今宮先生、でしたっけ。是非ともプロのご意見を伺いたいですね」

そうは言いつつも、渡利の表情は強張っている。今宮は続けた。

「午後の解剖で明らかになるでしょう。尿検査もしますので、芦田さんが大麻を摂取していたかどうかはすぐに分かります」

「根拠《こんきょ》は何です？」

「今までの話を伺う限り、芦田さんに大麻中毒者特有の症状が見られない、ただそれだけのことです」

今宮はきっぱりと言い切った後、何故か梅本遼司を見据えている。梅本の先ほどまでの勢いはどこへやら、今宮の視線を避けるように俯いている。顔面には大量の汗が噴き出しており、卓上に置いた拳はブルブルと震えている。

「梅本遼司さんと清香さん。お二人には詳細なお話を伺いたいので、仙台北署においでいただけないでしょうか」

船岡がそう言うと、梅本遼司の表情が強張る。右拳の青痣を隠すように掌《てのひら》を上に向けた。

「それは……。任意でしょうか」

「そうですねぇ。半分強制みたいなものです。出頭していただかないと、後で大変なことになりますよ。取り敢えず、仙台市内から出奔しないように」

船岡は一段と声を張り上げた。梅本遼司を芦田殺しの被疑者としてではなく、大麻売買所持の疑いで引っ張ろうとしているのだ。梅本清香は動揺して今にも泣きそうだ。これまで夫の悪事に目を瞑《つむ》って来たのだろうが、もし大麻売買が真実なら黙っていられないだろう。自著の売り上げにも直結する一大スキャンダルだ。

小倉と吉田、船岡の刑事三人は何やら小声で話し合う。数分後、船岡は手帳を勢い良く閉じた。どうやら事情聴取終了のようだ。

「皆さん、ありがとうございました。今日のところはこれでお帰りくださって結構です。今後も引き続き捜査にご協力ください。何かあればこちらまで」

船岡が青葉会のメンバーそれぞれに名刺を配る。梅本遼司はそれをもぎ取るように受け取り、肩を怒《いか》らせながら宴会場を後にした。梅本清香は「待って」と悲鳴のような声を上げ夫の後を追う。渡利も梅本夫妻と先を争うように宴会場を出て行く。涼風だけが我々に一礼し、しずしずと去って行った。

宴会場の襖が閉まると私は大きな溜息をつき、正座していた足を伸ばした。

「雰囲気が悪かったですね。あんなに仲が悪いなら会わなきゃいいのに。そこまでして集まりたかったんでしょうか」

今宮は頷いて茶を啜《すす》る。

「俺も同感だな。ああいう連中に招集をかけた芦田太一の考えが分からん」

船岡は犬のような唸《うな》り声を上げている。だいぶ興奮しているのだ。私もずっと不思議に思っていた。犬猿の仲である作家たちをわざわざ招集するなんて、面倒な諍《いさか》いが必ず起こるに決まっている。アルコールが入れば尚更だ。これには何か理由がある筈。

「芦田が大麻売買に絡んでいる有力情報が出ましたね！　今宮先生は芦田が大麻中毒者じゃないとおっしゃいましたが、売買に関わっている野郎は必ずしも自分で使用しているとは限りませんから」

「まだ捜査は一通り終わってないですから。気が早いですよ、船岡さん。落ち着いて」

小倉は船岡をやんわりと窘めた。船岡の意見に懐疑的なのだ。小倉は吉田と船岡の目を気にせず「やっと終わった」と伸びをした。

「これで青葉会全員の聴取が全て終わった訳だが、どうだ？　今宮先生」

今宮なら「どうでもいい」という返答をするに違いないと思いきや、意外にも真面目に回答し始めた。

「一応、全員の尿検査をした方がいいだろうな。大麻を摂取している可能性のある人物が何人かいた」

「何人か」というのには驚いた。敬服すべき観察眼である。私は全く気づかなかった。

「梅本遼司、だっけ？　右拳の青紫色変色斑が気になった。あれは、つい最近受傷したものだろう」

法医学者の鑑定対象は死者だけではない。親子鑑定や児童虐待など生体鑑定も含まれる。特に児童虐待は身体にどのような傷があるのかが重要となる。傷の大きさや、いつ頃受傷したのかなどを詳細に調べ上げるのだ。

「梅本遼司は見たところ右利きだ。右利きの人間が右の拳に痣を作るとなると、どういうことか分かるか、梨木」

「えっ!?」

医学生への口頭試問のようで驚いたが、私も法医解剖技官の端くれだ。ここは一つ、自らの考えを披露してやろう。

「き、利き手に痣などがある場合、鈍体が強く当たった証拠です。一番の可能性としては、誰かを殴るなど暴力行為を働いたのではないかと」

「おお！　梨木にしてはやるじゃないか。大当たりだ。俺もそう思った。あんな所に青痣ができる怪我なんてそうそうないからな。ここ数日の間に誰かを強くぶん殴ったに違いない」

今宮が頷きながら褒めてくれた。こんなことは珍しい。

「伊達《だて》に五年も法医学教室にいませんよ」

私は調子に乗って胸を張る。

「やっぱり、俺の教え方がいいからだな」

今宮は自分の手柄《てがら》にしてしまった。どこまでも自己中心的な男である。私は調子に乗った自分を恥じ、すぐに冷静になった。

船岡が手帳にメモを取りながら身を乗り出す。口角に泡を溜め、更に興奮していた。

「そうなると、芦田を殺《や》ったのは梅本遼司でしょうかねぇ。最初からいけ好かない野郎だと思っていたんですよ。芦田をぶん殴って殺したとか」

「船岡さん、先走り過ぎな上に、見当違いも甚《はなは》だしい。さっき、芦田の身体を見たでしょう。

綺麗なもんだったじゃないですか。殴られていたのなら、顔などに損傷があってもいい筈です。梅本の右手に青痣ができるぐらいなら相当な力が加わっていて、頭蓋内に損傷ができてもおかしくない。もしそうなら、高頻度でブラックアイも出現する筈。現場の様子からだと、被疑者が『乱闘があった』と思わせる偽装工作をしているのは明らかです。芦田の眼鏡のレンズも割れていましたが、意図的なものですよ」

小倉に窘められ、船岡はしゅんとした。脳内推理型と猪突猛進型の勝敗は呆気なく決したようである。私は今宮に尋ねる。

「梅本遼司が奥さん相手にDVを働いていたとか？」

「彼女の顔には傷一つなかったし、おそらく可能性は低いだろう」

今宮は聴取に興味のないふりをして、全ての人間の観察をしていたらしい。抜け目のない男だ。そんな今宮に負けてはならないと、私はこっそり手帳を取り出し、これまでの謎をまとめてみることにする。

私の疑問点は次の通り。

・芦田は何故、今回青葉会を招集したのか？　メンバー同士仲が悪かったのなら解散すれば良かったのに。

・芦田の部屋は何故、荒らされていたのか？　金品目的なら、あんなに荒らさなくても良いのでは？
・芦田の身体は何故濡れていたのか？
・大麻と青紅葉がばら撒かれていたのは何故か？
・芦田の左肩と右足の裏にあった変色斑は虫刺されなのか？
・結局のところ、芦田の死因は何なのか？　他害性の有無は？

左腕に生暖かい気配がした。振り向くと、今宮が私の手帳を覗き込んでいたのである。私は慌てて手帳を両手で覆った。

「勝手に見ないでくださいよ！」

「ふん。名探偵気取りか。単純なヤツだな。そんなに難しく考えなくとも、解剖に期待しろよ」

「死因不詳だったらどうするんですか」

「そうなったら、後は警察に任せる」

今宮の方が単純ではないか。我々の会話を聞いていた小倉が苦笑いをしている。

「もしや、何か分かったんですか？　死因と被疑者の目星が付いたとか。ちょっと待ってくださいよ。メモしますから」

私は手帳の新たなページを開く。

「そんな訳ないだろう。一介の法医学者を名探偵呼ばわりするなよ」

今宮は素早く立ち上がる。どうやら足は痺れていないようだ。

「さあ、早く帰って司法解剖だ」

3

こうして今宮と私が作並の紅葉旅館より法医学教室へ戻ったのは十二時半。芦田太一の遺体を乗せた搬送車はだいぶ前に到着していたようで、法医解剖室の外の駐車場で待機していた。午後一時ちょうどに、船岡と仙台北署の警察官たちが芦田太一の遺体を法医解剖室へ運んで来た。宮城県警本部に戻っていた小倉と吉田も法医解剖室に到着した。定刻通りの午後一時半に司法解剖開始、執刀は勿論今宮である。解剖補助は私で書記は吉田。吉田は「パソコンが苦手だ」と言いながらも、誰よりも速くタイピングできるので今宮も頼りにしきっている。

黙禱後、すぐに今宮は遺体の外表所見を取り始める。検屍で見落としがないか確認の意味もある。遺体は検屍時よりも死後硬直や角膜の混濁《こんだく》が進んでいた。ここまでは死後変化の範《はん》疇《ちゅう》である。今宮は頭部顔面から頸部、胸腹部と検案を進めてゆく。鼻骨《びこつ》や肋骨を両手で触り、可動性を確かめる。左上肢と右上肢の所見を取り終えた後で呟いた。

「防御創もなし。暴力を受けた可能性はなさそうだな」

私は頷く。検屍時と同様、左肩と右足底の変色斑を除き、肌は黄色がかっているもののすべすべしていて綺麗だ。これはますます内因死（病死）の疑いが濃厚ではないか。

左右の下肢も傷一つ見当たらない。今宮は遺体の左肩と右足底の変色斑に顔を近づけ、ルーペで覗く。

「やっぱり変色斑が気になるな。こうして無影灯《むえいとう》の下で見ると、虫刺されじゃない気がする。梨木、後でこの二ヶ所の皮膚を採取してくれ。よし、前面は終了。背面にしてくれ」

遺体を伏臥位にし、今度は背中を観察する。芦田は仰臥位で死亡していた上、そのままの状態が続いたので背中に強い死斑が出現している。今宮が指で押しても消褪しなくなっていた。

「死斑が強く出現している以外は何もないな。よし、背中を開けるか。おそらく何も出ねぇとは思うが」

私は頷き、今宮にメスと有鉤ピンセットを手渡す。解剖の手順は執刀医や法医学教室によって違う。今宮は大抵《たいてい》背中から開検《かいけん》する。

背中の皮膚は分厚いので、メスを強く押し当てて切開しなければならない。強くし過ぎると今度は筋肉まで切れてしまうので要注意だ。予想通り芦田は皮下脂肪が多く、私も今宮も筋肉を露出させるのに苦労した。

「今宮先生でも、縫合は一苦労だろうな」

小倉が我々の手元を覗き込んだ。解剖に入る時はさすがに例の作業着を着用するかと思いきや、スーツのジャケットを脱いだ状態で防水性の手術用ガウンを着用している。そんなに作業着が嫌なのか。

背中の皮下に出血は皆無であった。所轄署の鑑識による写真撮影が終わると、次に筋肉を剝いで骨を露出させなければならない。骨折の有無を確認するためだ。

脊椎《せきつい》に沿ってメスを入れ、広背筋《こうはいきん》や脊柱起立筋《せきちゅうきりつきん》を捲り骨膜剝離子と呼ばれる器具で骨に付着している僅かな筋肉も剝がし、肋骨を綺麗に露出させる。更に棘上筋《きょくじょうきん》と棘下筋《きょくかきん》を剝がすと、肩甲骨《けんこうこつ》が出て来る。

通常、執刀医の立ち位置は遺体を仰臥位にした時の右側、補助は左側である。今は遺体を伏臥位にしているので左右が逆になっている。

「右側の肋骨に骨折はありません」

私の報告に今宮は「そうか」と頷いた。

「左側も骨折なしだ。筋肉内の出血もない」

写真撮影の後、背中の縫合に入る。多量の脂肪と分厚い皮膚のせいで縫合針がなかなか通らず、苦労しながらも何とか二人で縫い上げた。仙台北署の警察官に手伝ってもらいながら、遺体を仰臥位に戻す。

こんな時にいつも考えるのはダイエットのことである。人間いつ死ぬか分からないし、解剖台に上がらないとも限らない。脂肪だらけの重い身体だと、法医学者や警察に迷惑をかけるのではと心配になる。私だけかも知れないが——。今宮に言ったら「くだらねぇ。俺は食いたい物を食う」と一蹴される可能性は大だ。

「おい、梨木。また『痩せたい』とか、くだらねぇこと考えているんじゃないだろうな」

今宮に見抜かれた。さすが、鋭い男である。

「どうして痩せたがるんだろうな。今がちょうどいいのに、それ以上痩せたら、骨と皮しかなくなるじゃないか。身長百六十センチメートルに体重四十七キログラムだろう？」

何故この男は私の身長と体重を知っているのだ。私が慌てて「セクハラですよ」と騒ぐと、今宮は「何だ。適当に言ったのに当たったのか」としれっとしたものである。

「とにかくダイエットなんかしたら栄養失調で死ぬぞ。おまえ、一人暮らしだろうが。孤独死して俺に解剖されたいのか」

「嫌です」

「そう思うんなら、つまらん考えは捨てるんだな。よし、いつも通り切開していくぞ。メスの刃を替えてくれ」

背中を切開したメスは全く切れなくなっている。骨と脂肪のせいだ。時代劇に限らず、刃物を振り回して何人も斬り捨ててゆくシーンを見ると、「そろそろ切れなくなる頃だ」と思うのは職業病だ。

昔のメスは、刃と柄が全てステンレス製で一続きになっているのが普通だったが、最近は柄がプラスチックかステンレス製で、メス刃だけ交換できるようになっている。ちなみに我々が今使用しているのは、柄がプラスチック製の大振りの物で、外科用のメスとは全く違う。

メス刃を新しく交換し、有鉤ピンセットと共に今宮に手渡す。今宮はすぐに胸腹部の切開に入った。

鎖骨下《さこつか》をV字に切開した後、その真ん中から恥骨《ちこつ》まで一直線に切開する。この時、臍の左側を迂回《うかい》させる。一般に〈Y字切開〉と呼ばれ、納棺時に着物を着せた際、切開痕が見えないように配慮されている。

私もメスを握り、今宮が切開した部分から皮膚を剥がしてゆく。前面も皮下脂肪が多く、臍の部分で厚みが五センチメートルもある。皮下、脂肪織内に出血は見られない。

「吉田さん、次は胸腹部の内景所見を言います。胸部の皮膚を切開剥離すると、胸部の皮下及び脂肪織内には著変を認めない。腹部も同様」

今宮が流暢に内景所見を述べてゆく。吉田も寸分の遅れなく所見をパソコン画面に入力する。船岡が「巌さん、すげぇなぁ。俺には無理だ」と呟いた。

皮膚を剥がした後は筋肉を剥離してゆく。大胸筋《だいきょうきん》、小胸筋《しょうきょうきん》などを剥がしつつ、筋肉内に出血がないか、肋骨骨折の有無などを確認する。心臓マッサージがおこなわれた場合、左側を中心に肋骨骨折を認めることが多いのだが、遺体は病院搬送されておらず医療行為を受けていないので、肋骨骨折はない。

今宮は小倉と船岡を手招きし、自らの手元を指差す。

「出血はないし、肋骨骨折もない」

小倉は「確かに」と頷いた。船岡は自らの手帳にメモをしまくっている。解剖終了後に今宮から死因に関して説明があるのだし、今のところ異常は認められないのだから、そんなにメモしなくていいのに。

「梨木。左肩と右足底の変色斑は最後に切開するぞ」

「ホルマリンで保存しますか？」

「頼む。さて、腹部を開けていいぞ」

今宮からの指示を受け、私は遺体の腹筋をピンセットで摘《つま》むと、剪刀で剣状突起《けんじょうとつき》から恥骨まで一直線に切り開き、更に腹筋を肋骨下端に沿って左右に開く。これで肝臓や大網《たいもう》に覆われた腸管が姿を現した。肝臓は通常よりも色が悪いものの肝硬変ではない。やはり内臓脂肪も多く、臓器を摘出するのが大変そうだ。更に褐色透明の腹水が五百ミリリットルも貯留していた。今宮は遺体の腹部を覗き込む。

「腹が膨れていたのは腹水のせいもあったんだな。臓器を取り出す時、膵臓周囲に気をつけてくれ。挫創や出血は見られない。暴力を受けた可能性は限りなくゼロだな。被疑者と乱闘にはなっていない」

今宮と私で横隔膜《おうかくまく》の位置を確認する。

「よし、開胸してくれ」

今宮に肋骨剪刀を手渡した。肋間筋《ろっかんきん》をメスで切断し、そこに肋骨剪刀の刃先を入れ、肋骨を鋸断《きょだん》してゆく。肋骨を取り外すと心膜に包まれた心臓と、左右の肺が現れる。芦田は煙草を吸わなかったとのことで、肺の炭粉《たんぷん》沈着は驚くほど少なかったものの、鬱血《うっけつ》のせいでどす黒く変色していた。

写真撮影を終えた後、胸水が貯留していないかを確認し、いよいよ心膜を開いて心臓を確認する。一つ目の山場だ。

今宮が心膜に鋏《はさみ》を入れ、開いてゆく。私はすかさず鉗子でその心膜を挟み、肋間筋に固定する。

「心臓はどうだ？　今宮先生」

再び小倉が我々の手元を覗き込む。

「見たとこ大きさは普通で、肥大はない。心嚢《しんのう》内にも血液の貯留はない。しかし、心臓にまで脂肪が付いてやがる」

「不摂生の極みだな。我々も気をつけないと。そろそろ歳だからな、今宮先生」

「贅沢な物しか口にしないヤツと一緒にするなよ」

野菜や果物の類を一切摂らず、炭水化物か肉ばかり食べている今宮も他人事ではないはずだ。一見痩せているようだが、内臓脂肪の塊《かたまり》かも知れない。

「今宮先生方が歳なら、我々はどうなるんですか。棺桶《かんおけ》に片足突っ込んでますよ」

と、吉田が苦笑した。船岡も笑う。

心臓血を採取しつつ、心臓を摘出する。重さは三百二十グラムと普通であった。心臓血の性状は暗赤色《あんせきしょく》で流動性。今宮は「急死だな」と呟いた後で、骨盤内を覗く。

「梨木、膀胱《ぼうこう》内から尿を採取したら、いつも通りに臓器を出していいぞ」

膀胱を開くと、尿は数ミリリットルしか残っていない。褐色で混濁している。僅かな量だが、薬物のスクリーニング検査はできる。

「鑑識からの連絡で、現場の布団から尿斑が出たとのことだ。だいぶ失禁があったらしい。全身に濡れた痕があったから、気づくのが遅かったが」

とは小倉の弁だ。

「梨木さん、ちょっといいですか？」

ここで船岡が、私に大きな身体を寄せて来た。どうせ今宮に訊き難い質問があるのだろう。警察はいつもこうだ。私は手を動かしながら訊いた。

「何でしょう？」

「先ほど今宮先生が心臓血を見て『急死だ』とおっしゃいましたけど、どうして分かったのでしょうか？」

小倉が盛大に溜息をついた。

「船岡さん。そんなことも分からないのですか。法医学の勉強をしなさい。現場を仕切る警察官にとっては重要な学問ですよ」

小倉に叱られ、船岡は大きな身体を縮こまらせている。可哀想なので、小倉が今宮と話し込んでいる内にこっそりと教えてやった。

「『急死の三徴候』というのがありまして。『粘膜下、漿膜下《しょうまく》の溢血点』『臓器の鬱血』『暗赤色流動性の心臓血』。全部見られましたよね」

「なるほど！」

と、船岡が声を張り上げたものだから、小倉に気づかれてしまう。小倉が咳払いをした。

「楓ちゃん。不勉強な人間に気を遣わなくていいよ」

「そんな訳にはいきませんよ」

職務に関し、自分にも他人にも厳しいのが小倉である。今宮も然り。

ここで今宮が、ホワイトボードに記載されている芦田の年齢を何度も確認する。

「今宮先生、どうしたんですか？」

「まだ四十二歳か……。冠状動脈の硬化と狭窄が結構あるぞ。どんな生活を送っていたんだよ」

芦田の心臓は動脈硬化が進んでいるようだ。

解剖台の横に設置している切り出し台上で、今宮が心臓を隈なく観察している内に、私はどんどん臓器を摘出してゆく。臓器は摘出したら全て重さを量って写真撮影をしなければならない。

黄色味を帯びている肝臓、脂肪にまみれた左右の副腎《ふくじん》、脾臓《ひぞう》を摘出し、腸管を取り出しにかかった時、膵臓付近に違和感を覚え、今宮を呼んだ。今宮は腸間膜《ちょうかんまく》や分厚い脂肪を押しのけると、犬のように唸り出した。

「――膵癌《すいがん》だな。膵臓の悪性腫瘍だ。膵頭部《すいとうぶ》にできてやがる。ここまでデカくなってるとは……」

「手術しても予後が悪そうですね」

私の言葉に今宮は頷いた。

「今回のことがなくても、おそらくは――」

と、言葉を濁した。事件に巻き込まれなかったとしても、芦田の寿命は残り僅かだったと言いたいのだ。

「詳細は摘出してから見るから、取り敢えず全部出してくれ」

今宮の指示により、私は腸管を取り出した後、左右の腎臓、骨盤内の臓器――直腸、膀胱、前立腺《ぜんりつせん》――と精巣《せいそう》を摘出した。そして心臓に次いで第二の山場である膵臓を、胃・十二指腸と一括で摘出し、写真撮影の後に今宮に渡す。

「こりゃ、ひでえなぁ。転移もしてそうだ」

と、ぶつぶつ独り言を呟いている。今宮の手元を小倉と船岡も覗き込んでいた。小倉は腫瘍部分を指差す。

「この腫瘍のせいで死亡した可能性は？」

「それはなさそうだ」

「急性アル中の可能性は？」

「それもないだろう。ビールの臭いがぷんぷんするが」

胃の内容物を確認していた今宮は、眉間に皺を寄せる。胃は大量の飲食物で膨れ上がっていた。容量は五百ミリリットルで、米飯や野菜片、肉片などが見られる。私の立ち位置までビール臭が漂って来た。アルコールの類は結構臭うものである。

続いて私は、舌、気管と共に両肺を摘出する。最後に頭蓋骨を開けて脳を取り出した。臓器を検分していた今宮は大きな溜息をついた。

「何か見つけたんですか？　今宮先生」

「ああ。癌は肝臓と肺にも転移してた。病院嫌いにも程があるぜ。ここまで来たら、オペをしても助からん。——末期だな。おい、梨木。左肩と右足底の変色斑を採取するのを忘れるなよ」

うっかりしていた。今宮に指摘されなければこのまま縫合に入るところであった。左肩と右足底の皮膚にメスを入れると、僅かに皮下と筋肉に出血が見られた。今宮に報告し、写真撮影をする。採取した変色斑部分の皮膚を今宮に渡すと、彼はその皮膚を無鉤ピンセットで摘み、裏表を観察する。

「この変色斑がキーポイントか。一応また、血液を調べてみるか。熱発《ねっぱつ》はなかったようだが、恙虫か別の虫かも知れんし。船岡さんは大麻中毒を疑っているようですので、血液と尿で検査をしてみますが」

検分の終了した臓器を遺体の体内に返し、縫合に入る。これで司法解剖は終了だ。

やはり芦田の皮膚は脂肪で滑り、だいぶ苦労したが、今宮と二人、無心で縫い続けた。額から汗が流れ落ちてマスクに浸み込んでゆくのが分かる。ガウンの背中もビショビショだ。

「後はよろしく頼む」

今宮は解剖室の出口付近で手袋やガウン、帽子を脱ぎ捨てると、解剖室を出て行った。これから法医学教室で警察への死因説明となる。宮城県警からは検視官と検視官補佐、所轄署からは係長クラスの責任者が同席する。他の警察官は警察官控室か外の車両内で待機する。

「お疲れ様」

小倉が私の肩を叩いて解剖室を後にする。吉田と船岡も遺体に礼をすると小倉に続いた。

仙台北署の警察官に手伝ってもらいながら、芦田の身体を綺麗に清拭《せいしき》して送り出した。そして使用した解剖器具を洗浄し、解剖台と床を清掃する。

作業が一段落ついたところで、解剖室を施錠して法医学教室へ戻る。コンクリート製の階段は所々がひび割れて、何度となく躓《つまず》いた。

法医解剖室は医学部一号館の地下一階、法医学教室はその一階にある。煉瓦《れんが》造りの古い三階建ての建造物はどこに行っても暗いしカビ臭い。天井に広がった雨漏りのシミが人の顔に見えたりするから不気味である。夏は暑苦しく冬は底冷えがするので、冷暖房は常に最強というエコとは真逆の環境。私が着任する数年前、法医解剖室の大々的な改修工事がなされたとのことで、一応は最新に準ずる設備が揃っている。

法医学教室は教授室や実験室、検査室、教職員室などで構成されている。教職員室にはちょっとした応接間や、食事を摂ったりミーティングしたりできるスペース、そして各々の机が配置されている。

応接間では、今宮による警察への死因説明がまだ続いていたので、私は緑茶を淹《い》れて皆に出した。

「今のところ、死因不詳。解剖所見で主だったものは末期の膵癌です。急死の所見がありましたが、癌によるものではないでしょう。脳には異常はなし。肺と肝臓に転移がありました。心臓は動脈硬化が進んでいました。骨折などの外傷は見られません。暴力を受けたり、乱闘したりはなかったと考えます。左肩と右足底の変色斑が気になるので、病理組織検査を実施します。恙虫やその他毒虫による刺し傷も考慮に入れておきますので。尿による薬物スクリーニング検査の結果は本日中に判明します」

と、今宮は私に視線を送って来た。「今すぐやれ」という強い圧力だ。屈せずにいようと思ったがあまりにも今宮の眼力が強かったため、しぶしぶ検査室へ移動し、芦田から採取した尿で薬物のスクリーニング検査をおこなう。市販の簡易キットがあるので、十分程度で済む。そのキットは妊娠検査薬に似ていて、薬物に反応するとラインが出現するタイプだ。これなら、警察がいる内に報告できるはず。結果はＴＨＣ（テトラヒドロカンナビノール・大麻成分）に反応はなく、意外にもＢＡＲ（バルビツール酸・睡眠導入剤、鎮痛剤などの成分）にラインが出現した。

すぐにその旨を隣室の今宮らに報告すると、警察側は騒々しくなった。船岡が鼻息荒く手帳を捲った。

「芦田は薬の類も嫌っていて、サプリメントすら摂取していなかったそうです。所持品からも一切出ませんでしたし。そうなると、睡眠薬を盛られた可能性もあるということですな！」

今宮は努めて冷静に「その可能性が高いでしょうね」と死体検案書から顔を上げずに続けて言う。

「現場と遺体の初見では〈肝性脳症《かんせいのうしょう》〉を疑ったんです。しかし、睡眠薬を摂取していたのなら興奮やせん妄状態にならないですね。青葉会のメンバーも『芦田太一は精神的に落ち着いていた』と証言しておりましたし。やはり被疑者が室内を荒らしたと考えてもいいのではないでしょうか」

小倉は首を傾げる。

「カンセイノウショウ——。劇症肝炎や肝硬変が原因で精神・神経症状をきたすというアレか？」

〈肝性脳症〉とは肝臓の機能が低下することにより、体内で発生した毒性物質を肝臓が解毒できずに毒性物質が脳に届いてしまい、精神・神経症状をきたす病状のことである。どうやら今宮は、大麻が散乱した室内と黄疸の出ている芦田を見た瞬間に「肝性脳症によるせん妄、興奮状態で芦田自らが室内を荒らしたのでは？」と考えていたようだ。

「特捜《とくそう》（特別捜査本部）を立ち上げていいのかな？　今宮先生の一言で決まるよ」

小倉が意地悪そうに笑う。今宮は筆を走らせながら言った。

「責任転嫁するなよ、小倉検視官。何度も言うが死因不詳。しかし、解剖所見や現場の状況より自殺、病死の可能性は低い。以上」

「それじゃあ、決まりだ。仙台北署に特捜設置。事故もしくは他殺の疑いで捜査開始」

小倉がそう言うと、船岡は「了解！」と叫び、携帯電話を握り締め、鼻息荒く部屋を出て行った。

「詳細な検査結果は後日、追ってご報告申し上げます。変色斑部分の皮膚の検査もゴールデン・ウィーク明けには終わるでしょう」

再び今宮が強い視線を送って来たので、私は力なく頷く。「急げ」という意味だろう。これから数日、忙しくなりそうだ。

4

「法医学教室は、解剖がない日は何をしているのだろう」「暇ではないのか」と思われがちだが、とんでもない。解剖以外の業務は他にたくさんある。今宮ら教員は医学生への教育義務があり、更に研究を重ね論文にして業績を残さなければならない。法医学教室も大学の一分野なので「教育・研究・実務」の三本柱が基本だ。また、私のような技官（医療技術職員）は、解剖中に遺体から採取した血液や尿の検査、臓器からの病理組織標本作製などの業務がある。

三日月出版編集者、芦田太一の変死事件より十日以上が経過した五月七日、木曜日。本日は珍しく解剖が入らなかった。溜まっていた病理組織標本作製業務を片づける絶好の機会だ。

芦田の左肩と右足底にあった変色斑部分の皮膚を採取、ホルマリン固定をしていたので、その皮膚を最終的に病理標本として完成させ、今宮に献上しなくてはならない。催促が来る前に着手だ。ゴールデン・ウィークを挟んだので尚更急がなければ。

ホルマリンから皮膚を取り出して水洗し、アルコールで脱水する。それをパラフィン（蠟《ろう》）で包埋《ほうまい》してブロックを作製する。そのパラフィンブロックをミクロトームと呼ばれる薄切機器で数マイクロメートルの厚さに切り、スライドグラスに貼り付けて一晩乾燥させる。乾燥後のスライドグラスで、様々な染色をおこなうのだ。

予想通り、染色が終わったと同時に今宮が病理検査室へ入って来た。私はほくそ笑む。

「おい、梨木。先々週の剖検番号一七八三の――」

「もう完成してますよ」

得意げに病理標本スライドを差し出した。今宮は「ちっ」と舌打ちすると、私の手からスライドをひったくる。

「ふん。何だ、そのしたり顔は。仕事はできて当たり前だからな。今回はいつもより少し早かっただけじゃねえか」

何とでも言うがいい。今宮の難癖は負け惜しみにしか聞こえない。手前味噌だが、薄切も染色も抜群の出来だったので、私は上機嫌だ。一方、今宮は少々不機嫌である。何故なら、毎日のように仙台北署の船岡から電話があるからである。「何を好きこのんで、声のデカいおっさんと毎日電話しなきゃならんのだ。鼓膜が破れる」と、憤慨していたのだ。

芦田から採取した血液や尿で更なる薬物検査をしたところ、大麻ではなく睡眠薬と多量のアルコールが検出された——但し、致死量ではない——のだ。芦田が大麻売買に関わっていたという裏が取れず、宮城県警は怨恨のセンで捜査を進めているようだ。睡眠薬も致死量ではないので、殺害手段を断定できず八方塞《ふさ》がりの様相で、捜査本部から鑑定結果の催促が激しくなってきていた。

「警察は図々しいからな！　法医学者をおだてて屋根に登らせて、平気でハシゴを外す連中だ」

警察への文句を吐きながらも、今宮は光学顕微鏡《こうがくけんびきょう》の前に陣取る。顕微鏡で芦田の皮膚組織を隅から隅まで観察するのだ。

「まずは左肩からだな」

などと今宮は独り言を呟きながら、顕微鏡を覗き始めた。邪魔にならないよう、なるべく静かにしておこうと、彼から離れた場所で別件の染色を始めていたのだが、今宮が「おっ！」と声を上げるものだから、気になって仕方がない。

「死因に繋《つな》がるようなものでも見つかったんですか？」

「ああ、これは大発見だ。すぐに船岡さんに知らせにゃならん」

「見てみろ」と、今宮は私に椅子を譲ってくれた。早速顕微鏡を覗いてみると、黒々とした塊のようなものが視野中に広がっており、何が何だか分からない。

「こんな組織像、今まで見たことがありません。何ですか？　これ」

今宮は不敵にニヤリと笑った。

「電流斑《でんりゅうはん》だ。芦田太一は感電死だよ」

衝撃の事実。

「これで芦田太一の遺体が濡れていた訳が分かったぜ」

「どういうことですか？」

「濡れていると感電しやすくなるだろう。皮膚抵抗が小さくなる。被疑者は眠っている芦田の身体を水で濡らした。そしてコードを貼り付けて通電する。感電死を悟られないために、花瓶を倒して飾ってあった紅葉をばら撒いたんだ」

「と、いうことは……」

「殺人と断定、だな。今すぐ船岡さんに連絡してくれ。それと、未染色のスライドはまだあるか？」

「ええ。予備が数枚あります」

「それで銅の染色を頼む」

「銅？」

「そうだ。コードには銅線が使われているだろう。延長コードのビニールを剝がし、銅線を剝き出しにして皮膚に貼り付け、通電したら皮膚に銅が沈着する。皮膚片から銅の存在を証明するんだ」

「ああ！　なるほど」

そう言えば紅葉旅館で、備品の延長コードが紛失していた。被疑者がそれを使って芦田を殺《あや》めたのだとしたら――。

「皮膚が濡れていたり通常の状態じゃない場合に感電すると、教科書通りの電流斑にはならないんだ。クソ！　解剖中に気づけば良かった」

今宮は悔しそうに机を叩く。

その日の夕刻、小倉検視官が今宮を訪ねて来た。仙台北署の船岡から宮城県警本部に連絡があったようで、芦田の感電死の件は既に小倉の耳に入っていた。良くも悪くも、警察内部の情報伝達は速い。プライベートな噂もすぐに巡ってしまう。うっかり口を滑らすと後で大変なことになるのだ。以前、今宮が解剖のし過ぎで腱鞘炎《けんしょうえん》になった時も、所轄の警察に病状をかいつまんで話した三十分後、小倉より見舞いの電話があったほどだ。

小倉は相変わらず高級そうな紺色のスーツを身に纏っている。黒の革靴も手入れがなされてピカピカだ。片や今宮は白衣こそクリーニング済みで皺一つないが、その下は黒のTシャツにジーンズ、スニーカーとこちらも相変わらず医学生のような出で立ちである。とても同級生には見えない。

「さすが今宮大先生。芦田太一の死因は感電死か。予想外だったな」

今宮は頷く。

「俺も驚いた。感電死なんぞ久々だからな。感電は業務上の事故が圧倒的に多い。以前は自殺に用いられていたんだが、最近は縊《い》死《し》か薬物の多量摂取、飛び降りが主だ」

私は三人分の紅茶を淹れると、今宮の隣に座った。今宮は眉間に皺を寄せる。

「何だよ、おまえも話に加わるのか」

と、至極迷惑そうだが、私だって芦田の死因に関して詳細を聞きたい。というよりは、小倉が手土産に持参したさくらんぼのタルトが目当てだ。それを悟られまいと真面目な顔つきを心がけたものの、洞察力の鋭い今宮には通用しない。

「おかっぱはキュウリでも食っていればいいんだ」

と一蹴される。「おかっぱ」なんて昭和の女児ではないか。せめてボブヘアと言って欲しい。そして挙句には「俺は紅茶よりコーヒーが良かった」とブツブツ文句を言われる。タルトには紅茶が合うだろうと気を利かせたものの、今宮にはどうでも良かったらしい。小倉は我々のやりとりに笑いつつ「まあまあ」と今宮を取りなしてくれた。

「楓ちゃんも検屍や解剖に携わったんだし、知る権利はある。そうだよね？　楓ちゃん」

ファーストネームで呼ばれるのは心外だが、私は深く頷いた。

「仕方のねえヤツだな」

と今宮は言いつつ、一番大きいタルトが載った皿を私の前に滑らせる。

「被疑者は絞られたんだろう？　その後の捜査はどうなったんだよ。取り逃がしたら宮城県警の大失態だぞ」

「ああ、さっき捕まえた。仙台空港で。海外逃亡する予定だったらしい」

「ええ!?」

驚いたのは私だけだった。今宮は澄ました顔だ。

「ギリギリ間に合って良かったな」

と、紅茶を啜っている。

「だ、誰なんですか、犯人は」

興奮で声が上ずってしまう。小倉は意地悪そうに微笑んだ。

「誰だと思う？　勿論、青葉会の中に被疑者はいるよ。当ててご覧」

「え、えーと……。梅本遼司？」

今宮は紅茶を吹き出しそうになった。

「当てずっぽうで言うなよ！　見た目が胡散臭《うさんくさ》いヤツの名前を挙げただけじゃねえか。――まあでも、そいつもある意味犯人だった訳だから、半分当たりか」

「犯人は二人いるんですか？」

「いいや。芦田太一を殺害した被疑者はただ一人。――渡利宗正だ」

「えっ！」

驚きの声を上げてばかりで喉が痛い。今宮は一体どの辺りから分かっていたのだろう。

「今宮准教授のご教示のおかげで、事件は芋蔓《いもづる》式に解決したんだよ。まず第一の事件。国分町で若い男性が喧嘩の挙句殺害された事件があったでしょう。覚えてる？　そう。芦田の事件が発覚する前日に、ここで司法解剖された事案。その加害者が梅本遼司だった訳」

梅本の右手の青痣はやはり、人を殴ってできた損傷だったのだ。しかもその相手は死亡している。傷害致死だ。

「驚くことはまだあるよ。梅本と、紅葉旅館仲居の飯星澄子は大麻の売人で、更には常習者だった。梅本は同じく大麻の売人である若者と国分町でトラブルになり、挙句殺害してしまったんだな。仙台北署での取り調べの時、彼の身体検査をしたんだが、体幹に青痣が残っていたよ」

　青葉会は腐った組織だったのか。推理作家懇親会が聞いて呆れる。

「飯星と梅本は大麻を栽培、国分町で売買していた。栽培は主に飯星、売買は梅本の担当だったようだ。ところがそれを芦田に見つかってしまった」

　大麻畑は旅館の裏手にあったという。今宮と私が散歩の途中で飯星に出くわしたが、その時に彼女は大麻畑に農薬をばら撒いて証拠隠滅を図っていたらしい。我々を山道の奥から遠ざけようとしていた理由も頷ける。あのリュックの中には山菜ではなく、農薬が入っていたのだ。大麻の常習者は幻覚を見るという。飯星が蛇や不審な男性の姿を見たのは幻覚によるものだった。それを今宮は見破ったのである。そう言えば梅本も異様に発汗していた。あれも大麻吸引の症状だったのだ。梅本が「趣味は山菜採り」と公言していたのも大麻栽培のカモフラージュだったに違いない。

「単純に考えたら、飯星と梅本の二人が口封じで芦田を殺害しようとしたんじゃないんですか？　そこに渡利がどう関わって来るんですか」

　私は知らず知らずの内に前のめりになっていた。小倉は笑って、紅茶を一口飲んだ。

「まあまあ、そう慌てずに。順を追ってゆっくり話すよ。渡利の殺害動機は大麻とは全く別にあった。その動機とは――。何と芦田は渡利のゴーストライターだった。まあ、ゴーストライターと言うのは大袈裟過ぎるかな。二人は共同で作品を仕上げていた」

驚いた拍子に小倉のティーカップを倒しそうになり、今宮に睨まれる。大麻売買も驚愕の事実だが、共同著作の件もマスコミの格好のネタになりそうだ。明日のテレビや新聞の見出しが容易に想像できる。

「渡利の作品は全て芦田との共同執筆だった。メジャーになる前、渡利は推理作家を目指し原稿を書いてはいたようだが、文才が全くなかった。三日月出版に持ち込みに行った時に芦田と出会ったんだ。編集者の芦田もまた推理作家になる夢を捨てきれずにいて、渡利を利用して自分の作品を世に広めることはできないかと考えた。渡利には文才がなかったものの、物語の創作能力は高かった。そこでストーリーを渡利が担当、文章を芦田が書くようになった。僕も楓ちゃんと同様ミステリファンだ。彼らの過去の作品を殆ど読んでいたけど、これが結構な名作揃いでね。渡利はご存じの通りルックスは良いし、抜群に人たらしだった。一方の芦田はあんな外見だし、性格はどちらかというと内向的。だから表に出るのは渡利の役目で、彼の名義であっという間に作品が売れてしまったんだな。印税は折半していたらしいが」

今宮は死因に関する話題以外に興味がないのか、タルトをひたすら貪《むさぼ》り、紅茶を啜っている。そして私に「紅茶、おかわり」とマグカップを突き出した。私はしぶしぶ席を立って紅茶を淹れてやる。

「ところが、ここへ来て芦田の心境に変化が生まれる。彼にも『表に出たい』『脚光を浴びたい』『自分で物語を創作したい』という欲が出て来た。当然渡利は拒否。自らの栄華の半分が水の泡になってしまうからね。更に、渡利が自分名義の印税を折半しなくなった。額を誤魔化して芦田に渡していたんだ。それが芦田にバレて、二人の仲は次第にこじれて行く。我慢の限界に達した芦田が渡利に『全てを公表する』と宣言したから、今回の奇禍に遭うことになってしまった」

私はさくらんぼのタルトを味わいつつ、小倉に尋ねる。

「結局、芦田が青葉会を招集したのは何故ですか？　作家同士で仲が悪いのは見え見えだし、メンバーの中には揉めている張本人の渡利もいます。今更文学サロンぶらなくても」

「三日月出版の同僚に事情聴取したんだが、どうやら芦田は今回で最後にしようと考えていたらしい。青葉会のメンバーは知らなかったが」

それぐらいなら、メンバーには電話かメールで伝えれば良かったものを。

「これは推測だが、芦田は青葉会を理由に渡利を呼び出して、冷静に話し合おうとしたんじゃないのかな。芦田は『事なかれ主義』だったようだから」

今宮は二杯目の紅茶を飲み干した。

「ふん。そんなの端《はな》からうまくいかないのは目に見えているだろう。渡利に分があり過ぎる。最初から二人名義で公表すれば良かったんだ。芦田は災いの種を自らまいたに過ぎん。結局は自分も、ストーリーの創作は渡利に任せていたんだからな」

「相変わらず、君のボスは辛辣《しんらつ》だね」

小倉は私に笑いかける。確かに辛辣だが正論だ。

しかし渡利が芦田を殺害してしまったら、もう作品を生み出せなくなるではないか。

「呆れたことに渡利は推理作家を引退して、俳優に転身予定だった。東京の芸能事務所からスカウトされていたそうだ。貯金もでき、作品は映画化されて知名度も上がった。ここに来て芦田の存在はどうでもいいどころか、足枷《あしかせ》になっていたんだね」

どこまでもゲスな男だ。私は大いに憤慨した。

「俳優になるのなら、芦田を殺す必要はなかったんじゃ？」

「ゴーストライターの件が明るみに出れば、世間に悪い印象を与えるでしょう。俳優活動に暗雲が垂れ込める訳だ」

「確かに。それで、渡利は芦田をどのように殺害したんでしょう」

「楓ちゃんも今宮に似て来たね。事件背景よりも、そっちが気になるんだ」

「いえ、そういう訳では――」

「ウソウソ、冗談だよ。真面目に取らないで」

　小倉は長い脚を組み替えた。所作がいちいち決まっている。

「あの日、渡利はね――」

「殺害方法なら、大体予想はつく」

　今宮は小倉を遮って語り始めた。

「芦田の部屋でおこなわれた酒宴の際に、渡利は隙を見て芦田のコップに睡眠薬を投入。それによって芦田を強烈な眠気が襲い、午前一時に宴会はお開き。午前二時ぐらいに渡利が芦田の部屋に侵入し、芦田の全身に水を掛けて肌を濡らした。おおよそ花瓶の水か、洗面所からでも汲《く》んで来たんだろう。そして室内にあった延長コードを真ん中で切断し、断線部分のビニールを剝がして銅線を剝き出しにし、それぞれ左肩と右足底にガムテープか何かで貼り付け、コンセントにプラグを差し込んで通電させた。膵癌で弱った身体には一発だったろうな。心臓も動脈硬化が酷かったし、弱い電流でも致死性の不整脈が起こった筈だ。死亡を確認した後で青紅葉と大麻をばら撒き、部屋を荒らした。そして延長コードを回収して部屋を出た。こんなところだろう。確実に感電死させるには心臓を挟むように、つまり左胸と背中にコードを貼り付ければいいのだが、それだと感電死させたとすぐにバレる。だから疑われ難い肩と足底にしたんだ。部屋を荒らしたのは、感電目的で水を撒いたのを隠すため。芦田の持ち物に大麻を忍ばせたり、ばら撒いたりしたのは、大麻売買の金銭トラブルに見せかけ、梅本らに罪をなすりつけるためだろう」

「――お見事。さすがだね。殆ど訂正はないよ。凶器となった延長コードは、旅館から数キロメートル離れた崖で見つかった」

小倉は拍手をし、今宮をベタ褒めする。今宮は「これぐらいは朝飯前だ」と、得意げに踏ん反り返った。小倉が今宮に気を遣っているのが丸分かりである。さらに今宮は調子に乗った。

「おまえら警察が渡利に辿《たど》り着いた経緯は容易に想像できる。まずは最初に殺害動機の薄い梅本清香を容疑者リストから外す。『印税の前払いを芦田に無心する』という動機が弱過ぎる。それに芦田を大麻絡みのトラブルで殺害されたように見せかけたとしたら、同時に夫の罪を暴くことに繋がる。そうなると梅本清香に何のメリットもない。次は――涼風暁美か。ストーカーの被害者という動機は十分だが、彼女に芦田殺しは無理だろうな。何故なら彼女は電化製品に疎く、パソコンも扱えないそうじゃないか。そんな人間が馴染みのない延長コードでの殺害計画を練るだろうか」

「素晴らしいね。今宮先生の言う通りだよ。それで残った容疑者が梅本遼司、飯星澄子、渡利宗正だった。驚くことに、ここで梅本と飯星にはアリバイがあることが発覚したんだ」

何と芦田が殺害された時間帯に二人は松の間で大麻の吸引をしていたのだ。「従業員用の仮眠室で寝ていた」「自室にいた」というそれぞれの主張は嘘っぱちだった訳だ。松の間から大麻の陽性反応が出て、二人を問い詰めたところ吸引を認めたという。

残ったのが動機の薄い渡利宗正だったが、渡利の自宅の家宅捜索で芦田と渡利が共同で小説を書いていた事実が判明した。

「疑問がいくつかあります。渡利がばら撒いた大麻はどこで手に入れたんでしょう？」

「いい所に気づいたね。渡利はかねてより梅本と飯星の大麻売買を疑っていた。芦田殺害の前日である四月二十三日の午後に渡利はこっそりと梅本、飯星の後を尾《つ》けた。そこで二人が栽培する大麻畑に行き当たる」

飯星、梅本の二人は大麻乱用のせいで注意力が散漫になっていた。渡利が尾行していることにすら気づかなかったようだ。渡利は大麻畑の傍《そば》に隠れ二人の様子を窺っていた。渡利は紅葉旅館の駐車場に車を置いて飯星と梅本の後を尾行したので、派手な車を梅本清香に目撃されていたのだ。

小倉は紅茶を一口啜り、話を続ける。

「そこに偶然、芦田が来てしまったんだな。芦田は梅本と飯星が山に入って行くのを見かけ、後を追ったんだろう。山菜採りの仲間同士でも、格好の採取場所はお互い秘密にするという。

芦田は『自分だけ除《の》け者にされている』と感じ、憤慨したんじゃないか」

自ら担当している作家と、常宿としている旅館の仲居が大麻を栽培していたと知った芦田は相当なショックだったのではないか。渡利の供述によると、驚いた芦田は梅本らの罪を問い質すことなく、そのまま旅館に逃げ帰ったようだ。大麻栽培を目撃された飯星と梅本は、芦田に大金を渡して口を封じようと、二十四日早朝の散歩に誘ったのだという。芦田はしぶしぶながらも応じたらしい。

「渡利が隠れていたことは誰も知らない。そこでヤツは皆がいなくなるのを待って、大麻をこっそり持ち帰ったんだ」

「ビンゴだタカちゃん」と小倉は指を鳴らした。

「渡利はクズのような男でね。大麻を摘んで帰ったのも、梅本や飯星を脅迫するためだったのが、途中で芦田殺害計画に変わったようだ。紅葉旅館での事情聴取で焦って帰ろうとしていたのは、自宅にある共同著作の証拠を処分するつもりだったのかもね。結局、それらは渡利の自宅に残ったままだったから、日本を脱出すれば捕まらないと高を括《くく》っていたんじゃないのかな。まあ、これからの捜査で全て明らかにさせるよ」

渡利は芦田の病状をどこまで把握していたのだろう。小倉に尋ねた。

「末期の膵癌だったということは、知らなかった。芦田の寿命が残り僅かだったと教えてやったら号泣していたよ。良心の呵責《かしゃく》、というヤツかな。悪人でも少しは善良な心が残っていたのかな」

いや、私はそうは思わない。きっと「放っておいてもすぐに死んだだろうに、自分が罪を犯すことはなかった」という悔恨の涙なのだ。

「それにしても、先入観というのは良くないね。今回、捜査本部は大麻に踊らされた。冷静だったのはタカちゃんだけだ。改めて礼を言うよ」

小倉が真面目な顔つきでそう語った。今宮はタルトをフォークで突《つつ》きながら「大したことじゃねぇよ」と鼻で笑った。

「小倉検視官は現場のプロ。俺は死体のプロだ。注目する箇所が違うのは当然だろう」

「そう言ってもらえると、僕もまだ立つ瀬がある」

「おまえも検視で忙しいんだろう。一つの事件に入れ込んでないで、さっさと頭切り替えた方がいいぞ。早く帰れ」

「ご忠告、感謝する」

小倉は爽やかに笑うと立ち上がった。

「また来るよ」

颯爽《さっそう》と法医学教室を後にする小倉を、私は戸口で見送った。今宮はソファから腰も上げず、片手をひらひらさせただけだ。

今宮は疲労で甘い物を欲していたのか、二つ目のタルトに手をつけている。私と目が合うと意地悪そうな笑みを浮かべたので嫌な予感がした。私をからかおうとする直前の表情だからだ。

「おまえが手帳に書きこんだ謎は、全て解決してやったろう。どうだ？　探偵助手」

私の手帳の内容をまだ覚えているようだ。恥ずかしくなって、音を立てて皿を洗う。

「ご活躍は今宮先生だけじゃないですよ！　小倉さんや、吉田さん、船岡さん全員のお手柄です。こういった仕事はねぇ、チームプレーなんですよ。スタンドプレーじゃダメなんです」

憎まれ口を叩いたものの、今宮が例の変色斑を電流斑と断定できなかったら、捜査は難航していただろう。末期の膵癌以外、めぼしい解剖所見は見当たらなかったから。

「『恙《つつが》なき遺体』だな」

「は？」

「結局は恙虫病じゃなかった訳だから、そうなるだろう」

「『恙ない』だと、健康な状態になるじゃないですか。そんなのおかしいですよ」

「ふん。それもそうだな」

教授が外出中だからと、今宮はソファにだらしなく横になった。束の間の休息だ。目を瞑ってやろう。一つの解剖が終われば、また新たな解剖依頼がやって来る。

「おい、梨木。ボスが帰って来る五分前に起こせよ」

「教授がいつ戻るか分からないのに、そんな器用なことできませんよ。ああ、そうだ。剖検番号一七六九のプランクトン検査の件ですけど――」

振り返ると、今宮は既に寝息を立てていた。やれやれと思いつつ、彼のマグカップと食器を片づける。今宮は眠りながらも、眉間に皺を寄せていた。

「――梨木。明日、司法解剖が二件入ったぞ」

「ええっ!?」

いつの間に検視官から連絡があったのだろう。解剖の準備をしなければと焦ったが、今宮は深い眠りの中だ。どうやら寝言だったらしい。夢の中でも解剖をしているのだ。何と忙《せわ》しない男だろう。そして、夢の中でも私を酷使しているのか。時間外手当をせしめないと。

今宮の夢が正夢になりそうな気がした。眠りこけている彼を放置し、解剖の準備を整えるべく、すぐに法医解剖室へ向かった。

後日、芦田太一の皮膚（電流斑二ヶ所）から銅を検出目的とし、然るべき染色をおこなったところ、銅と思しき物質が見事に染まっていた。これで芦田の死因を「感電死」と断定した今宮の説の裏づけがなされたのである。

誰《た》そ彼《がれ》の殺人

1

私の目の前には、男性の惨《むご》たらしい遺体が横たわっている。遺体の上顎《じょうがく》と下顎《かがく》は粉砕し歯牙《しが》の殆《ほとん》どが抜け落ち、口の周囲は血まみれだ。顔面はどす黒く、眼瞼《がんけん》は半開きだが表情が分からない。更に、両手首と両足首から先が切断され行方不明だ。

私、梨木楓《なしきかえで》は杜乃宮《もりのみや》大学医学部法医学教室の解剖技官《かいぼうぎかん》である。作並《さくなみ》の紅葉《もみじ》旅館にて、東京在住の編集者が殺害された事件からひと月が経った五月二十五日、月曜日。ただいまの時刻は午前十時。週明け早々、検屍《けんし》のため、遺体発見現場に呼び出された。再びの大事件に、宮城県警察本部と所轄の泉《いずみ》署も相当な人員を駆り出され慌ただしい様子だ。

検視官《けんしかん》による検視は泉署の霊安室でおこなうはずだったが、霊安室と遺体保管用冷蔵庫が満杯のため、やむを得ず現場で検視せざるを得なくなった。今はまだ許容範囲だが、夏場だと遺体の腐敗が進むので、どうにか対応を考えていただきたい。

現場は仙台市の北部、泉区寺岡《てらおか》の沼地で、私は初めて訪れる場所だ。遺体は全裸のままゴ

ミ袋に入れられガムテープでぐるぐる巻きにされ、沼に沈んでいた。水中に遺棄《いき》された割には、皮膚の漂母皮形成《ひょうぼひけいせい》（手足がシワシワになる現象）がないので、ゴミ袋の密閉性が高かったことが窺《うかが》える。

沼のほとりに建つ変電所の男性職員が第一発見者だ。ゴミ袋を見つけたカラスがやたらと騒いだらしく、その職員が不審に思い、雑木林の中を探索し、沼の水面に浮いた遺体の発見に至った。「最初はマネキンかと思った」と供述した。本日の午前九時頃の出来事である。

沼の周囲は雑木林で、獣道のような細い歩道には黄色の規制線が張られ、その向こう側に野次馬が殺到し騒々しい。ここから北東方面は住宅密集地なので、そこの住人だろう。

しかし、雑木林を間に挟むおかげで、ざわめきはここまで聞こえてこず大層静かだ。時折聞こえるのは鳥の囀《さえず》りぐらいである。

「何故、手首と足首を切断したんだ」

誰にともなく、宮城県警本部の小倉由樹《おぐらよしき》検視官が呟《つぶや》く。現場が雑木林にもかかわらず、やはり本日もおろし立てのような皺《しわ》一つない紺色のスーツだ。

一方、我が上司である杜乃宮大学医学部法医学教室の今宮貴継《いまみやたかつぐ》准教授は、よれよれの黒色Tシャツにジーンズ姿で、その上に白衣を羽織り、靴は履き古したスニーカーだ。白衣は畳まずロッカーに突っ込んであったのを、そのまま着て来たようで裾《すそ》が皺だらけだ。

つい先ほど、今宮は規制線の前で警備の警察官に制止された。今宮より一回りも若そうな警察官に「医学部の学生さんですか？」と言われたのだ——。

私は吹き出しそうになったが、不謹慎なので何とか口唇《こうしん》を噛み締めて耐えた。今宮の表情を窺うと、こめかみに青筋を浮かせたまま白衣の胸ポケットから身分証を取り出し、極めて低い声で身分を名乗った。これが相手を震え上がらせるのに効果覿面《てきめん》なことを私は知っている。法医解剖室で何度も見た。

その警察官は途端に蒼褪《あおざ》めて「し、失礼しました！」と敬礼をし、規制線を持ち上げて我々を通してくれた。私と二人だけになると、今宮は鼻息を荒くした。

「ふん！　年齢推定もできない愚か者が。警察官に向いてないぞ」

今宮は沼に向かって歩きながら散々毒《どく》づく。私は苦笑するしかなかった。若く見られるとは羨《うらや》ましい限りだが、どうやら今宮は逆らしい。童顔の苦労というものか。

「この状態じゃ、歯からは年齢推定できんが、毛髪を見ると三十代から四十代前半ってとこか。金髪に染めているが、根本の部分が伸びて地毛の色が見える。少し白髪が交じってるからな」

今宮は遺体の傍らに跪《ひざまず》き、毛髪を摘《つま》んで眺める。遺体の髪は金色に染められ、少し長めだ。

今宮の頭髪を参考にしてやろうと、彼の背後に回ったらジロリと睨《にら》まれた。遺体を挟んで向かい側に小倉もしゃがみ込み、今宮に尋ねる。

「今宮先生、死後どれぐらいだろうか？」

「そうだな……。腐敗がそんなに始まっていないから死後一日ぐらいに見えるが、水中に浸《しん》漬《せき》していたことを考慮して、せいぜい二日ぐらいじゃなかろうか。比較的新しい。今日は何日だ？　二十五日か。死亡したのは二十三日頃だろうと思うが……」

遺体の腐敗の進行は温度や湿度、空気の流れなどの影響を多大に受ける。法医学の教科書の最初のページには必ず「死体現象」という項が設けられ、人の「死」直後から遺体に起こる変化についてのあらゆる説明がなされる。そこに必ず書かれているのが〈キャスパー（もしくはカスパー）の法則〉だ。キャスパーの法則によると「地上での腐敗状態を一とした場合、水中ではその二倍、土中ではその八倍の期間を要する」とある。つまり今宮はこの遺体を「死後一日経過したように見えるが、水中に遺棄されていたため、キャスパーの法則に則《のっと》り、二倍して死後二日ほどではないか」と判断したのだ。

泉署の警察官の報告によると、この沼の水深は一メートルほどで、現在の気温は二十度、水温は十七度ほどだ。死後一日ぐらいで腐敗ガスは発生するものだろうか？　私は今宮に訊《き》いてみた。

「腐敗ガスが発生したから浮揚《ふよう》したのでしょうか」

「いや。遺体をゴミ袋で包む時、あまり空気を抜かずに遺棄したから、ゴミ袋が浮きの役目を果たしたんじゃないか。重りも付いてないし浮き上がるのは当然だ。遺体はまだ新しいし、浮くほど腐敗ガスが発生しているとは思えん」

今宮いわく、水温が十七度ぐらいだと遺体が浮揚するのに必要な日数は五日から一週間ほど。更に水深が浅い場合、浮揚しないようコンクリートブロックなど重りを付けるなら七十キログラムは必要らしい。水深が四十メートルを超えると水温や重力の関係で遺体は浮揚しない。

「身元に繋《つな》がる所持品は、何か出たか？」

今宮の問いに小倉は眉間に皺を寄せ、首を横に振った。

「今、近辺を捜索させているが、まだ報告を受けてない。何せ、ホトケさんは全裸だからな。取り敢えず宮城県内での失踪人リストを当たらせている」

私も今宮の左隣に陣取る。今宮に無鉤《むこう》ピンセットと物差しを所望されたので手渡す。

遺体の睫毛《まつげ》は異様に長い。口は無残に破壊されているものの、鼻から上は損傷《そんしょう》が少ない。こうしてみると結構整った顔立ちをしている。生前は男前だったに違いない。顔から胸腹部、四肢《しし》へと視線を移す。付着しているのは毛髪や泥ぐらいだ。両手足の切断面は皮膚や筋肉、骨までもが粗く、切断の苦労が窺える。

中腰で遺体を覗《のぞ》き込んでいたので、そろそろ脚に限界が来た。腰を伸ばして辺りを見渡し、現場周囲の風景を観察する。

この沼は東西に長細い形状だ。沼の東側は雑木林だが、西側は東側ほど木は生えていない。我々はここまで来るのに東側の雑木林の中を通って来た。第一発見者が勤務する変電所は沼の真南にあり、遺体が浮いていたのは変電所のちょうど対岸近くで、変電所員は沼を半周しなければならなかったようだ。

鳥の鳴き声以外はとにかく静かで、昼間でも薄気味悪いこの場所に犬の散歩でもわざわざ入って来る人間はいないだろうから、犯人はそれを見越して遺棄したのだろう。

「土地勘のある者の犯行でしょうね」

私の考えを見透かすように話し掛けて来たのは、吉田巌《よしだいわお》検視官補佐である。

頭上では、カラスの群れがギャアギャアと激しく鳴きながら旋回し、とても不気味だ。吉田は空を見上げながら「やかましいなぁ。目ざといヤツらだ」と、顔を顰《しか》める。

空は分厚い雲に覆われてはいるが、雲の隙間から薄日が差し込む。上着に白衣だけだと少々肌寒い。この地域は仙台市中心部よりだいぶ気温が低いらしい。「この辺りは雪が積りますよ」とは吉田の弁だ。ここ一週間は雨が降ったり止《や》んだりで梅雨の頃のような天気が続き、大学周辺もだいぶ気温が低かった。

北西の方向には泉ヶ岳《いずみがたけ》が聳《そび》える。泉ヶ岳は登山だけでなく温泉やスキー、パラグライダーなどを一年中楽しめる観光地でもある。仙台市中心部から車で一時間ぐらいだろうか。ちなみに私は幼少時に両親に連れて行ってもらった筈《はず》だが、全く記憶にない。

「確かに、こんな場所に入って来られるのは地元民だけですよね。昼間でも薄気味悪いですし、散歩でも通りたくないですね。手掛かりは少なそうですが、捜査は進展しそうですか？」

「両手両足が切断により行方不明なので指紋と足紋《そくもん》でマエも調べられない。歯も滅茶苦茶で、歯科医院にも当たれない。困ったもんです。午後からの司法解剖に期待したいですがね」

吉田は今宮に目を遣《や》る。今宮と小倉による検屍（検視）は続行中で、今宮は何かを発見したようである。

「頸部《けいぶ》に拇指頭面大《ぼしとうめんだい》から小指頭面大《しょうしとうめんだい》の赤紫色変色斑《せきししょくへんしょくはん》が複数あるな。指の痕《あと》か？」

そう言いながら今宮は、遺体の首を絞めるように自らの指をあてがい、何度も確かめている。小倉もそれを真似る。

「本当だ。誰かに絞められたようだな。扼頸《やくけい》か」

今宮は頷《うなず》き、首を指差す。

「死因はこれかも知れん。身体には致命傷になりそうな創《きず》が全くないからな。手足の切断は死後のものだろう。〈生活反応〉がなさそうだ」

法医学の教科書より引用すると「外部から作用した異常刺激に対する生体の病態生理的変化（生体防御反応）が、死後も死体に形態的（生化学的）変化として認識されるものを生活反応（vital reaction）と言う」。簡単に言うと、遺体に残っている創（傷）などが生前に負ったものであれば、それは「生活反応あり」とみなされる。例として挙げると、火災における煤《すす》の吸引だ。生きたまま煙を吸えば気道や食道、胃などに煤が残り、血液からは一酸化炭素へモグロビンが検出される。死後火災に遭《あ》うと、どちらも検出されないのだ。

「遺体の手首と足首は死後の切断」と今宮は推測したが、もしそれが本当なら、犯人は何故、遺体をこのような目に遭わせたのだろう。

「どうした、梨木。やけに神妙だな。今日は『あの手帳』を出さないのか？」

「あの手帳」とは、私が常に所持している勿忘草《わすれなぐさ》色の手帳のことである。数年前に一番町《いちばんちょう》四丁目商店街の文具店で購入し、いたく気に入っている。今宮の探偵助手を気取り、難事件に遭遇した時に疑問点などを記入する。今宮はそれをいつも小バカにしているのだ。

「検屍現場ではさすがにメモできません。遺体に触るために手袋をしていますから」

「——ふうん。その様子だと、犯人が何故、手足を切断したのか気になるんだろう？　俺もだ。理由を考えていた」

どうやら私の思考はすぐ他人に伝わるらしい。表情に出るのか。

「何か特徴的な刺青《いれずみ》など入っていたのでしょうか？　皮膚を剝《は》がすとバレるからとか」

「その可能性もある。一番考えられるのは、身元を容易に特定されないためだろう。歯根《しこん》まで粉砕、両手足も切断されている。歯科医院も当たれないし、指紋や足紋で前科も割り出せない。この金髪頭は特徴的だがな。後はＤＮＡか――」

「マエのある者は指紋と同様ＤＮＡデータが保存されているが、犯歴がなきゃ無理だろうね。厄介だ」

私と今宮の会話に入って来た小倉は溜息をついた。捜査が難航しそうだと嘆《なげ》きたいのだ。

雑草や落ち葉の上に青いビニールシートが敷かれ、遺体はその上に横たえられている。私は遺体から周囲の地面に視線を移す。少なくともこの周囲に血液や骨粉、筋肉片などの散在はなさそうだ。ということは、遺体の手足切断現場はここではないのか。今宮は私をチラリと見ながら吉田に向かって言う。

「先ほど、泉署の捜査員から報告を受けましたが、沼の周囲に遺体損壊作業をした痕跡はないそうですね。どこかで殺害して、手首足首切断の後、ここに運ばれて来たと考えて良いでしょう」

「運ぶとなれば車でしょうね。複数犯でしょうか？」

吉田はメモを取りながら首を捻《ひね》る。今宮は頷く。

「その可能性は大ですね。余程の怪力でない限り、一人で成人男性の遺体を担ぐのは難しい。警察の皆さんでも、解剖室に遺体を運んで来るのに苦労してますよね。引きずった痕や台車で運んだ形跡がないですし」

小道から十数メートルほどの距離があるこの場所までの草花は、不自然に倒れたり均《なら》されたりはしていない。ここに単身で遺体を運んで来る者がいたとしたら、相当の猛者《もさ》だ。

「恙虫《つつがむし》がいるかもな」

今宮は私の耳元でボソリと呟く。私は自らの身体を何度も手で払った。今宮はニヤニヤと笑っている。

「虫除けスプレーは常備しとけ。俺は出発前、身体中に振りかけて来たぞ」

道理で今宮の全身から柑橘《かんきつ》系の香りが漂うと思った。最初は香水かと疑ったが、今宮は香水が大の苦手だから使う筈がない。

「ズルイですよ、自分ばかり。私にも貸してください」

「自己防衛だ。何とでも言え。そんなことにも頭が回らないおまえが未熟だ」

今宮はそう言いながらも、白衣のポケットから虫除けスプレーを出して私に放り投げて来た。私はそれを何とか受け取ると、遺体から十分に距離を取ったところで、自らの身体にスプレーを万遍なく振りかける。そうしながら、現場周囲をじっくりと観察する。

いつの間にか隣に小倉が立っていた。私と目が合うとにっこり笑って言う。

「泉署の捜査員に沼地を捜索させているけど、今のところは凶器らしき物も発見できず。この後の司法解剖に期待だね」

私は頷く。現場には女性警察官が数名いたが、皆羨ましそうにこちらを眺める。小倉目当てなのだ。女の嫉妬は恐ろしい。厄介ごとに巻き込まれたくないので、すぐに小倉から離れ今宮のもとへ駆け寄った。今宮が怪訝《けげん》な顔をする。

「どうした？　小倉に何かされたのか？」

「——いえ、別に」

今宮の講義に手伝いで駆り出された時も、女子学生からの視線が痛い。そんなに羨ましいのなら遠巻きに見てないで、積極的に質問にでも来ればいいのに。今宮はこういうことにだいぶ鈍感なので、自分がいかに女性人気が高いのか、いまだ気づいていないのだ。

「もう検屍は終わりだ。そろそろ帰りの準備をしろよ、梨木」

「解剖は何時からですか？」

今宮は腕時計に目を遣る。私もつられて覗き込んだ。時刻は正午を回るところだ。

「おお、もうこんな時間か。一時搬入、一時半執刀開始だ」

鑑識作業を終えた泉署の捜査員も、撤収作業を始める。我々も沼地を後にして雑木林を抜けた。駐車場まで戻ると、規制線の向こう側に大勢の野次馬がたむろし、先ほどまでの静寂が嘘のような騒々しさだ。小倉は野次馬に素早く視線を走らせるが、特に異常はないと思ったのか、笑顔で私を振り返る。

「さて、せっかちな今宮先生はすぐにでも司法解剖を始めたいだろうから、早くここを引き上げよう。ね、楓ちゃん」

「ふん、よく分かったな。さっさと大学に戻るぞ。時間を守ってくださいよ、小倉検視官」

今宮は小倉に向かって「シッシッ」と野良犬を追い払うような仕草をした。小倉は苦笑し、我々に向かって片手を上げると捜査車両に颯爽《さっそう》と乗り込む。吉田も後に続き、吉田の運転で発進した車は、野次馬の中を突き進むとすぐに人垣が割れた。

宮城県警本部の若い男性捜査員に案内され、我々も捜査車両に乗り込んだ。カメラのフラッシュに今宮も私も顔を顰める。捜査員の運転はスムーズで人込みを簡単に抜けた。肌寒い場所に長く留《とど》まっていたので予想以上に身体は凍えていた。車内が暖かく感じられ、ひとまず安堵する。

やはり現場は何度来ても慣れない。車内で溜息が出る。一方の今宮はリラックスモードで、車窓の景色を眺めては「あれ？　こんな所にホームセンターあったっけ？」「この辺も随分変わったな」などと、誰にともなく呟く。

「今回の事件、難しそうですね」

「嫌なこと思い出させるなよ。今は束の間の休息なんだから」

どうやら景色を眺めて旅行気分を味わっていたらしい。それは申し訳ないが、やはり事件が気になる。

「このところ、仙台も物騒になりましたよね。昔は人の手首や足首を切断するなんて事件はそんなになかった気がしますが」

今宮はフンと鼻を鳴らす。

「そうか？　人が集まる所には常に黒い思惑が渦巻いて、それが最悪な方向に向かうと今回みたいな事件になる。人間は過《あやま》ちを繰り返す愚かな生き物だ。昔も今も、何ら変わっちゃいない。仙台で盆暮れ正月やゴールデン・ウィークに事件が多いのは、県外に出ていた人間が故郷に戻って来るからだ。逆に東京は平和になる。人が集まれば当然揉め事も勃発する。家族間の憎み合いは、他人同士よりも殺人に発展する確率が高いからな。長年積み重なった負の感情が爆発するんだろう」

今宮の言う通り、帰省シーズンになると解剖依頼が増える気がする。久方ぶりに集い、和やかなはずの団欒《だんらん》の場が一転して殺人現場に――。こうなると、家族という共同体は砂上の楼閣に思えてならない。大袈裟《おおげさ》だろうか。

「――虚《むな》しくなるな。親が子を殺し、子が親を殺す。何のために産んだのか、何のために生まれて来たのか分からん。可愛さ余って憎さ百倍ってヤツか。家庭を作る気が失せる。どうせ壊れるのなら、作らなきゃいいだろう。違うか？」

私の心中を見透かすように今宮がそう言う。意外にも今宮は喪失に怯《おび》えているのではないか――と堅苦しい思考を巡らせようとした時、隣から安らかな寝息が聞こえて来た。

2

司法解剖は予定通り午後一時半に執刀開始となる。小倉の指示のおかげで、泉署の警察官はきびきびと動いてくれてありがたい。更に吉田のタイピングも速いので、今宮も満足げだ。

無影灯《むえいとう》に照らされた青白い遺体の四肢には、細かな表皮剝脱《ひょうひはくだつ》、体幹《たいかん》には青痣《あおあざ》が散在する。これらは薄暗い現場ではよく分からなかった。私が遺体の腕や脚を触り骨折がないか確かめていると、今宮が遺体の腕に顔を近づける。

「防御創《ぼうぎょそう》だろう。犯人に抵抗したんだ」

と、腕と脚を隈なく観察し始めた。左腕を持ち上げ、手首の切断面に顔を近づける。私は今宮にルーペを渡した。

「やはり死後の切断だ。凝血《ぎょうけつ》がなく、周囲の組織を染着するぐらいだな。生活反応がない。刃物は何を使ったか知らんが、切断にだいぶ苦労したんだろう。切断面が粗くて汚い。大腿《だいたい》骨《こつ》や上腕骨など、手足の骨は折れてない。身元が特定できそうな手術痕もないか……。まだ若そうだから病とは縁がなかったのかも知れん」

今宮は少々落胆する。虫垂炎や胆嚢《たんのう》摘出手術の既往歴《きおうれき》や、人工関節のシリアルナンバーで身元が割れる可能性が高くなるので、我々は血眼《ちまなこ》になってそれらを探したものの、防御創以外の痕跡は見当たらなかった。

「何か特徴的なものがあればいいんだけどね。一応こちらにも、遺体の毛髪と心臓血をもらえるかな。科捜研でDNAを抽出するけど、マエがなければ照合もできない。行方不明者届が出てればいいんだが」

と、小倉も焦りの色を隠せない。

「肝心の歯がこれじゃあな」

今宮は溜息をついた。上顎、下顎、歯根も粉砕されているので、デンタルチャートを作成できないのだ。歯牙の状態は身元確認に欠かせない。昨今ではやたらとDNAがもて囃《はや》されているが、近親者など比較対象がいないと意味がない。

「犯人はどうして頭部を切断しなかったのでしょうか。身元を隠すには、こうして歯を粉々にするよりも、頭部を切断して丸ごと隠した方が早くないですか？　この人金髪ですし、目立ちますよね」

小倉は目を大きく見開く。私の発言に驚いたらしい。

「楓ちゃんはたまに大胆なこと言うね」

「本当だな。いつもそんな恐ろしげなことを考えているのか」

と、今宮は呆《あき》れながらも、今度は遺体の頸部に顔を近づける。

「もし頭部がなかったら、この指の痕らしき変色斑部分で切断され、皮膚が滅茶苦茶になるから扼頸と分からなかっただろうな。頸椎《けいつい》は想像以上に硬く、素人が刃物で首を切断するのは難しい。できないことはないが。電動ノコギリがあれば話は別だ。しかし、電ノコなんか一般家庭にそうは置いてない。それに、頭部を切断するには勇気がいるぞ。ま、後は警察の捜査に期待だな。優秀な小倉検視官と吉田検視官補佐が現場をまとめてくれるから大丈夫だろう。私は解剖するだけだ」

今宮は意地悪な目つきで笑う。小倉は「勘弁してくれよ、今宮先生」と苦笑する。

遺体の外表から分かったことを自らの脳内でメモする。今宮の解剖は待ったなしの速度で進行するので、忘れない内に脳内の手帳を開かないと。

・四肢に表皮剝脱、体幹に青痣↓生前、犯人に抵抗してできた防御創。
・両手首と両足首の切断面には生活反応がないので死後の切断。成傷器《せいしょうき》（刃物）の種類は不明。
・頸部に散在する拇指頭面大の変色斑はやはり扼頸か？
・身元を示すような手術痕など全くなし。歯牙が粉砕されているのでデンタルチャートを取れず、手足も欠損しているため指紋も取れない。残るはＤＮＡだが、照合する相手がいないので望み薄。

「よし。外表所見はこれで終了。梨木、背中からいくぞ」

「了解です」

警察官に手伝ってもらい、遺体を伏臥位《ふくがい》にする。私は今宮にメスと有鉤《ゆうこう》ピンセットを手渡す。鉗子《かんし》や骨膜剝離子《こつまくはくりし》の入ったトレーを引き寄せ、自らもメスを持った。今宮が脊椎《せきつい》に沿ってメスを入れ、皮膚を剝がしてゆく。私も皮膚を剝がそうとしたその時だ――。

ドスン、と鈍く大きな音が響いたので驚き、メスを落としそうになった。

「な、何ですか!?」

背後を振り向くと、泉署の若い男性警察官が解剖室の壁にもたれるように倒れていた。他の警察官が慌てている。おそらく、遺体の皮膚が剝がされ脂肪や筋肉が見え出したところで気分が悪くなったのだろう。よくあるパターンだ。脂肪はトウモロコシみたいな真っ黄色をしている。日常、ちょっとした怪我では脂肪や筋肉まで見えることはないので、より衝撃的なのだ。高度腐敗の遺体から発する臭気に耐えられずトイレに駆け込む者も多い。

私は「何だ、警察官が倒れただけか」と安堵し、再び皮膚の剝離に集中する。今宮は「今月で倒れるの何人目だよ」と低い声で笑う。——やけに楽しそうだ。

法医解剖室の東側一面はガラス張りの見学室だ。医学部生や警察学校の学生、司法修習生などが大勢で見学に訪れることがあるのだが、そこでも倒れる者が必ず数人はいる。見学者が倒れる様を見て、今宮はいつも「ドミノ倒しが始まった」と嬉しそうにしている。

初めて解剖に入る若い警察官が解剖中に失神するのはよくあることなので、我々はあまり気にしない。しかし、倒れた時に頭を打つと危険だ。そのため、事前に「気持ち悪くなったら、遠慮せず解剖室を退出するように」とお触れを出している。解剖が始まると、殆どの者が遺体の血液などで手が汚れ、誰も助けられないからだ。

それでも倒れる者が後を絶たないのは、警察が縦社会で、上司の前でその場を離れる訳にはいかないと、我慢するからだ。若い警察官にしてみれば、小倉のような検視官は雲の上の存在なのだ。

吉田は眉間に皺を寄せ「転がしておきなさい」と泉署の警察官に命令し、パソコンの前から微動だにしない。小倉は苦笑しながら言う。

「吉田さんは相変わらず容赦《ようしゃ》ないなぁ。申し訳ない、今宮先生。ちょっとコイツを外に出して来る」

「どうぞ」

今宮はメスを持った右手を軽く上げる。まだ目が笑っている。一方の吉田は「倒れるなんて情けない」と、更に眉間の皺が深くなる。

小倉は手袋を外しガウンを脱ぐと、顔面蒼白《そうはく》でうずくまる警察官を抱き起こす。そして、自らの肩を貸し、引きずるようにして解剖室の外へ出て行った。その後を追うように、他の警察官も姿を消した。結局、解剖室には私と今宮、吉田だけが取り残される。

その間にも我々は手を休めることなく、背中の皮膚を切開、剝離した後に筋肉も剝離、肋《ろっ》骨《こつ》と脊椎を露出させる。肋骨や脊椎に骨折はなかったものの、皮下と筋肉内に数ヶ所の出血が認められた。その出血の所見を取りながら今宮は再び笑う。

「『そして誰もいなくなった』だな」

今宮はミステリの類《たぐい》を全く読まない筈なのに、何故その題名を知っているのだろう。吉田もタイピングの手を休めることなく申し訳なさそうに頭を下げる。

「――すみません、先生方。我々の教育がなっておりませんで。全く、最近の若者は情けないですなぁ」

「いや、解剖には向き不向きもありますよ。後は慣れですかね。こればかりは、どうしようもないです。我々が普通だと思うことが、法医学と無縁の人間には異常に思える世界ですからね」

もっともらしいことを言いながら今宮は、誰かが倒れると嬉々としている。恐ろしいことに加虐嗜好なのだ。

遺体の背中を縫合する頃に小倉たちが戻って来た。勿論、倒れた警察官の姿はない。今宮は再び片手を上げる。

「意外に早かったな。警察官控室にでも寝かせて来たのか？」

「いや、車の中に置いて来た。今日はもう解剖に入らないよう、きつく言ったから。お騒がせしたよ。ところで、背中はどうだ？」

今宮も小倉も、倒れた警察官を全く心配しないのが哀しい。

「筋肉内に出血が結構あった。左右の脊柱起立筋《せきちゅうきりつきん》、棘上筋《きょくじょうきん》、棘下筋《きょくかきん》。激しい暴行を受けた訳ではないが、何かが当たったか、倒れた時にできたものだ。骨折はナシ」

「なるほど。やっぱり問題は頸部か」

小倉は頷く。

伏臥位の遺体を仰臥位《ぎょうがい》に戻すと、今宮がすぐにメスで切開線を入れる。今宮は頸部を、私は胸腹部を受け持つ。鎖骨《さこつ》下をV字に切開した後、その真ん中から恥骨《ちこつ》を目指し真っ直ぐに切開する。その時、臍《へそ》の左側を迂回《うかい》して切開し、臍部《さいぶ》の皮下脂肪の厚さを測定する。

「皮下脂肪の厚さは、一・五センチメートルです。ホワイトボードに記載をお願いします」

私が声を張り上げると、泉署の警察官が慌ててホワイトボードまで走る。一人が倒れて退出したせいで、人手が足りなくなったのだ。とんだとばっちりである。

「皮下にも出血があるな。この部分の写真をお願いします」

今宮が剥離した頸部の皮下には出血が確認された。今宮が示した部分を、泉署の鑑識係がカメラで撮影する。胸腹部皮下にも出血があり、その部分も撮影を終えた。

「よし、次は筋肉を剥がすぞ」

今宮はステンレス製の小ぶりのメスを使い、綺麗に頸部の筋肉を剥離してゆく。胸鎖乳突筋《きょうさにゅうとつきん》、肩甲舌骨筋《けんこうぜっこつきん》、甲状舌骨筋《こうじょうぜっこつきん》、胸骨甲状筋《きょうこつこうじょうきん》――。血管がすぐ横を通っているので、傷をつけないよう今宮は慎重だ。

この間、私は胸部の筋肉を剥離する。大胸筋《だいきょうきん》、小胸筋《しょうきょうきん》にも所々出血があった。骨膜剥離子で肋骨を露出させると、骨折は認められない。

「頸部と胸部の筋肉内にも出血があるな。梨木。写真を撮ってもらったら、腹部を開いていいぞ」

　私は頷くと、剪刀《せんとう》と有鉤ピンセットを傍らに引き寄せた。鑑識による肋骨と頸部の撮影が終わると、私は剪刀で腹直筋《ふくちょくきん》を剣状突起《けんじょうとっき》から恥骨めがけて真っ直ぐに切開し、さらに肋骨に沿って切開し鉗子で広げると、大網《たいもう》に覆われた腹部臓器が現れる。

　今宮が大網を持ち上げ、腹腔内を確認する。

「腹水の貯留なし。出血もないな。横隔膜《おうかくまく》の位置を確認しろ。終わったらすぐに肋骨を切断して開胸。写真を撮ったら左右の胸腔内を確認して、心膜を開ける」

　肋骨剪刀《ろっこつせんとう》で肋骨を鋸断《きょだん》、開胸すると心膜に包まれた心臓が現れる。両肺はどす黒く鬱血《うっけつ》している。左右の胸腔を確認すると、どちらにも百ミリリットルほどの赤褐色混濁液《せきかつしょくこんだくえき》が貯留していた。

「肺は鬱血水腫《すいしゅ》だ。こりゃ、いよいよ首絞めの疑いが濃厚だな」

　今宮はそう言いながら、心膜を切開し始める。心嚢液《しんのうえき》の貯留は認められない。心臓を摘出し心臓血を採取する。心臓血は暗赤色《あんせきしょく》で流動性だ。心臓の重さは三百グラムと、平均的である。

「梨木、後は頼む。臓器の摘出はいつも通りでいいから」

今宮は解剖台真横の切り出し台へと移った。これから臓器一つ一つの検分が始まるのだ。摘出した臓器はまだ心臓だけなので、今宮が心臓を観察し終える前に、全てを取り出しておかなければ。

肝臓、右副腎《みぎふくじん》、脾臓《ひぞう》、左副腎、腸管《ちょうかん》、右腎臓、左腎臓、胃や膵臓《すいぞう》などの消化器、膀胱《ぼうこう》と直腸などの骨盤《こつばん》内臓器——。これで腹腔内は空っぽである。ちなみに、摘出した臓器は全て写真撮影をする。

「今宮先生、頸部器官と肺を取り出していいですか？」

私が肺を指差しながらそう言うと、今宮は頷く。

「おお、早いな。舌骨と甲状軟骨に気をつけろよ」

扼頸や絞頸《こうけい》の場合、舌骨と甲状軟骨が折れている可能性が高い。自ら首を括《くく》った縊頸《いけい》だと折れない場合もある。とにかく軽く転倒したぐらいでは、このような箇所の骨折は起こらない。

私は細心の注意を払い、舌から咽頭喉頭部《いんとうこうとうぶ》、食道と気道、肺までを頸部の筋肉を付けたまま全て繋げて摘出した。写真撮影の後、今宮に渡す。今宮は丁寧に観察し始めた。

「やっぱりな。舌骨と甲状軟骨が折れているぞ。首絞め——扼頸の可能性が高い」

今宮の周囲に警察官が群がり、遅れを取った私は、遺体の傍らに一人取り残される。こうしていられないと、群がる警察官の隙間から顔を出し、今宮の手元に視線を遣ると、舌骨と甲状軟骨はものの見事に折れていた。

「私が折ったんじゃありませんよ」

頸部器官と肺を摘出する際に舌部分を強く握り過ぎ、誤って舌骨と甲状軟骨を折ってしまうことがあるので、身の潔白を強く主張する。

「分かっている。周囲の筋肉内に出血があるから、生きている内に折られたんだ。間違いない、首絞めだろう」

「なるほど、了解。さすが今宮先生」

今宮の手元を覗き込んでいた小倉が満足そうに大きく頷く。

こうして泉区寺岡の沼地で発見された身元不明の男性遺体の死因は「頸部圧迫による窒息死」と断定された。

遺体を清拭《せいしき》して送り出した時には、時刻は午後四時を回っていた。解剖室から法医学教室へ戻ると、警察と今宮が死因について協議の真っ最中である。私は全員分の緑茶を用意した後で今宮の隣に座る。小倉は親指と人差し指で器用にボールペンをくるくると回しながら今宮に尋ねる。

「死亡推定日時はどのぐらいかな」

小倉の質問に今宮は、腕組みをして黙り込んでしまう。

「どうした、今宮先生。何か気になることでも？」

「――先ほど現場の沼地では、死亡したのは二日前の二十三日頃だろうと推測した。腐敗がまだそんなに始まっていなかったからだ。しかし……」

今宮はそこで言葉を区切ると、緑茶を一口啜《すす》る。「本当はコーヒーが良かったのに」という文句も忘れていない。生憎《あいにく》、インスタントコーヒーの瓶が空だった。消耗品がなくなっても、補充をせずほったらかしにしておくのがこの教室スタッフの悪い癖である。そしてそれを補充する羽目になるのが、いつも自分のような気がしてならない。非常に腹が立つ。

「梨木。この沼地は仙台市中心部より気温が低い。何故だと思う？」

「いいえ、さっぱり。地形か何かに関係あるんですか？」

ここで吉田が「なるほど」と声を上げた。

「今宮先生が何をおっしゃりたいのか分かりましたよ。あの地域特有の『ある現象』ですよね。いや、盲点でした」

吉田の発言に今宮は歯を見せて笑う。

「確か、吉田さんも仙台のご出身ですよね。仙台の人間なら知っていて当然だと思うんですが」

今宮は嫌味たらしく私を横目で睨む。「そんなことぐらい」と言いたいところだが、皆目見当がつかないので、今宮からさりげなく視線を逸らして茶を啜る。小倉も気づいたようで、私だけ分からないのが悔しい。今宮はそんな私を見て至極嬉しそうだ。

「梨木、聞いたことないか？『泉おろし』だ」

泉おろし。沼地がある寺岡地区の北西方向に泉ヶ岳が聳え、そこから冬季に吹き下ろす山風のことだ。私は悔し紛れに、さも知っていたかのように装う。

「ああ、なんだ。泉おろしですか。それは『六甲おろし』と同じ現象ですか？」

「そうだ。ここ数日の天気を確認したが、低温の影響で泉おろしが発生していた。泉おろしのせいで、この沼は予想以上に冷える可能性がある。この地域は高層の建造物がないから直《じか》に風が当たる。検屍現場で沼の水温は確か十七度ぐらいだったが、夜間はもっと冷えるだろう。そこへ泉おろしが吹きつければ更に冷える。遺体の腐敗進行は極端に遅くなり、死亡推定時刻はもう少し前にずれ込むかも知れない」

「それでは、キャスパーの法則は崩れるということですか？」

「現実は常に教科書通りとは限らんからな」

最終的に今宮は遺体の死亡推定日時を「五月二十一日から二十三日の間」とした。

「沼の水の吸引はない？」

小倉の問いに今宮は大きく頷き、泉署の警察官に向かって言う。

「肺は鬱血水腫様でしたが、極端な肺の膨隆もなかったし、気管内に泡沫《ほうまつ》も見当たらなかった。ゴミ袋でぐるぐる巻きでしたからね。殺害後の遺棄で間違いないとは思いますが、一応プランクトン検査をやっておこうと考えています。左右の肺と肝臓、腎臓の一部は採取しましたので。後日でいいので、あの沼の水を持って来ていただけないですか？　二リットルほど」

「承知しました。急がせます」と、泉署の警察官が携帯電話を片手に部屋を出て行く。今宮はパソコンで解剖報告書をまとめながら、こちらをチラリと見る。おそらくプランクトン検査を急げという意味であろう。このところ解剖が多く、他の業務も抱えている私は素知らぬふりをするも、今宮から発せられる無言の圧力がすさまじかったので、仕方なく頷いた。今宮も「なるべく今週中にな」と満足そうに頷く。

「胸鎖乳突筋、肩甲舌骨筋、甲状舌骨筋など頸部の筋肉に出血が見られました。目視で確認できるぐらいでしたので、結構な力で首を絞められたのではないでしょうか。これらの病理組織検査も急ぎますので。梨木、これも急いでくれ」

「…………」

「急いでくれ」

「——分かりましたよ」

更に仕事が増えたものの、私も検査結果が気になる。明日からすぐに着手しよう。但し、解剖がなければの話だが——。今宮の死因に関する見解はまだ続く。

「窒息の割に、溢血点《いっけつてん》は少なかった。扼頸だとすぐに頸部の圧迫が解かれるから、不明瞭な場合が多い。頭皮下や側頭筋には結構あったぞ」

「なるほどね。確かに」

小倉は頷き今宮から解剖の報告書を受け取る。

午後五時少し前に、小倉ら警察一行は忙《せわ》しそうに法医学教室を後にする。泉署に捜査本部が立ち上げられたので、捜査員はこれから詰めて捜査に当たるのだ。

今宮は「やれやれ」と、冷めた緑茶をがぶ飲みした。

「小倉や吉田さんも大変だが、所轄の捜査員もご苦労なこった。会議室に布団敷いて仮眠取ったりするんだろう？　修学旅行じゃあるまいし、俺はゴメンだな。それだったら徹夜してずっと起きていた方がマシだ」

「捜査員の方々だって、好きでそんな場所で寝たい訳じゃないでしょう。仕事ですよ、仕事。それに、今宮先生はマイペースなので集団行動に向いていないと思いますよ」

私の発言が気に食わなかったのか、今宮はムッとした表情だ。

「何を言っているんだ。俺以上に協調性のあるヤツなんかいないだろう」

「…………」

「黙るなよ」

急に強い疲労感が押し寄せる。今宮も同様らしく口数が少なくなった。不毛な言い合いは賢明ではないとお互いに判断したのだ。

他の教職員は既に帰宅の途につき、法医学教室には私と今宮の二人だけ。とても静かだ。

「やかましい人々がいなくて仕事が捗《はかど》る」と言う今宮を残し、私もほどなくして帰宅した。

3

次の日の午後二時頃、小倉が法医学教室を訪ねて来た。何やら深刻な表情だ。いつもなら饒舌《じょうぜつ》に世間話を始めるのだが、その気配もなくただ黙っている。

本日は幸いにも解剖がなく、私は心穏やかにプランクトン検査や——昨日解剖した身元不明男性の遺体から採取した肺や肝臓、腎臓にプランクトンが貯留していないか検査するのだ——溜まり気味の病理組織標本作製業務を遂行中であった。小倉は応接スペースのソファに腰を落ち着けると、私の淹《い》れた紅茶を一口飲む。

「申し訳ないけど、今宮が帰って来るまで待たせてもらっていいかな？　重要な相談なんだ」

小倉は、私と二人きりの時は「今宮」と呼び捨てにするか「タカちゃん」と呼ぶ。

「ええ。私は構いませんが――」

壁掛け時計を確認する。順調に講義が進んでいるのなら、あと十分ほどで終了するはずだ。

小倉は穏やかに笑う。

「僕に構わず、仕事を続けていいよ。ここでのんびりと紅茶をいただいているから」

「すみません。今宮に急ぐよう言われた業務がたくさんあって……。昨日のプランクトン検査など、もろもろ」

「お察しするよ。今宮はせっかちだからね。仕事が滞留するのが許せないんだよ」

小倉は肩を竦《すく》める。検査室へ戻ろうとしたが、彼の用件が気になって仕方がない。とうとう小倉の正面に腰を落ち着け、私も紅茶を飲み始める。小倉は笑った。

「ボスに怒られない？」

「大丈夫です。今日は昼休みを短くして検査に没頭したので、小休憩ですよ。今宮が来る直前に逃げますから。私、人の足音を聞き分けるのが得意なんですよ。それで、本日のご用件は――」

その時だ。廊下の彼方《かなた》から聞き覚えのある足音が二人分、こちらへ向かって来るのが分かった。一つは今宮だ。スニーカーを履き、歩くのが速い。ポク、ポク、ポクとゴム底特有の音がする。これが雨の日だとキュッ、キュッ、キュッに変わる。そしてもう一人はおそらくゴム長靴を履いている。ボク、ボク、ボクと重い音が響く。解剖室で何度も聞いたことのある足音だ。今宮よりも若干速度が遅い。警察官の中には、署からゴム長靴を履いて来る者もいる。

「今宮が戻って来たようです。講義を早く終えたみたいですね。あと、吉田さんもご一緒ですよ」

小倉は吹き出した。

「まさか。ここに来るために、必死で吉田さんを撒《ま》いたんだよ。バレる訳がな――」

法医学教室入口のドアを開けて入って来たのは、果たして今宮と吉田検視官補佐であった。

私は会心の笑みを漏らす。

「ね？　当たったでしょう」

「す、凄いね！　楓ちゃん」

今宮は講義用の資料を自分の机に放り投げると、私の隣にドカリと腰掛ける。私は逃げる間もなかった。

「ふん。楽しそうだな、おまえら。講義室からの帰りしな、吉田さんに偶然会ってな。ここまでお連れしたんだ。『小倉検視官がお見えだろうから』って。昨日の解剖の件で、大事な話があるそうじゃないか」

そして今宮は「ん」と、空のマグカップを私に突き出す。「コーヒーをくれ」という意味だ。長年連れ添った夫婦じゃあるまいし。何か一言あっても良いではないか。

「や、やぁ。吉田さん。黙って来るつもりじゃなかったんですよ。吉田さんを探したけど見つからなかったから、そのままここに来てしまったんです」

小倉は子供のように言い訳をする。

「――ほぉ、そうですか」

小倉を見おろす吉田の視線は冷たいものだ。腕組みをし、こめかみに青筋が浮いている。これは県警本部に戻ってからこってりと油を絞《しぼ》られるパターンだ。父親が息子を叱っているように見えるのは、私だけではなかろう。それを証拠に今宮はニヤニヤと楽しそうに笑っている。

検視官には、一つの検視を終えたらまた別件の検視が待っている。小倉のように一つの事件に長くかかり切りになることはない。後は、県警本部や所轄の警察官に任せるべきだが、小倉は自ら捜査したい性質《たち》なので、補佐する吉田は快く思っていない。

「小倉さん。別に、ここへ来ることを反対している訳ではありませんよ。必ず行き先を伝えてから外出してくださいと言っているんです。血眼になって探す我々の身にもなってください」

吉田はそう言い、ブリーフケースから何やら書類を取り出して小倉に手渡す。それを見た小倉は自らの額を叩いた。

「今宮先生に渡そうと思っていた書類！　すっかり忘れていました。どこにありました？」

「小倉さんの机の上です。必要になるかと思い、勝手ながらお持ちしました」

「さすが吉田さん！　ありがとうございます。助かりました」

小倉は平身低頭だ。私は笑いを堪《こら》えながら、皆の分の茶を淹れに流しへ向かう。今日の小倉の手土産はクッキーだ。私は流しでこっそり味見をする。

今宮は締まりのない表情で小倉を一瞥《いちべつ》する。

「まあまあ、吉田さん。小倉も悪気があった訳ではないでしょう。昔から人の意見を無視して勝手に突っ走るところがあります。困った癖ですが、役立つ時がありますよ。お説教は県警本部に戻ってからにしていただいて、お互いに忙しい身ですし、早速ご用件を伺いたいのですが」

吉田は「失礼しました」と丁寧過ぎるぐらいに今宮へお辞儀し、小倉の隣に座る。私は吉田の前に緑茶を、今宮にはコーヒー入りのマグカップを手渡した。小倉は咳払いをする。いよいよ本題に入るようだ。

「昨日解剖してもらった遺体だけど、身元の当たりがついたよ」

小倉の発言に、今宮は顎に手を遣り少し考える。解剖数が多く、昨日のことなのにどの遺体か分からなくなったのだ。

「――ああ、あの沼地で発見された男性か。歯牙が粉砕されていた上、両手足首もなかったのに、身元判明が早かったな。さすが宮城県警。DNAで分かったのか？」

小倉は頷き、テーブルの上に数枚の書類と写真を並べる。今宮と私はそれらを覗き込んだ。ギターを抱えた金髪の男が写っているものの、あの遺体の印象とはだいぶ違う。本当にこの男性なのだろうか？　私の疑問を察したのか、吉田が小倉に代わり答えてくれた。

「居住者が行方不明の部屋から採取したDNAが合致したんです。科捜研の鑑定に間違いはありませんよ。この写真は一年前のものらしいですし、それだけでもかなり印象が変わりますよね」

私は納得し頷く。デスマスクと生前の顔貌《がんぼう》とは印象が変わるので家族でさえも間違えることがある上、写真だと更に分かり辛い。今宮も写真を手にしながら「本当だ。違うな」と頷き、見終わった写真を小倉に手渡す。受け取った小倉はテーブルの上に丁寧に並べ直すと、書類の文面を読み上げる。

「ガイシャは瀬口桂介《せぐちけいすけ》という三十二歳の男性です。この写真はバンドメンバーという友人から借りて来ました。一年前に仙台市内の音楽スタジオで撮影されたもののようです。瀬口桂介の職業はミュージシャンです。ギター担当でしたがバンドは無名に近く、コンビニや工事現場などのアルバイトで糊口《ここう》を凌《しの》いでいたようですね。いずれの雇用主も、勤務態度は真面目だったと言ってます。瀬口の勤務先であるコンビニ、ファミリアマート広瀬通《ひろせどおり》一番町店の店長が、瀬口が出勤して来ないし電話も繋がらないのを不審に思い、瀬口の住んでいた賃貸アパートまで様子を見に行ったようです。ああ、瀬口のアパートは上杉《かみすぎ》三丁目の薫風荘《くんぷうそう》です。独身で妻や子供もいなかったようで、独居ですね。そのコンビニへは三月から勤め始めたとのことです」

瀬口桂介の部屋からは応答がなく施錠されたままだった。そこでコンビニ店長は薫風荘の大家を訪れ緊急事態の可能性を告げる。大家は「女の所にでもしけこんでいるのだろう」「ふらふらした若者は仕事にも急に来なくなる」と、最初は取り合わなかった。仕方なく大家が部屋を開錠し、店長と共に入室するも姿はない。店長があまりにも心配するので、大家は念のため警察と瀬口の家族に連絡を取った。瀬口の家族も彼の失踪を知らず、ここで初めて行方不明者届が出された。

今宮はコーヒーを啜った後で小倉に尋ねる。

「彼が勤務先に来なくなったのはいつだ？」

代わりに吉田が自らの手帳を捲《めく》って答え始める。

「五月二十一日の木曜日ですね。この日は午後五時から午前零時の勤務予定だったようですが、瀬口は姿を見せなかった。無断欠勤は珍しいので、店長は『何だか少し嫌な予感がした』と言っておりました。瀬口は次の日も同じ時間帯のシフトに入っとりましたが、やはり店を訪れることはなかった」

今宮は「ふぅん」と唸《うな》り、腕組みをしてソファに寄り掛かる。

「遺体の腐敗程度と遺棄現場の状況を考慮すれば、瀬口桂介は二十一日に殺害されていたとしてもおかしくないですね。昨日の解剖でお話しした通り、殺害されたのは二十一日から二十三日の間でしょう」

「なるほど」と吉田は手帳にメモを付け加える。

「店長は二十三日の土曜日、昼過ぎに薫風荘を訪問したが瀬口の居室からは応答がなかったと。その後、薫風荘の大家が賃貸借契約書に書いてあった家族の連絡先に事の次第を通報した——という流れです。瀬口桂介の部屋を捜索したところ荒らされた形跡はありませんでしたが、病院の診察券やアルバムなど彼の個人情報に繋がる一切合切が持ち去られていました。

金品はそのまま手つかずなので、強盗ではありません。自ら失踪した際に、何らかの事件に巻き込まれた可能性も考慮しています。瀬口桂介の両親は既に他界し、行方不明者届を出した家族というのは彼の兄です。ところが、問題はこの兄なのですが――」

ここで吉田は緑茶を一口啜った。今宮もつられてコーヒーを呷《あお》る。

「瀬口桂介の兄は瀬口亮介《りょうすけ》と言いましてIT企業『瀬口コーポレーション』の社長です。五年前、若くして自ら会社を立ち上げ、当時は『時代の寵児』とだいぶもて囃されたようです。瀬口コーポレーションの場所ですか？　花京院《かきょういん》です。花京院ビルディングの隣ですよ」

花京院は仙台駅北側の街で、ホテルやオフィスの入った高層ビル、専門学校などがひしめく。その中でガラス張りのモダンなビルが人目を引いていたが、それが瀬口コーポレーションだったとは。

「若くして社長。身元がしっかりしているのに、何が問題なのですか？　陰で後ろ暗いビジネスでも？」

私の問いに吉田は「それですがね」と言葉を濁しつつ、再びブリーフケースから数枚の写真を取り出す。

「泉署より瀬口亮介の近影を預かって来ましたが、驚きました」

吉田は何に驚いたのだろう？　写真を受け取った今宮の眉間にはすぐに深い皺が刻まれる。

私も写真を覗き込んで思わず声を上げた。瀬口亮介は、弟の桂介と瓜二つだったのだ。写真の瀬口亮介は紺色のスーツ姿で、高層階のオフィスと思《おぼ》しき部屋のソファに座り、柔和な笑みを浮かべている。ビジネス雑誌の表紙でも飾れそうな一枚だと思ったら、やはり男性誌のインタビューで使用されたものらしく、雑誌の編集部から借りて来たとのことだ。

「――一卵性双生児、ですか。これは厄介だな」

今宮は犬のように唸り、腕組みをする。

「どうして厄介なのですか？」

私が尋ねると今宮は呆れたような表情だ。

「当たり前だろ。よく考えてみろ。昨日解剖した遺体は瀬口桂介ではなく、瀬口亮介だとしたらどうする？　一卵性双生児はＤＮＡが同じだろうが」

「確かにそうですが、瀬口桂介は金髪で、兄の亮介は黒髪ですよ。もし、兄の方が殺害されていたとしたら、毛髪の色はどうするんですか？　殺してから染髪なんていくら何でも面倒ですよ」

今宮は「ほう」と口をすぼめる。

「梨木にしては、正論だ。手帳の効果が出て来たんじゃないか？　一卵性双生児の個人を識別するには、指紋や足紋、歯牙鑑定などに頼るしかない。しかし、昨日の遺体はそれが全部不可能だった。あの遺体を瀬口桂介と仮定して、犯人は瀬口桂介が一卵性双生児と知っていた人物に絞られるだろうな。そして、遺体の身元を瀬口桂介と断定するには、まだ早い」

今宮はそう言い、勢い良くソファから立ち上がったものだから、その弾みで隣にいた私の身体が揺れる。今宮は自らの机に行き、机上を漁《あさ》って書類の束を探し当てると、それを捲りながらソファへ戻って来る。昨日警察へ渡した解剖報告書の原本で、遺体の解剖所見や死因をまとめた書類だ。この書類がのちのち正式な鑑定書となる。今宮はブツブツと呟きながら報告書を何度も捲る。思い出す限り特徴のない遺体だった。手術痕もなく臓器には病変が皆《かい》無《む》、血管は動脈硬化がなかった。毛髪が金髪だということ以外何も思い出せない。

「一卵性双生児と知っていた人物——。そうなると、兄の亮介か周囲の人間が怪しいな。瀬口亮介は今どこに？　まさか、失踪したなんてことはないだろうな」

今宮は報告書から顔を上げ、小倉に尋ねる。

「会社には出社しているんだが奇妙なことが。捜査員からの報告によると、瀬口亮介は『ミイラ男』のようだったと」

「はぁ？　何だ、それ」

今宮が素っ頓狂な声を上げた。小倉は苦笑する。

「要は、包帯で顔や手を覆っていたんだ。瀬口亮介本人からは『アトピー性皮膚炎が酷いから』との申告だったが、嘘だろうね」

「当たり前だ。そんなの、自分が犯人だと名乗り出たようなものだ。やましいことがなければ、包帯で顔を隠す必要はない。双生児の一方だと識別されたら困るということだ。顔面、歯牙、指紋など、個人識別できそうな箇所を全て隠しているからな。逃れる気満々だ」

私はここでふと、あることを思いついた。

「瀬口兄弟は三つ子の可能性はないですか？　遺体は瀬口亮介と桂介以外の兄弟とか」

私の発言に、今まで顰め面《つら》だった吉田が吹き出す。今宮と小倉も笑い出した。真面目に発言したつもりだったのに。

「相変わらずだな、梨木。笑わせてくれるぜ。おまえの読む推理小説にそんなトリックがあるのか」

「別に、皆さんを和ませようとした訳じゃないですよ。捜査はあらゆる可能性を考えるべきですよね」

私は唇を尖らせ、ムッとした態度を取ると、小倉は「確かにそうだよね。ゴメンゴメン」と、取りなしてくれた。

「楓ちゃんの言うことはごもっともだよ。捜査員からの報告では、瀬口兄弟は双生児でそれ以上の可能性はないようだ。まあ、両親のどちらかに隠し子がいたら話は違って来るけど、少なくとも三つ子ではないようだよ」

私は「そうですか」と納得する。今宮は私の発言が余程ツボに嵌《はま》ったのか、いまだに「ヒヒヒ」と低く笑っている。甚《はなは》だ不愉快だ。コーヒーの代わりに麺つゆでも入れてやろうか。

「昨日の解剖で遺体の血液、尿、胃内容を採取しました。これらを徹底的に調べるというのはいかがでしょう？　何か二人を区別するものが見つかるかも知れないですよ。生化学検査の値や抗体など。私は臨床検査技師《りんしょうけんさぎし》なので、思いつくのはそれぐらいです」

今宮はニヤリと笑う。

「どうした梨木。冴えているじゃないか。俺も全く同じことを考えていた。三つ子説が出た時には、おまえへの評価が下がるところだったぞ」

今宮からの評価が下がったところで、どうでも良い話である。

「それでは、瀬口亮介からも血液の任意提出をしてもらいましょうか。泉署に連絡を入れます」

吉田が胸ポケットから携帯電話を取り出そうとすると、小倉がそれを制する。

「吉田さん、瀬口亮介からの採血は今宮先生方にお願いしましょう。検査者が直接採取しに行った方がいい。今宮先生、楓ちゃん、いいよね？　実際にミイラ男状態の瀬口亮介に会って欲しいし、法医学的な専門知識をお借りしたい」

小倉はまるで仏像でも拝むように両手を合わせ、頭《こうべ》を垂れた。一方の今宮は腕組みをし険しい表情だ。

「――ま、そうだな。言い出したのはこちらだから、仕方がない。瀬口亮介の採血をやるぞ。梨木、採血セットを用意しとけ」

今宮は案外すんなりと了承した。小倉は安心したのか、冷めきった紅茶を一気に呷る。私はすぐに席を立ち、採血の用具を準備すべく検査室へ向かった。

4

我々が採血セットを携《たずさ》え瀬口邸に向かったのは午後四時ちょうど。吉田が運転する警察車両で瀬口邸付近の駐車場に到着した頃には午後四時半を回っていた。到着直後の車内で小倉は瀬口邸の外観図と平面図などを取り出し、我々に見せてくれた。

瀬口夫妻は紫山《むらさきやま》地区に居を構えており、遺体発見現場の沼地から車で五分もあれば到着する。現場からこうも近いとは、ますます瀬口亮介が怪しい。しかし犯人の心理だと遺体を遠ざけたいはずだから、自宅の近場には遺棄しないだろうか？　など色々なことを考えてしまう。

吉田は腕時計に目を遣る。

「約束の時間まであと十分ほどですね。そろそろ参りましょうか」

我々は車から降りて歩き出す。今宮も小倉も歩くのが速い。吉田はマイペースを保ちつつ、二人の後について行く。この辺りは坂が多く、瀬口邸までは緩《ゆる》やかな上り坂だ。運動不足が祟《たた》って息切れしてきたが、男三人は涼しい顔で前方を行く。踵《かかと》の高い靴を履いて来なくて良かった。坂を上りきると、瀬口邸が姿を現す。

瀬口邸は小高い丘の上だ。元々の持ち主は裕福な英国人夫妻だったようだが、二人が国に帰ってしまったため、瀬口亮介が買い取ったらしい。——しかも現金一括で。このご時世、ローンを組むこともなく豪奢な家を持てる人間がいるとは。

傍らの今宮は「デカい家だな」と言ったきり、首をボリボリと掻《か》きながら大欠伸《おおあくび》。やはり豪奢な建築物には何の興味もないようだ。ここで彼が目を輝かせながら「こんな家に住んでみたい」とでも言い出したら、今宮以外の三人は仰天するだろう。

「このような洋館を『カントリーハウス』というらしい。英国貴族が財力を誇示するためにこぞって建てた邸宅のことだよ。しかし、必ずしも貴族の家ということではないんだ」

イギリスに留学経験のある小倉は説明が流暢だ。

瀬口邸の外壁は主に煉瓦《れんが》造りで窓や玄関ドアの周囲にだけ石材があしらわれ、ベランダは鉄製だ。急勾配の切妻屋根は夜の帳《とばり》に溶け込みそうな藍色。小倉によると瀬口邸の平面図は正方形で「チューダー様式」と呼ぶらしい。建築には明るくないので、何が何だかさっぱり分からないが、既に外灯が灯《とも》って幻想的な雰囲気である。

「――へぇ。高そうだな。買う気はないが、幾らぐらいになるんだ？」

今宮は外観や設計に全く興味を持てないらしく、俗人のような質問を口にした。想定内だったのか小倉は澱《よど》みなく答える。

「土地代、建築費用などざっと見積もって数十億ぐらいかな。仙台でこれぐらいの価格だけど、東京二十三区内では数百億以上に跳ね上がる。ここからだと館の陰になって見えないが、この奥に英国式の庭園も広がっているようだ」

邸宅の価格を聞き一生縁がないだろうと確信する。イングリッシュ・ガーデンは今の時季だと薔薇が見頃だろう。色とりどりの薔薇を愛《め》でつつ、自宅でアフタヌーンティーを楽しめるとは何とも贅沢で優雅だ。

鉄製の門扉から玄関までがこれまた遠い。アプローチは、屋敷の壁面より濃い色の煉瓦敷きで、両側には丸く刈り込まれた低木と薔薇が交互に植えられている。見事な配色だ。ゴッホの絵でよく見る糸杉のような樹々が垣根の役目を果たし、瀬口邸と庭園の周りを囲む。

吉田が門扉脇のインターホンを押すとすぐに応答がある。くぐもった男性の声だ。

「ただいま門を開けますので、そのまま玄関までお越しください」

吉田が身分を名乗るとすんなり通された。門扉が自動で開き、我々は玄関を目指す。彼方に見えているのに、一向に近づかない。アプローチにはゴミどころか落ち葉もなく手入れが行き届いている。

「金持ちってのは、こんな面倒な家を作るのか。疲れた時には帰りたくないな。すぐベッドに飛び込みたいのに、玄関までこんなに長く歩かされるのは納得がいかない」

「同感ですねぇ。何が良いのかさっぱり分かりませんよ。坂の上だし玄関までは遠いしで、年寄りにはキツイ家ですよ」

今宮の言葉に頷きつつ、吉田が苦笑する。

我々が玄関に到着するのを見計らったように、重厚なドアがゆっくりと開いた。薄闇の隙間から顔を覗かせた人物を見て、私は声を上げそうになった。

その人物は包帯で頭と顔を隙間なく覆い、目、口、鼻の部分は小さい穴を開けただけ。陳腐なたとえだが、マンガや小説に登場する典型的な「ミイラ男」だ。顔から下へ視線を移すと服装は整い、黒のニットにダークグレーのスラックス姿。体格や服装から察するにやはり男性らしい。

事前にミイラ男の話を聞いていたのに、さすがの今宮も目を大きく見開き硬直する。吉田はハンカチで自らの顔を何度も拭う。ミイラ男は事態を察したのか丁寧に頭を下げる。

「――驚かせてしまったようで、申し訳ございません。瀬口亮介と申します」

瀬口亮介の声は包帯のせいかくぐもっていて、やっとのことで聞き取れる程度だ。「風邪気味で喉が痛いんです」と、何度も咳払いをしている。小倉が警察手帳を掲《かか》げる。

「体調不良のところ申し訳ありませんが、先ほどご連絡した通り血液検査をさせていただきたいので採血にご協力ください。あくまでこれは任意ですので、拒否もできますが」

瀬口亮介は少し躊躇《ためら》っていたものの、すぐに了承し頭を下げた。

「――構いません。よろしくお願い致します」

瀬口夫妻の事情聴取は個別に執りおこなう予定で、最初は妻の七那子《ななこ》からと決まった。

「妻はこちらです。庭いじりが趣味でして。この時間帯は庭にいることが多いんです。警察の方々がいらっしゃるのに、何をやってるんだか、アイツは」

我々が瀬口亮介に案内されたのは応接間ではなく庭園だ。瀟洒《しょうしゃ》な瀬口邸内部を探訪できるかも知れないと期待していたので少々がっかりしたが、庭園入口の白薔薇のアーチをくぐり抜けると、すぐにそんなことはどうでも良くなった。薔薇の洪水だ。

まだ明るい英国庭園には色とりどりの薔薇が咲き誇る。濃厚な芳香が漂い眩暈《めまい》がしそうだ。眼前に広がる景色に圧倒され、一瞬ここがどこなのか忘れてしまいそうになった。邸宅とは反対方向の庭の奥にある、支柱が白塗りで大きなガラス窓がはめ込まれた建物が人目を引く。

「あれは何か」と瀬口に尋ねるより早く、小倉が答える。

「『オランジェリー』だね。自家製オレンジを栽培するために建てられた温室だよ。十七世紀末から十八世紀の英国庭園には、庭の装飾を兼ねて建てられたんだよ。瀬口邸の元の持ち主もオレンジを栽培していたのかも知れないね。中を見たいな」

「へえ、だからオランジェリーと言うんですね」

私は小倉の知識の豊富さに感服した。庭園に温室とは意外だ。どんな植物が栽培されているのか、オランジェリーの中も見たいと頼んだら、瀬口亮介に「温度調整機能が故障中ですので」と素っ気なく断られてしまった。残念。

「おい。検査試料の採取に来たのであって、建物探訪に来た訳じゃないからな。少しは慎めよ」

今宮が睨む。小倉は「すみませんね」と肩を竦《すく》め、私は今宮を完全に無視する。英国式の邸宅や庭園を拝める機会は滅多にないではないか。

遠くに人影がちらつく。どうやらあれが社長夫人らしい。近づくにつれ、人物像がはっきりして来た。瀬口亮介はオランジェリー前の四阿《あずまや》を指差し、自分はあそこで待っていると告げ、足早に去って行った。

二十代後半だろうか、女性はしゃがみこんで薔薇の手入れの真っ最中だ。身に纏っている黒のロングドレスは妖艶で、庭仕事に不似合いの格好である。露わになった胸元はやたらと艶《あで》やかで、同性の私でも思わず目が行く。この人が瀬口亮介の妻、七那子か。江戸川乱歩《えどがわらんぽ》の「黒蜥蜴《くろとかげ》」を彷彿とさせる容姿だ。妖艶な女性は我々に気づくと腰を上げる。

「こんな所で申し訳ありません。瀬口亮介の妻、七那子でございます」

瀬口七那子のロングドレスは長いスリットが入っていて、時折見え隠れする白い太腿《ふともも》が艶《なま》めかしい。胸がドキドキしてきた。

こんな時、男どもはどこを見ているのだろうと今宮の方を横目で窺う。今宮は瀬口七那子には全く興味を示さず、遠くの瀬口亮介ばかりを見つめていた。彼の顔を覆う包帯がいたく気になるらしい。

一方の小倉は瀬口七那子に視線が釘付けだ。頭のてっぺんから足の爪先までを舐め回すように眺める。口笛を吹きそうになった小倉の脇腹を吉田が小突く。

今宮も小倉も名刺を差し出すのを忘れているので、私は咳払いをする。今宮は尻ポケットから──自分の名刺を尻のポケットに入れるなんて、言語道断だ──から、小倉は胸ポケットからそれぞれ名刺を取り出し、瀬口七那子へ渡す。その後で私も差し出した。瀬口七那子は恭《うやうや》しく受け取る。

「宮城県警の小倉さんと、杜乃宮大学の今宮先生、梨木さん……。法医学教室の先生方は毎回捜査に参加されているのですか？」

「ご主人の採血がありますので、今回は特別です。法医学には『生体鑑定』の機会もあるんですよ」

と、小倉は言い切ったが、今宮と私は必要以上に巻き込まれている気がする。小倉の落ち着いた雰囲気のおかげで瀬口七那子はすぐに納得したようだ。ここでこじれたら捜査に影響が出かねないので、何事もなく安心した。我々が瀬口桂介のお悔やみを述べると、彼女は沈痛な面持ちになる。

「——桂介さんが亡くなったと伺った時は驚きました。しかも、殺されたなんて……。兄弟間の仲が悪く、往来は殆どありませんでした。私が桂介さんの話題を出すと途端に不機嫌になってしまって。取り付く島がありませんでした。私と結婚する前までは二人とも仲が良かったようですが……」

瀬口亮介と七那子が三ヶ月ほどの交際期間を経て結婚したのは今年の三月だという。まだ新婚ではないか。

「父の会社の取引先が主人の会社でして。それが縁で主人と出会いました。最近は、主人の仕事が忙しくすれ違いの生活が続き、私と顔を合わせることは滅多にありません」

瀬口夫人の口をついて出る言葉は夫への不信感ばかりで、何不自由ない幸福な結婚生活を営んでいるかと思いきや意外だった。

「これは事件に関係する皆さんに必ず質問していることなので、お気を悪くしないでいただきたいのですが、二十一日から二十三日はどちらに？」

女性が重要参考人となると、小倉の質問は殊更《ことさら》丁寧になる。今宮は「相変わらずだ」と小倉に呆れているようだ。瀬口七那子は一瞬息を呑んだが、流暢にアリバイを述べる。

「詳細には覚えてないのですが、二十一日は一日中自宅にいました。二十二日は一人で美術館へ参りました。ええ、宮城県美術館です。二十三日は……。友人たちと一緒に買い物をした後で、カフェでお茶を飲んだりして過ごしました。『藤咲《ふじさき》』や『151《いちごいち》』を回りました」

藤咲と151は共に仙台有数のデパートである。義理の弟が事件に巻き込まれたかも知れない大変な時に、自分は優雅にショッピングと美術館巡りか。構ってくれない夫への不満を、こうして晴らさざるを得なかったのかも知れない。

瀬口邸に出入りする家政婦は三人いて、その全員が平日に屋敷を訪れ、屋敷内の掃除や洗濯、食事の支度、飼い犬の世話などをするらしい。休日の家事は瀬口夫人の受け持ちのようだが、彼女の爪は黒と紫で薔薇を象《かたど》った派手なネイルで飾られている。とても家事ができるとは思えない。私もネイルに多少は興味があるものの、職業柄、敬遠している。私がネイルなんかして職場に行こうものなら、今宮に嘲笑《ちょうしょう》されるのがオチだ。

「ご主人はいつから包帯を巻かれていたのですか？　そんなにアトピー性皮膚炎が酷いのですか」

今宮の質問に瀬口七那子は目を伏せる。

「お恥ずかしい話ですが、一緒の家に住んでいて私は全く気づかなかったんです。主人の秘書から連絡をいただきまして。『皮膚病でも患っているのか』と——。どうやら、時折包帯を巻いて出社していたらしいのです。主人からアトピー性皮膚炎の持病を聞いたことがなくて……。『どこか悪いのなら、病院に行った方がいい』と主人に申しましたが、聞き入れてくれませんでした」

新たな事実だ。瀬口亮介が包帯で顔面や手を覆い始めたのは、今回が初めてではなかった。今宮は「個人識別から逃れるためでは」と推測していたが——。吉田は必死にメモを取る。私も自分の手帳にこれまでのあらましを記入する。

その時、吉田の携帯電話が鳴った。吉田は電話を片手に「失礼」と小走りに庭園から出て行く。捜査に進展があったのだろうか。今宮は吉田の背中を見送りながら「別件の検視依頼かもな」と呟く。

瀬口七那子の事情聴取を終え、今度はいよいよ瀬口亮介の採血だ。吉田はまだ戻って来ず、三人だけで四阿に近付く。

円形の四阿には蔦《つた》が絡み、半円形の屋根、支柱、テーブル、ベンチは全て大理石で薔薇の細工が印象的だ。瀬口亮介はベンチの隅に座り、両腕をテーブルに乗せ項垂《うなだ》れていた。小倉が「お待たせしました」と声を掛けると、我々に気づいていなかったのか、肩を震わせた。今宮が瀬口の隣にドカリと腰掛け、小倉は瀬口の背後に立つ。瀬口は居心地悪そうに肩を竦めた。

「今宮先生、ジロジロ見たら失礼じゃないですか」

今宮は私の忠告に全く耳を貸さず、ずけずけと瀬口亮介に質問をする。

「この包帯はどうしたんですか？」

「よ、幼少時からアトピー性皮膚炎が酷くて……」

「奥様はそのようなことを一切おっしゃってませんでしたが」

「…………」

「包帯を取って見せていただけないですか？」

「ほ、包帯をですか？　それはちょっと……。先ほど軟膏《なんこう》を塗ったばかりですので……」

瀬口亮介は予想以上に動揺している。確かに私が彼なら「ここで包帯を取れ」と言われたら大迷惑だ。巻き直すのが大変だから。

「私は医師です。どのぐらい重症か診察して差し上げますよ」

いくら医師でも死人専門だろうが——と、私は腹の中で突っ込む。

「いや……。それは……」

瀬口亮介は咳き込む。風邪が悪化して気管支炎になったとのことだが、声が嗄《しやが》れ苦しそうだ。今宮はそんな瀬口を労《いたわ》る様子もない。

「まあ、嫌と言うなら強制はできませんね」

顰め面で瀬口に詰め寄っておきながら、今宮はやけにあっさりと引き下がる。演技かと思ったが、今宮はそういった小細工はしない。演技をさせたら棒読みになるタイプだ。

「事情聴取の前に、採血をさせてください。よろしいですね？」

今宮が尋ねると、瀬口は力なく頷く。今宮は私に目配せをする。「おまえが採血しろ」という意味だ。私は焦り、瀬口亮介に聞こえないよう小声で抵抗する。

「嫌ですよ。臨床検査技師免許を取得して以来、遺体にしか触ったことないんですから。それに、学生時代は採血と心電図が一番苦手だったんですよ。先生がやってくださいよ」

「ごちゃごちゃ言ってないで早くやれよ。今ここで、おまえの苦手分野なんか聞いてないんだよ。これは執刀医命令だ」

今宮は腕組みをして踏ん反り返る。ここで揉めても仕方がないので、私は渋々ながら瀬口亮介の向かい側に座り採血の準備をする。バッグから取り出したのは、腕に巻く駆血帯《くけつたい》、腕の下に敷く肘枕、酒精綿《しゅせいめん》、注射針と注射筒、真空採血管《しんくうさいけつかん》――。私はディスポーザブルの手袋を嵌め、一応マスクで口元を覆う。

「瀬口さん、それでは腕を出してください。なるべく利き腕と逆がいいですね。アルコールにアレルギーはないですか？」

瀬口亮介は「大丈夫です」と頷き、私に向かっておずおずと左腕を出した。どうやら、包帯を巻いているのは顔と手――ご丁寧に白の綿手袋を嵌めている――だけのようだ。

「おや？　アトピー性皮膚炎の割に、腕は綺麗ですね。私もアトピーだったんですが、昔は腕の関節部分などが痒《かゆ》くて、乾燥する季節になるとジュクジュクしてましたよ」

私が何気なく放った言葉で、瀬口亮介は「えっ？」と絶句する。今宮は腕組みをしたまま瀬口亮介の腕に顔を近づけた。注射針もある上に、もし血液が顔に飛んだら不衛生ではないか。

「いいか、駆血帯を忘れんなよ。駆血帯で上腕を絞めたら、静脈を探し当ててるんだ。そうそう、それが肘正中皮静脈《ちゅうせいちゅうひじょうみゃく》。この人の場合、弾力性がありそうだし一番刺しやすいんじゃないか」

私は「そんなに言うなら自分でやればいいのに」と忌々しく思いながら、酒精綿で瀬口の腕を清拭すると静脈に注射針を刺す。今宮が「よし、入った！」と声を上げ、いちいちうるさい。注射筒に十ミリリットルほどの血液が溜まると、私は瀬口の上腕に巻いた駆血帯を外し、慎重に注射針を抜く。そのまま注射針を真空採血管に差し込むと、注射筒の中の血液は採血管の中に吸い込まれる。採血管は、抗凝固剤《こうぎょうこざい》入りとそうでないものの二種類を用意し、それぞれに血液を半分ずつ入れる。抗凝固剤入りの採血管の方を泡立てないよう転倒混和《こんわ》させてから、二本とも保冷バッグにしまう。無事に採血が終了した。私は安堵の溜息をつきながら、瀬口の注射痕に脱脂綿を貼る。瀬口は腕を曲げ、右手で脱脂綿を押さえると私に尋ねる。

「あの……。血液検査では、どのようなことが分かるんでしょうか。私と弟は血液型も同じですし……」

「血液型以外にも、色んなことが分かりますよ。心臓、肝臓、腎臓の状態やら、過去に感染症に罹患《りかん》したか、もしくは現在罹患しているか、など。死体血でも検査可能な項目があるので、これでお二人を比較させていただきます」

「――そ、そうですか」

「差し支えなければ、既往歴を教えてください」

瀬口亮介は首を捻る。

「大病を患った記憶――。大怪我をしたことはあります。高校時代、部活の帰りに自転車で、信号無視の車と接触しました。そのまま転倒して肋骨を数本折り、一ヶ月の入院を余儀なくされました。ええ。兄の自分が事故に遭いました。間違いありません」

「弟さんの既往歴はご存じないですか？」

瀬口亮介は顎に片手を遣り、しばしの間、黙考《もっこう》する。

「――高校までは共に実家生活でしたが、大学時代はそれぞれ一人暮らしを始めました。私たち兄弟は同じ大学に入学しましたが、学部は違います。経済学部と法学部です。ええ、両親が相次いで亡くなったのは大学の時です。弟は何か病気をしたかな……？　アイツは私より身体が丈夫だったので、病気らしい病気をしたことがなかったんです。ああ、そうだ。思い出しました。私は大学時代の夏休みに海外旅行へ出掛けまして。行き先はインドです。帰国後、A型肝炎を発症しました」

「A型肝炎ですか」と、今宮が過敏に反応する。

「いやぁ、あの時は大変でしたよ。ワクチンを打ってから行けば良かったといまだに後悔しきりです」

今宮は首を傾《かし》げる。

「もう一度お尋ねします。重要な質問なので正しくお答えください。A型肝炎を発症したのはどちらですか？」

「…………」

ここで何故か瀬口亮介は答えに詰まる。

「亮介さんと桂介さん、どちらですか？」

「私……です」

その時、吉田が小走りに戻って来て、小倉の袖を引っ張り四阿から離れた場所まで連れて行く。二人で何やら話し込み、数分後には再び戻って来る。今宮はベンチから立ち上がり、小倉に場所を譲る。私も吉田に席を譲った。ここからは警察の出番だ。

「早速ですが、二十一日から二十三日の行動をお聞かせくださいませんか？」

「二十一日から二十三日……ですか」

小倉の質問に瀬口亮介は背筋を伸ばす。小倉は更に続ける。

「ご兄弟お二人の姿が、銀行の防犯カメラに映っていたとの報告が上がったんです」

五月二十二日の午後五時頃、瀬口桂介は七十八《しちじゆうはち》銀行名掛丁《なかけちよう》支店のATMで自らの口座から現金一万円を引き出し、次の日の十二時半頃には、今度は兄の瀬口亮介が同じ銀行で自らの口座から現金五十万円を引き出したらしい。瀬口亮介は相変わらず包帯姿だった。

今宮は「ほう」と言った後で小倉に尋ねる。

「瀬口桂介さん本人に間違いはないのか」

「暗証番号の他に指紋認証が必要で、それをクリアしている。映像ではサングラス、マスク姿だった。帽子は被らず金髪のままで、かなり目立ったんだが……」

小倉は歯切れ悪く答える。何かを疑っているのか。今宮は瀬口桂介が殺害・遺棄された日時を二十一日から二十三日と推定していた。防犯カメラの映像が瀬口桂介本人だとすると、二十一日を除外して二十二日か二十三日に殺害されたことになるが――。

「そ、そうですか、弟が……。なけなしの預金でも引き出しに行ったんでしょうね。二十一日は確か、一日中会社にいましたよ。ええ、社長室です。午前九時から午後の九時頃まで。何度か外出しましたが。二十二日、二十三日も同じです。二十三日は土曜日で会社は休日でしたが、私は出勤しました」

「桂介さんが預金を引き出していた銀行は、あなたの会社から徒歩五分の場所です。偶然とは思えません。あなたが会社を抜け出して成り済ますこともできたのでは？　金髪はカツラでも被れば十分だ。桂介さんの口座の指紋認証は、切断した遺体の手首を使ったのでしょう」

大胆な発想だが可能だ。今宮が頷くところを見ると、きっと小倉と同じことを考えていたのだ。

「お、同じ仙台市内に暮らしているんです。弟が私の会社の近くで金を引き出すことだってあるでしょう。何故、私が弟のふりをしなければならないんです」

相手が男性となると小倉は容赦ない。瀬口亮介は何かやましいことがあるのか、黙ってしまう。小倉は更に畳みかけた。

「弟さんの最終生存日時をミスリードさせるためです。ご兄弟お二人の関係者に事情聴取をしたところ、ある疑いが浮上しました。それが殺害動機に深く関わるのではないかと」

吉田の長電話の理由はこれだったのか。吉田と目が合うと、彼は口を固く結んだまま深く頷いた。小倉は更に続ける。

「今年の初めに、お二人は入れ替わりましたね？　すなわち、あなたは瀬口亮介のふりをした瀬口桂介さんだ。指紋や歯牙などで識別されるのを恐れ、顔面や手に包帯を巻いたのではないですか。声を低く抑えているのは声紋鑑定を恐れたのでしょうが、そんなことをしても声紋は変わりませんよ」

「ええっ！」

私は驚き、思わず声を上げてしまう。瀬口七那子がこちらに近づいて来そうだったので、吉田が片手を上げて夫人を制止する。私は吉田に謝罪した。

「驚くと大声を上げる癖を直せよ。常に一緒にいる俺までビックリするぜ」

今宮に腕で小突かれる。

瀬口亮介は完璧主義な上、粘着質、他人を支配したがる性格で、瀬口桂介はその逆。楽観的で物事には執着しないタイプらしい。今年の初め、瀬口亮介の側近たちは違和感を持った。それは瀬口桂介のバンド仲間たちも同じだった。「年が明けたら人が変わったみたいになった」と、それぞれ証言したのだ。

それにしても五ヶ月も前に既に双子が入れ替わり、生活していたとは。もし実証されれば、ここにいるのは兄の瀬口亮介ではなく、弟の桂介だ。

「私は間違いなく兄の瀬口亮介です。情緒不安定になれば、性格も変わることだってあるでしょう。昨年から今年にかけて、会社の業務が多忙で精神的にも辛かったんです」

「情緒不安定ね。ご兄弟お二人が、年明け同時にそうなることがあるんでしょうか」

「む、昔から、い、一卵性双生児には不思議な力があると言うじゃないですか。別々の場所にいながら同時刻に身体の同じ部分を怪我したり。それが我々に起きてもおかしくないでしょう」

瀬口亮介――まだ推測段階なので、今のところはこう呼ぶ――は、声を震わせて反論する。

「そうでしょうか。関係者の皆さんは更に同じことを供述しました。今年の初めから瀬口コーポレーションの社長室に、弟の桂介さんが頻繁に出入りするようになったと。それが三月以降、ぱたりと途絶えてしまったとか。三月は、瀬口亮介さんと七那子さんが結婚された月だ」

「………」

瀬口亮介の肩が震えている。

瀬口桂介のバンド仲間も同様の証言をした。年始頃からスタジオ練習の際は必ず兄の亮介を連れて来た。しかも、瀬口桂介のギターの腕は格段に落ちていたという。

「何故入れ替わったのか理由は分かりませんが、お互いの居場所に本人を連れて行き、業務の引き継ぎや人間関係など教え合ったのではありませんか？　お二人が一卵性双生児で、その上仲が良かったのは周知の事実だったようですね。それが何故、急速に仲が冷え込んだのでしょうか。原因は奥様ではありませんか？　七那子さんを二人が取り合ったのでは。入れ替わったのは良かったが、元の生活に戻るのが惜しくなった」

腕組みをし、黙って聞いていた今宮が突如として「梨木、行くぞ」と、庭園の出口の方へ歩き出した。私は慌てて後を追う。

「ちょ、ちょっと先生。待ってくださいよ。まだ事情聴取が終わってないですよ」

「後は小倉たちに任せて、俺らは血液検査を急ぐぞ。今夜中に結果を出す」

「えっ！　これからですか？」

私は時計を持っていなかったので今宮に時刻を尋ねると、彼は腕時計を見て「午後六時」と素っ気なく答える。これから大学に戻って検査し、何も出なかったらと思うと気が重い。

「さて。タクシーを拾える大通りまで出るぞ」

瀬口邸の門を出た直後、今宮は長い坂を下り始めた。私は門の前で今宮に叫ぶ。

「待ってくださいよ。大通りに出てもタクシーなんか来ないですよ。タクシー会社へ直に電話した方が早いですって」

「待つのも電話するのも面倒臭い。行くぞ」

せっかちな今宮は黙って待つという行為が苦痛なのだ。エレベーターも待てず階段を使い、バスやタクシーも待てずに歩く。今宮は私が制止するのも聞かず、ズンズンと坂道を下って行く。仕方がないので私も今宮について行った。すると、吉田が我々の後を追って来た。その時、泉署のパトカーや捜査車両数台とすれ違う。

「早朝から遺棄現場の沼をさらって何も出なかったので、今度は瀬口邸の家《か》宅捜索《たくそうさく》です。泉署の連中が到着したようですね。お二人を大学までお送りして、私もここへ戻る予定です。それまでは小倉検視官が事情聴取を進めます」

駐車場に到着し、車に乗り込むと吉田はすぐに車を発進させる。今宮は後部座席から運転席へ身体を乗り出す。

「吉田さんと小倉検視官にお願いがあります。瀬口兄弟がこれまでに通院した病院のカルテの入手と、瀬口兄弟の渡航履歴の調査です」

「了解しました。何か分かりそうですか？」

吉田がそう尋ねると、今宮は強く頷く。

「ええ。気になることがいくつか」

瀬口亮介の血液が事件解決の糸口になるかと思うと、私は少々緊張し、血液の入った保冷バッグを強く意識してしまう。意気込んで隣の今宮を見ると、彼は既に夢の世界へと旅立っていた。私は今宮の代わりに吉田に謝罪する。

瀬口邸がどんどん小さくなる代わりに、今宮の寝息が無遠慮に大きくなった。

5

法医学教室に到着すると、教授を含め他のスタッフの姿は既になく、室内はどこも真っ暗だった。今宮が買い溜めしていたカップ麺を分けてもらう。今宮が食物を分けてくれるのは珍しい。おそらく、残業させる私への罪滅ぼしのつもりだろう。カップ麺の夕食を済ませると、我々はすぐに血液検査に取り掛かる。「我々」と言っても手を動かすのは私だけで、今宮は椅子に踏ん反り返り私に指示を与えるのみだ。

　検査室には、今すぐにでも医院を開業できそうな検査機器が一通りあり、冷蔵庫にはディスポーザブルの検査キットも揃っている。Ｂ型肝炎ウィルス・Ｃ型肝炎ウィルス・ＨＩＶ・梅毒《ばいどく》などへの感染の有無が、一時間もあれば検査キットで判明するのでとても便利だ。

　まずは、解剖後から凍結保存していた瀬口桂介の血清《けっせい》を冷凍庫から取り出し解凍した。今度は、先ほど採血して来た瀬口亮介の血液の一部を遠心分離機《えんしんぶんりき》で遠心させ、血清を採取する。

「生化学検査に一般検査、凝固系――一応一通りやっておくか。血液検査は外部の検査会社に依頼すればいいから検査機器はあるだけ邪魔だと思っていたが、こうなると意外に便利だな。目新しい物好きの教授に感謝だ」

　我が教室の所属長である教授は流行に敏感で、検査機器などの新機種に飛びつく習性がある。医療機器メーカーの営業が若い女性の部下を伴って訪れた時などは無下に追い返さない。教授は、一週間に数回は必ず何らかのカタログを持って今宮のもとを訪れ購入の相談をする。その相談も数分程度で済めば良いが――。教授がいなくなった後で今宮は必ず「メールでいいのに」「一時間も無駄にした」「買っても置き場所がない」などと私に文句を垂れる。さすがの今宮も教授には逆らえず、教授が気に入った品は結局購入する羽目になる。教室にそんな金があるのなら人件費に割《さ》いて欲しい。

「ここにいると『自分は臨床検査技師だった』と我に返ります」

「そうだろう。いつもは解剖業務がメインだからな。思う存分腕を振るえ」

今宮は笑う。そして「満腹になったら眠くなるな」と寛いだ雰囲気で、一向に私を手伝う気配がない。

「瀬口亮介だの桂介だのと、ややこしいからアイツを『ミイラ男』と呼ぶ。ミイラ男はおまえの『既往歴はあるか?』という質問に『兄である自分の方が高校時代に交通事故に遭って肋骨を骨折した』と答えた。この供述は信用できるかも知れん」

「何故です? 嘘だったらどうするんですか」

「ミイラ男ではない方が事故に遭っていたら、遺体の肋骨に骨折の痕があるはず。骨折した部位は『仮骨形成《かこつけいせい》』により完全に元通りにならず、膨隆もしくは歪むからな。ところが、遺体にはその痕跡すらなかった」

「あっ! そう言えばそうでした」

「——おまえ、分かってなかったのかよ。何年俺の下で働いているんだ、おかっぱ」

「その呼び方、いいかげんに止めてくださいよ」

何かにつけ「おかっぱ」呼ばわりする幼稚な今宮に憤慨しそうになったものの、カップ麺の恩義があるので冷静になる。私は安上がりな女だ。

「実は瀬口桂介が兄で、瀬口亮介が弟でしたという展開では？」

「三つ子説に続いてバカバカしい話だな」

「やっぱり気になるのは殺害動機ですよね。小倉さんの言う通り、七那子夫人を巡っての三角関係なんでしょうか」

「ふん！　おまえは芸能記者か。そんなもんは知らん。加害者本人に訊くしかないだろう。動機なんぞ百人いれば百通りだ。他人と目が合ったのが気に食わないだけで殺すヤツだっている」

今宮はことごとく私の意見を一蹴すると、「よし、やるか」と急に立ち上がりディスポーザブルの手袋を嵌め、何やら作業を開始する。

「これ、少し使うからな」

と、今宮が手にしたのは瀬口兄弟の血清だ。

「何の検査を始めるのですか？」

今宮は不敵に笑う。

「まだ教えない。結果が出た暁には教えてやる」

「失敗したら、なかったことにするんでしょう」

「ごちゃごちゃとうるさいな。おまえも手を動かせよ。ますます帰るのが遅くなるだろうが」

今宮は先ほどまでの自分を棚に上げ、私に背を向ける。急に無言になられると調子が狂うが「これで集中できる」と私も検査に没頭する。その後、今宮の携帯が何度か鳴る度に彼は作業の手を止め、入退室を繰り返した。

その間に、検査機器や検査キットを使用した血液検査の結果が判明する。瀬口兄弟の血液型はA型でRｈ（＋）だ。

血液検査は生化学検査・免疫学的検査・内分泌学的検査など多種多様な検査項目に分かれ、これらは本来ならば生体の健康状態を反映する。それ故、死体血を検査した場合、参照できない項目もある。

瀬口兄弟の血液は片方が死体血なので、検査結果を慎重に読み進める。ある項目まで来た時、我が目を疑った。異変に気づいた今宮が私の手元を覗く。

「どうした？　何かおかしな結果でも出たか？」

「先生、これ……。ミイラ男の方が陽性です」

「どれどれ。――おっ！」

ミイラ男の血清で陽性を示した検査項目は「トレポネーマ抗体」。いわゆる「梅毒」だ。

梅毒は、梅毒トレポネーマ（Treponema pallidum）という細菌への感染で発症する性行為感染症の一つだ。放っておくと長い年月を経て進行し、最終的には神経を侵される。性行為による感染から約三週間後、外陰部に硬結《こうけつ》（硬い丘疹《きゅうしん》）などが出現する。これが第一期の症状だが、この時点ではほとんど自覚はなく症状は一旦消褪《しょうたい》する。それから三ヶ月ほどで第二期へと移行し、数年で第三期、十年ほどで第四期へと進行する。

「ミイラ男の包帯は、歯牙鑑定や指紋採取を逃れるためではなく、梅毒感染の第二期に出現する『梅毒性バラ疹《しん》』『丘疹性梅毒疹』などの皮疹《ひしん》を隠すために違いない。全く、ややこしいことをしてくれるぜ」

「でも、私が彼の採血をした時に、腕は皮疹すらなくキレイでしたよ」

「梅毒感染の第二期は、リンパ節の腫脹《しゅちょう》以外の症状は数ヶ月で消え、その後に症状が出なくなるか、数ヶ月おきに出現と消褪を繰り返す。ちょうど消褪時期だったのだろうが、いつまた症状が出るか分からんからな。包帯を取るのが怖かったんだろう」

「それで奥さんとも顔を合わせなくなり、会社にも包帯姿のまま出社したんですね。それにしても、梅毒は大昔の病気じゃなかったんですね。驚きました」

「最近また流行しつつある。梅毒は絶滅した訳じゃないからな。特に、ＨＩＶも一緒に感染する合併例の報告が多数で、非常に深刻だ」

先生も気をつけてくださいよ、と冗談めかして言おうとしたが、今宮は、そちら方面には意外と潔癖そうなので、おそらく怒りを買うだけだから止めた。

「そろそろ俺の検査の方も結果が出る頃だからな。――おお、出たぞ！　梨木も見てみろ」

今宮は瀬口兄弟の血清で「IgG-HA抗体」の有無を検査していた。IgG-HA抗体はＣＬＩＡ（化学発光免疫測定《かがくはっこうめんえきそくてい》）法という特殊な検査法によって検出可能な抗体だ。

「Ａ型肝炎ウィルス（ＨＡＶ）に一度感染すると、終生《しゅうせい》免疫を獲得し二度と感染しない。『IgG-HA抗体』はその指標で、過去の感染歴が分かる」

大学時代、免疫学の講義が苦手だった私は当時の記憶が蘇り、少々気分が重くなる。

「要するに、ＨＡＶの感染により体内ではIgG-HA抗体が作られる。血清からIgG-HA抗体が検出されれば、その人は過去にＨＡＶに感染したかワクチンを接種したと。IgG-HA抗体を持っていない人は、感染歴もワクチン接種歴もないと」

「そういうことだ。ミイラ男は『自分がＡ型肝炎を発症した』『ワクチンは打っていない』と供述した。その通り彼の血清からＡ型肝炎の抗体が検出された。しかし、警察からの報告で海外渡航歴は弟の桂介の方だった」

今宮が入退室を繰り返していたのは、瀬口兄弟の通院歴や海外渡航歴の情報を警察から得るためだった。

「小倉さんの推理通り、ミイラ男が瀬口桂介という結果ではないですか」

「些細なことかも知れんが、交通事故の供述の時は『兄の自分』をえらく強調したのに、A型肝炎の時は『私』としか言わなかった。俺は『亮介、桂介のどちらか？』と訊いた」

「それは考え過ぎでは」

「そうか？　亮介と桂介の名前が変わっても、変わらないのは『私』だ」

今宮は少々興奮し、自らを落ち着けようと深呼吸してからまた話し出す。

「ミイラ男の供述で、ある疑念が生じた。しかし、警察からの報告とこれらの検査結果でその疑念は確信に変わりつつある。——瀬口亮介と桂介は大学時代に入れ替わり、今年の初めに元に戻ったんじゃないのか？」

「ええっ！」

驚いた私はまた大声を上げてしまう。今宮は「学習しないヤツだな」と苦笑する。

「両親が健在で実家暮らしだと入れ替わるのは無理だろう。実の両親をそうそう騙《だま》せない。入れ替わるとしたら、それぞれ一人暮らしを始め、両親が相次いで亡くなった大学時代からだ。入れ替わった理由は知らんが、亮介が桂介、桂介が亮介として大学に通う。夏休みに亮介が桂介のパスポートでインドに行きA型肝炎ウィルスに感染した。今年の初めに亮介は亮介、桂介は桂介に戻る。そして今回の検査で亮介が抗体陽性。ほら、辻褄《つじつま》が合うだろ。ミイラ男が、A型肝炎の供述の際に言い澱んだのは、大学時代の入れ替わりがバレるのを恐れたんだ。ミイラ男は瀬口亮介で間違いない」

「それだけでは、入れ替わりの証拠としては不十分ではないですか？」

今宮は眉を顰《ひそ》める。

「おまえ、法医学者を名探偵と思うなよ。俺たちに捜査権はない。法医学者が司法解剖やこういった検査で判明した結果や疑問を警察に投げ、それを警察が捜査するんだ。後は警察の仕事だからな」

今宮は再び椅子に踏ん反り返る。

「おお、そうだ！　梅毒やらA型肝炎やらの騒ぎですっかり忘れていたぜ。三十分ぐらい前、オグから連絡があって瀬口邸の温室、ああ、オランジェリーだか何だか知らねぇが、そこから遺体の一部が発掘されたとさ。また現場に行かなくちゃならない。そろそろ迎えが来る頃だからおまえも検屍の準備をしとけ」

時刻は午後十一時。これから検屍とはさすがに気が重い。せっかちな今宮は既に検査室から姿を消していた。

6

深夜帯のおかげで瀬口邸までは車で三十分も掛からず到着した。瀬口邸の門前には数台のパトカーや警察車両が停車する。県警本部の捜査員は、その最後尾に車をうまく縦列駐車させた。我々は車を降り瀬口邸の門へ向かう。

瀬口邸は相変わらず美しい。鉄製の門扉は開け放たれ、張り巡らされた規制線の黄色いテープが緩やかな風で揺れる。深夜だというのに、近所の住人が数名ほど遠巻きにこちらを窺っていた。

門扉を過ぎると、庭園の方から小倉が駆け寄って来る。事件の早期解決に喜びを隠しきれないのか、満面の笑みだ。

「今宮先生、楓ちゃん、サンキュー！　おかげで包帯の謎が解けたよ。先入観は良くないね。やられたよ。一卵性双生児だから、てっきり個人識別の拒否と決めつけていたけど、まさか梅毒を隠そうとしていたとはね！　それに入れ替わりの件。大学時代から入れ替わり、今年に入ってから元に戻っただけとはね。誰も予想しなかった」

小倉が興奮してまくし立てるので、今宮は苦笑する。

「しかし、遺体の一部が見つかって良かったじゃないか。これで指紋や足紋が採取できるだろう」

紫山地区は仙台市中心部よりもだいぶ気温が低いので、着衣の上に白衣だけだと肌寒い。

察した小倉が自らのジャケットを脱いで私の肩に掛けてくれた。とても良い香りがする。男性に優しくされることに慣れていないので、激しく動揺してしまう。そんな私を見て今宮が眉間に皺を寄せる。

「ふん。コイツは案外脂肪だらけだから、男よりもだいぶ暖かい筈だ。そんな気遣いは無用だぞ、小倉検視官」

「失敬な。セクハラですよ！　それに以前『おまえはそれ以上痩せたら骨と皮になる』とうるさかったじゃないですか。そう言う先生は寒くないんですか」

「俺はかなりの暑がりだからな。これぐらいはまだ序の口だ。半袖でもいける」

強がりかと思いきや、今宮は白衣の袖を捲って腕を出し余裕の表情だ。どうやら本当に暑いらしい。

小倉が我々を現場まで案内してくれた。現場は例の温室、オランジェリーだ。内部に入ってみたいという私の願望が意外な形で叶ってしまった。オランジェリーに至るまでの庭園の小道には、所々に薔薇の花弁が散っている。

オランジェリーの入口にも規制線が張られ、その脇にミイラ男と七那子が佇《たたず》む。被疑者二人は泉署の捜査員らに取り囲まれ、身を縮めていた。

小倉は白の綿手袋を嵌めながら今宮を振り返る。

「砕かれた歯牙、両手首と両足首が新聞紙とゴミ袋でぐるぐる巻き。遺体遺棄と似た手口だ。温室内の枯れたオレンジの木の根元深くに埋められていた。今宮先生、司法解剖は明日で大丈夫かい？　すぐに令状を請求する」

「勿論だ。執刀は私でいい」

今宮は被疑者二人に目もくれず、さっさとオランジェリー内部へ入ってしまった。イギリス風の温室を見られる機会なぞ滅多にない。外観を余すところなく眺めていると、大きなガラス窓の向こう側で今宮が手招きをする。私は溜息をつき、内部へと足を踏み入れる。

オランジェリーは温室の機能が保たれ、もわっとした温かい空気が私を包む。瀬口亮介が「温度調整機能が壊れている」と言っていたが、やはりあれも嘘だったのか。この建物は八角形で天井が高く、天井部分もガラス張りで日光がたっぷりと降り注ぐ構造だ。だが、温室内の植物は殆どが枯れ、ろくに世話を受けていなかったようだ。瀬口七那子は庭いじりが趣味なのに、こちらにまでは手が回らなかったのだろうか。

中心部に枯れたオレンジの木が生え、その根元には大量の土が盛られている。根元を掘り返した痕だ。今宮はその根元にしゃがみ込んでいた。今宮の傍ら、ブルーシートの上には両手首と両足首、そして粉砕された歯牙が並ぶ。どれも青白く変色し、乾燥のせいか皮膚がシワシワだ。切断面の筋肉は凹凸が激しく、青緑色《せいりょくしょく》に変色していた。腐敗臭が鼻を突く。

今宮がこちらに右手を伸ばしたので、ディスポーザブルの手袋を渡してやった。今宮は手袋を嵌めると早速、手首や足首を持ち上げて観察を始める。

「ビニール袋でぐるぐる巻きにされた挙句、更に新聞紙で包まれていたから、幸い状態は良い方だ」

小倉と吉田もオランジェリーの中へと入って来る。そう言えば、小倉のジャケットを羽織ったままだ。汚してはいけないと返すと、小倉は「まだ着ていても良かったのに」と微笑《ほほえ》む。

「瀬口亮介が瀬口桂介殺害を自供したよ。両手首と足首の指紋と足紋は鑑識が既に採取している。それが瀬口桂介のものと一致すれば、あの包帯男が瀬口亮介という証拠になる。瀬口七那子は遺体の遺棄を手伝っただけのようだ。両者の逮捕状は既に請求しているよ」

小倉はそう言いながら、今宮の隣にしゃがむ。

「ほう。全て自供したのか。意外に早かったな。まだごねると思ったが」

「遺体の一部が見つかった上に血液検査の結果がアレだからね。逃げ切れないと思ったんじゃないか。泉署の捜査員は、さっきまで『包帯男は弟の瀬口桂介だ』と決め込んでいたので騒動だったよ。殺害現場もこの温室とのことだ。詳細はまた泉署で取り調べるよ」

小倉が語った所によると、瀬口亮介は二十一日の午後四時頃、瀬口桂介を殺害する目的でこのオランジェリーに呼び出した。瀬口亮介は隙を見て弟に素手で殴り掛かり、最終的には馬乗りの状態で、桂介の首を両手で絞めた。扼頸という今宮の判断はドンピシャだった。遺体の四肢に散在していた表皮剝脱、背中の皮下と筋肉内の出血は抵抗した際にできたのだろう。

弟が息絶えたことを確認した亮介は衣服を脱がせ、園芸用のノコギリで両手首と足首を切断、金槌《かなづち》で上顎と下顎、歯牙を砕いたらしい。園芸用のノコギリは小さいので相当な時間が掛かった筈。切断面の凹凸が激しく汚いことから苦労が窺えた。

瀬口亮介が弟の遺体を解体している最中、不運にも七那子夫人が温室へ来てしまう。妻は夫の蛮行に激しく動揺し、夫を説得し警察へ出頭させようと努めるが、金銭面で安定した生活を手放し難く、夫の言いなりで遺体の遺棄を手伝わざるを得なくなった。

遺体の両手足首と歯牙はオランジェリーに残し、二人は車で遺体を運搬、例の沼地へ向かい、遺体を遺棄した。遺体の右手首は、瀬口亮介が現金を引き出す際に一度だけ使った。弟に成り済ますために何度か使おうと考えていたものの、腐敗が進むにつれ恐ろしくなり、全てこのオランジェリーの木の根元深くに埋めた。遺体を切断、歯牙を粉々にしておいて「恐ろしい」とは今更だという気もするが――。手首は冷蔵か冷凍でもしておけば、もう暫くは使用できただろうに。よりによって暖かい温室へ埋めるとは。

そして今宮の推理通り、瀬口亮介は大学時代から弟の桂介と入れ替わっていたことを認めた。高校の頃から二人はお互いの苦手科目をカバーし合い、模擬試験の度に替え玉受験を繰り返した。大学受験の時も入れ替わり、元に戻るのが面倒になったのと「双子とはいえ別人になりきるのは面白そうだから」というちょっとした冒険心で、そのまま大学生活を送った。大学卒業後はお互いの好きな道に進むことにし、金銭面ではお互い助け合っていた。瀬口桂介が亮介として会社を興し、亮介が桂介としてミュージシャンになっても二人の協力態勢は崩れなかった。

しかし、七那子夫人の登場でこのバランスは一気に崩壊する。桂介が七那子と出会い婚約に至ったが、亮介が七那子に横恋慕したのだ。それまでの仲が嘘のように冷え込み、亮介は桂介を「七那子に全部話す」と脅迫、お互い元の自分らに戻ることを要求した。ここに来て亮介は、桂介が亮介の名で得た地位や名誉、金、女の全てが欲しくなり「名義は亮介なのだから、本人である自分がその恩恵に与《あずか》っても良いはず」と考えた。桂介は亮介の度重なる脅迫に屈し、社長の座と七那子を亮介に譲り、自らは無名のギタリストへと転身する。

ところが立場が逆転して今度は桂介が亮介を脅迫する側になる。桂介は亮介の梅毒感染に気づき、それをひっくるめて世間にぶちまけると言い出した。桂介が失うものは何もなかったからだ。「マスコミが面白がって取り上げてくれたら、自分はまた会社社長に戻れるかも知れない」と楽観的に考えていたようだ。それが自らの破滅を引き起こすとも知らずに――。

銀行の防犯カメラに映っていた瀬口桂介は、やはり瀬口亮介の扮装だった。銀行口座を開設したのは大学時代。瀬口亮介は桂介の名で、桂介は亮介の名で通帳を作った。それ故、亮介は自分名義の口座から金を引き出す際に桂介の手首を使ったのだ。何ともおかしな話である。

「今宮先生が死亡推定日時を二十一日に前倒ししなければ、我々は瀬口亮介の変装に騙されていたかも知れない。まさか、金を引き出すのに遺体の手首を使うなんてね」

小倉の言葉に私は「確かに」と頷く。今宮が泉おろしを考慮に入れなければ、瀬口亮介の扮装のせいで桂介の最終生存確認が二十二日、桂介の死亡推定日時は二十三日と断定され捜査は混乱しただろう。

今宮は照れ隠しに「足が痛い」と立ち上がり、小倉を振り返る。

「成傷器である園芸用のノコギリは出たのか？」

「捜査員が押収した。遺体の一部と共に埋められていたとのことだよ。明日までに鑑識作業を終わらせ、解剖室へ持って行くよ」

今宮は「頼む」と言いながら再びしゃがむ。

「両手首は、生活反応のある傷とない傷が混在している。抵抗時の損傷と、被疑者が切断した時にできた損傷だ。足には生活反応のある損傷はない。切断面は粗いので、ノコギリで何度も切り刻んだのだろう。骨を切断するのは大変だったに違いない。歯牙は三本ほど見当たらないので、捜索してもらうことになる」

検屍は一時間を少しオーバーして終了した。日付はとっくに変わっている。「さて」と今宮は腰を上げ、さっさとオランジェリーの玄関へ向かった。私は慌てて検屍道具を片付ける。今宮は私を待ったためしがない。

オランジェリーの玄関前では、瀬口亮介と七那子の事情聴取の真っ最中であった。瀬口七那子は肩で息をし、女性の捜査員に身体を支えられている。

瀬口亮介は顔に両手をあてがい、包帯を外すのを躊躇《ちゅうちょ》していた。今宮はその眼前で立ち止まる。

「梅毒は徐々に症状が進行します。数年後、晩期になると神経がやられて死にますよ。早急に治療を受けることをお勧めします」

瀬口亮介はがっくりと項垂れる。今宮の言葉に効力があったのか、瀬口亮介は顔と手に巻いていた包帯を取り始めた。瀬口七那子は両手で顔を覆い彼に背を向ける。包帯の下から現れたのは、いつぞや写真で見た男の顔だが顔貌だけでは亮介なのか桂介なのか分からない。亮介は桂介に比べて女性関係が派手だったらしい。そのツケが梅毒感染という形で回って来た。七那子夫人にも感染していなければいいが――。

瀬口七那子は亮介と桂介の入れ替わりに気づいたが、やはり裕福な暮らしを手放し難く、知らぬふりを続けていたようだ。

泉署の捜査員は二人に逮捕状を掲げた後、それぞれに手錠を掛ける。被疑者に手錠を掛ける場面に初めて出くわした私は興奮したが、それを顔に出さないよう努めて冷静にしていた。

今宮はそれを見届けることなく「行くぞ」と、さっさと門へ向かってしまった。私と小倉は慌てて後を追う。

「さすが今宮先生、恩に着るよ。今、誰かに送ってもらうから。ここで待っていてくれないか。僕ら警察が散々連れ回して、今宮先生に風邪でも引かれたら解剖止まっちゃうからさ。楓ちゃんも疲れたでしょ？　今回も二人のお手柄《てがら》だ」

小倉は散々我々をおだてた後「門の前で待っててよ」と言い残し、オランジェリーの中へ戻って行く。吉田と目が合うと、彼はこちらへ向かって深々とお辞儀をした。

「しかし、今回の事件は驚きましたよ。もしかしたら弟も兄を殺そうとしていたのかも。それに、夫人も入れ替わりに気づきながら普段と変わらぬ生活を続けていたなんて、信じられないです。異常ですよ」

「ふん。梨木は相変わらずゴシップ好きだな。後は警察の仕事だ。それよりおまえ、さっき被疑者の二人が手錠を掛けられていた時、だいぶ興奮していたな。逮捕の瞬間を見たことなかったのか」

「あ。バレてました？」

どんなに無表情を取り繕っても、やはり今宮には通用しなかったようだ。

「手首や足首だけでも司法解剖になるとは知りませんでした」

「遺体の一部だからな。指一本ぐらいなら解剖にはならん」

「どうしてですか？」

「指一本欠損しただけでは死なず、指の主が生存している可能性があるからだ。腕や足となると、そうはいかないだろう」

「なるほど」

今宮は大きな欠伸をする。私もつられてしまった。

「『誰そ彼』の遺体は、兄ではなく弟だったんですね」

「タソガレ？　何を言っているんだ、おまえは」

「薄暗い中、相手が分からず『誰そ彼』と尋ねるところから『黄昏《たそがれ》』という言葉が生まれたんですよ。今回の事件はさしずめ『誰そ彼の殺人』ですよね。最初、遺体は双子のどちらか分からなかったですし、正体不明のミイラ男も登場しましたし。『誰そ彼』ばかりだったじゃないですか」

「勝手に事件名を付けるなよ。それに、被疑者の供述が正しければ瀬口桂介が死亡したのは二十一日の午後四時過ぎだ。まだ明るいじゃないか」

「仙台の今頃の日没時間は七時前です。日没より一～三時間後までの時間を黄昏時と言う説があるので少しズレますが、漠然と『夕方』のことを指しますし間違いではないです。ちなみに明け方のことを『彼《か》は誰時《たれどき》』と言います。今後、『彼は誰の殺人』もあるかも知れませんよ」

胸を張る私に、今宮は呆れ顔だ。

「くだらねぇ。まあ、でも、今回はおまえも結構頑張ったから良しとするか」

「今回『は』じゃなく、今回『も』です」

空は黒く、星が瞬《またた》いている。

黄昏時は、とうに過ぎていた。

蓮池浄土《はすいけじょうど》

1

夕暮れ時の空は一面が菫色《すみれいろ》で、池の水面にそれが映り同じ色をしている。向こう岸までは三十メートルもなく、泳いで辿《たど》り着けそうな円形の小さな池には、一面に蓮が浮かぶ。白や淡紅色の花々が所々で咲き始め、空に溶けてその色が混じりそうだ。

まるで極楽浄土だ。

美しい。

「天国もこんな感じでしょうか」

私が感嘆の溜息を漏らすと、今宮《いまみや》准教授は吹き出す。

「知らん。行ったことないからな」

ここは村の名の由来になった古くからの溜め池で、池のほとりを歩くのは私と今宮だけだ。こんなに素晴らしい場所なら、もっと大勢の人で賑《にぎ》わっても良いものを。昼間に遺体が発見されたとは思えないほど、静寂に包まれている。

蓮は通常、早朝に開花する。しかし、この池に浮かぶ蓮は、何故か時間を問わず咲き始めるらしい。遺伝子の突然変異でも起きたのだろうか？

池の周囲は遊歩道で、私と今宮は一周するつもりで肩を並べ歩く。今宮は男性にしては小柄なので、こうして並んで歩くと顔が近い。池のちょうど対岸に小倉由樹《おぐらよしき》検視官《けんしかん》の姿が見える。彼は、モデルがポーズを取るかの如く捜査車両に寄り掛かり、宮城県警察本部や若柳署《わかやなぎしょ》と連絡を取り合い忙しそうだ。今宮はそんな小倉を見て、やれやれ、と肩を竦《すく》める。

澤木《さわき》家と河野《かわの》家の周囲には若柳署のパトカーや宮城県警本部の捜査車両、そして救急車が全部で十台ほど横付けされ物々しい雰囲気だが、ここまでその喧噪《けんそう》は聞こえない。

「それにしても、今回の事件は教訓になった。法医学の教科書では過去の事例になっていたからな。『現代では絶対に起こり得ない』という先入観は禁物だ」

「そうですね。しかも今回は検屍《けんし》だけで死因がほぼ判明しましたからね」

「おまえも勉強しとけよ、梨木《なしき》」

「こんな所で説教しないでくださいよ。雰囲気が台無しです」

「明日は九時に遺体搬入だからな。遅刻すんなよ」

突如として、時季外れの蜩《ひぐらし》の鳴き声が響き渡り、夏が終わる時のようで物哀しさを煽《あお》る。

時刻は午後七時。遡《さかのぼ》ること、六時間前——。

2

私、梨木楓《かえで》は杜乃宮《もりのみや》大学医学部法医学教室の解剖技官《かいぼうぎかん》だ。宮城県内で発見される異状《いじょう》死体は我が法医学教室へ搬送され、死因究明や身元確認の為、法医解剖に附《ふ》される。私はその解剖補助や解剖に関わる業務の一切を任されている。

仙台の梅雨入りが発表され数日経過した六月十三日、土曜日。梅雨入り直後は仙台特有の梅雨寒《つゆざむ》と降雨が続いたものの、休日の今日は奇跡的に晴れた。

この仕事に就《つ》いてからというもの、休日の呼び出しがしょっちゅうなので、友人と約束ができず、映画鑑賞や美術館・博物館巡りなど、独り遊びが板についた。今日も遅くまで惰眠《だみん》を貪《むさぼ》り、街に繰り出そうと玄関を一歩出たところで私の休日は終了した。何故なら「検屍要請あり」の連絡が入ったからだ。職場からの呼び出しである。慣れているとはいえ、私は盛大に落ち込む。

電話の主は我が上司、杜乃宮大学医学部法医学教室の今宮貴継《たかつぐ》准教授で、彼はどうやら朝から法医学教室にいたらしい。おそらく、実験か鑑定書の作成でもしていたのだろう。明らかにワーカホリックだ。

今宮いわく、異状死体の発見現場は「ド田舎」で、仙台から車で片道二時間も掛かる蓮池《はすいけ》村《むら》だという。全く聞いたことがないが、本当に宮城県内なのだろうか。現在の時刻は午後一時。これから出掛けたら、帰って来るのは夜になるだろう。私は再び嘆息する。

身支度を出勤用に整え、大学へ向かう。雨上がりの作並《さくなみ》街道は休日を謳歌《おうか》する人々で賑わう。瑞々《みずみず》しい木々の葉が日光に反射して眩《まぶ》しく、空気も澄んで気持ちが良い。

私の住む角五郎《つのごろう》から杜乃宮大学医学部星陵《せいりょう》キャンパスまで徒歩十五分ほど。医学部の正門前に今宮がいた。検屍道具の入ったバッグを足元に置き、何やらスマートフォンを操っていたが、私に気づくと顔を上げ、無表情のまま片手を上げた。今日も黒のTシャツにジーンズ、スニーカーという服装で、遠目から見たら医学部生に間違えそうだ。

「早かったな、梨木。どうせ暇だったんだろ？」

「ほっといてください。今宮先生こそ、休日まで大学に入り浸るのはどうかと思いますよ。無趣味だと、結婚した時に煙たがられますよ。定年後どうするんですか」

「おまえこそ、大きなお世話だ」

その時、宮城県警の小倉検視官が運転する捜査車両が我々の目の前に滑り込む。運転席から降り立った小倉は今日も紺色のスーツでビシッと決めている。

「お待たせ、二人とも。休日に申し訳ないね。楓ちゃん、デートの予定でもあったんじゃないの？」

「ある訳ないだろう。呼び出したらすぐに来たからな」

今宮が即座に否定する。失敬な。休日返上で駆けつけたのだから、解剖技官の鑑《かがみ》と言ってもらいたい。

「相変わらずタカちゃんは、楓ちゃんに酷い態度だな。楓ちゃん、彼氏できたら教えてね。身元を捜査してあげるから」

「職権乱用すんなよ。おまえは梨木の父親か」

お堅い職業と思われがちな警察組織だが、意外にも噂好きな人物が多い。守秘義務の発生する重要機密事項を触れ回れない分、法医学関係者のプライベートネタは格好の餌食になるので気をつけたい。

「いやぁ、暑い暑い。先日までの肌寒さが嘘のようだな。あれ？　吉田《よしだ》さんは？」

今宮はタオルで汗を拭いながら後部座席に乗り込む。私は隣に座った。

「ギックリ腰で動けない。大事を取って休ませたから、今日は僕一人。よろしく」

小倉の補佐役兼お目付け役の吉田巌《いわお》検視官補佐は、書類入りの大きな段ボールを持った拍子に腰を痛めたらしい。小倉の傍《そば》にいられないのはさぞかし無念であろう。吉田の険しい表情が目に浮かぶ。小倉は一見、品の良いお坊ちゃん風だが、事件捜査となると、たまに箍《たが》が外れる。その度に小倉は吉田に大目玉を食う。傍《はた》から見るとまるで親子のようだ。

「吉田の心小倉知らず」で、運転席から振り返る小倉は解放感に満ち溢《あふ》れている。今宮はいつもなら「タカちゃんと呼ぶな」と怒るところだが、うるさいお目付け役がいないので馴れ馴れしい口調になる。二人は高校時代の同級生で、三年間同じクラスだった。

「何だよ、オグ一人か。他の人を連れて来ればいいのに」

そう言いつつも、今宮は少し嬉しそうだ。

「検視官補佐は吉田さん以外全員出払ってる。僕一人で不満かい？」

「また暴走すんじゃねぇぞ」

今宮は私の膝の上に検屍バッグをドサリと置き、再びタオルで汗を拭う。

「検屍バッグは重いな。ああ、梨木の白衣も持って来てやったぞ。ありがたく思え」

「――それはどうも」

検屍バッグを開けると、私と今宮の白衣が無造作に突っ込まれ――今宮のは何故か裏返しになっている――検屍用の器具と交じりグチャグチャだ。畳むことを知らないらしい。白衣は我々の制服と言っても過言ではなく、皺《しわ》くちゃのまま臨場《りんじょう》となると格好がつかない。私は慌てて畳み直す。今宮は呑気に「久々の青空だな」と車窓から景色を楽しんでいる。

彼方《かなた》まで澄み渡る青空に、瑞々しい草木の緑――。とても梅雨だとは思えない。車内を吹き抜ける風がとても快適なドライブだ。目を閉じ、何の混じり気もない新鮮な空気を胸一杯吸い込む。

「おい、窓を閉めろよ。書類が飛んで行ったらどうするんだ」

私の現実逃避は今宮のせいで呆気なく終わった。

「――すみませんね。ちょっと外の空気を吸いたくなったんですよ」

「新鮮な空気は、現地に着いてから幾らでも吸える。何もない村らしいからな。空気が美味《うま》いぐらいのもんだろう」

「蓮川村に観光名所はあるんですか？」

「蓮池村だからな。間違えんなよ。さっきネットで調べたんだが、人口百人にも満たない小さな村だ。村の中心部に蓮の群生している池があって、それが村の名前の由来らしい。人が集まるような観光スポットは皆無《かいむ》。強いて言うなら温泉ぐらいだな。村の外れに旅館も兼ねた共同入浴施設があるんだと。それだけでは村の収入源にならないだろうな。農業でほそぼそと……といった鄙《ひな》びた村のようだ」

蓮池村は宮城県と岩手県の県境に位置する。東北自動車道を若柳金成《わかやなぎかんなり》インターチェンジまで北上、そこから一般道をだいぶ進んだ山奥だ。道のりを聞いただけでも気が遠くなる。本当に今日中に到着するのだろうか。

「少し飛ばすから、気分が悪くなったらすぐに言ってくれよ」

信号待ちで小倉が後部座席を振り返る。小倉も運転が上手な方だが、吉田に比べると少々荒い。黄色から赤信号に変わりつつあってもアクセルを踏み込んで交差点を通過してしまう。被疑者を追尾する時の癖だろうか。交差点を通過する度にヒヤヒヤしてしまうが、今宮は「危ねぇな」と言いながらも涼しい顔だ。ちなみに、私はまだ今宮の運転する車に乗り合わせたことがない。彼はいつもマウンテンバイクで通勤しているので、運転している姿を想像できない。今宮いわく「仙台市内の道路は坂が多いし狭い。自転車の方が小回りが利く」とのことだ。

その今宮は、小倉から渡された事件概要《がいよう》の書類に目を通している。揺れる車内で俯《うつむ》いても酔わないとは三半規管《さんはんきかん》がかなり強い。私なら数分でアウトだ。車窓の景色にも飽きて来たので、なるべく頭を動かさないようにして今宮の手元を覗《のぞ》き込んだ。

異状死体となって発見されたのは澤木正三《しょうぞう》、七十五歳の男性。本日の午前十一時頃、蓮池に仰臥位《ぎょうがい》で浮いていた。発見時、既に心肺停止で、蓮池村唯一の医療施設である「蓮池村診療所」に搬送され、医師により死亡確認。他殺、自殺、事故——。どの状況にも合致するらしい。

「遺体はどこに？　若柳署の霊安室に向かうんですか？」

私の問いに小倉は首を横に振る。

「若柳署の報告によると、その診療所に安置したままのことだよ。おそらく、そこで検屍をすることになる」

小倉は華麗なステアリング捌《さば》きで、前を走るトラックを追い越す。

「澤木正三は農家で、朝日が昇ると共に畑に出ては日が沈むまで農作物の管理に精を出していた。昔気質《むかしかたぎ》の頑固な老人だったようだが村人からは慕われ、行事の際の中心人物だったそうだ」

報告書のデータは全て小倉の頭の中に入っている。さすが。

「持病はあったんですか？」

私が尋ねると今宮が答える。

「大酒家《たいしゅか》で肝臓を患っていたようだな。この報告書によると、搬送先の診療所に通院歴があったらしい。小倉、後でカルテを提出してもらうぞ。蓮池村には入院施設のない小さな診療所しかなく、重病人は隣町の病院まで山一つ越えて行かなければならなかったようだな。路線バスで三十分は掛かる。過疎化した地域の辿る運命とでも言うべきか」

今宮が読み終わった事件概要を私に押し付けて来た。俯いたままだと確実に酔うので、目の高さに掲《かか》げながら読む。気になる記述を発見した。

「今年の四月にこの方の奥さんが亡くなっていますね。しかも同じく肝臓を患っていた。奥さんも大酒呑みだったんですか？」

小倉は首を横に振る。

「旦那と同じく診療所の医師に診察を受けていたらしいが、まだ詳しく聞いてないね。現地に行けば判明する」

夫婦二人が同じ病に罹患《りかん》する確率はどのぐらいだろう。食生活や生活時間が似るのだから確率としては高そうだが――。澤木正三の妻は既に亡くなっている米子《よねこ》。二人には子供が三人いて、長男の元正《もとまさ》――四十九歳――が家を継いでいる。次男の正隆《まさたか》は東京、長女の正美《まさみ》は仙台暮らしでいずれも家庭を持つ。元正の妻が豊江《とよえ》、四十八歳。子供はいない。

「遺体の第一発見者は河野善治《ぜんじ》という澤木正三と幼馴染《おさななじみ》の男です。河野宅は澤木家の隣で、河野善治は独居。澤木正三とは非常に仲が良かったとのことで、ショックを受け寝込んでいるようです」

登場人物がもう一人増えた。ミステリの世界では第一発見者を疑うのが鉄則だが――。

「梨木は『第一発見者を疑うのが当然』とでも考えているんじゃないだろうな。現場や遺体も見ずに早計過ぎるからな」

「何故、分かるんですか」

「おまえは顔に出るんだよ。単純明快で分かりやすい」

「現在の澤木家は、正三、元正、豊江の三人家族だったんですよね。遺言状みたいなものはなかったんですか？　遺産相続の揉め事とか」

「まるで『犬神家《いぬがみけ》』だな。先入観を持つんじゃねえよ。相変わらず推理小説の読み過ぎだ」

腕組みをして居眠りの体勢に入っていた今宮が、私に軽蔑《けいべつ》の眼差《まなざ》しを向けて寄越《よこ》した。

「全く。愚かな技官が早まったことを言い出すから、おちおち寝られん」

「小倉さんが運転でお疲れなのに、堂々と寝ないでくださいよ」

小倉はバックミラー越しに「着いたら起こすよ」と微笑《ほほえ》みを浮かべ、決して疲労の色を見せない。やはり警察官はタフだ。今宮は「それじゃ、よろしく」と無遠慮に腕組みをしたまま俯いた。数秒後には安らかな寝息が聞こえて来る。何と図々しい。

東北道の若柳金成インターチェンジを下りる頃には出発から一時間ほど経過していた。そこから一般道に入る。十分ほど走った先にコンビニがあり、休憩のため立ち寄ることになった。今宮は死んだように眠りこけ、ドアを乱暴に開け閉めしても起きない。小倉と私は各自トイレなどを済ませ、車内に戻る。小倉が蓮池村の地図を購入して来たので見せてもらう。今宮が言った通り、村の中心部に小さな池があった。

「遺体発見現場である池は村が推薦する名所みたいだね。村人の住居はこの池を囲むようにして建つ。池に浮かぶ蓮の花の群生が見頃だそうだ。蓮根《れんこん》が村の特産品で『蓮根羊羹《ようかん》』や『蓮根クッキー』なんかもあるらしいよ。どう？　楓ちゃん。食べてみたい？　着いたら買ってあげようか」

「味が想像できないんですけど」

日本各地を旅し、その土地ならではの甘味を食するのが、私の道楽の一つだが、蓮根羊羹や蓮根クッキーなるシロモノは想像し難《にく》い。身体には良さそうだが……。どうせなら蓮根の煮物や天ぷらを食したいものだ。

「蓮根羊羹は不味《まず》そうだな。食うならクッキーの方がいい。オグがおごってくれるのか？　悪いな。サンキュー。俺、腹減ってたんだよ」

今宮は背伸びをしながら言った。起きているなら教えて欲しい。

「今宮先生、ビックリするじゃないですか。いつから起きていたんです？」

「たった今。おい、オグ。そろそろ出発した方がいいんじゃないか？　もう二時半だぞ。あと一時間ぐらいは走るんだろ」

小倉は「そうだな」と腕時計を見る。今宮は小倉が買って来てくれた缶コーヒーをがぶ飲みする。少しは小倉に遠慮とか気遣いがないのだろうか。「親しき仲にも礼儀あり」と言うではないか。缶コーヒーを一気に飲み干す今宮を見て小倉はやけに満足げだし、長年の付き合いである二人の関係に私が口を挟むこともないのだが――。

それから再び小倉の運転で山道を走る。今宮はもう居眠りをすることなく、事件概要の報告書や地図などに再び読み耽《ふけ》る。私は特にすることもなく車窓から景色を眺めていたが、山が深くなり樹木が車に覆い被さるように鬱蒼《うっそう》として来て、日光が見えなくなると不安が増した。

3

蓮池村の入口は分かり辛く、そのまま見過ごしてしまいそうな錆びたトタンの看板しかない。舗装《ほそう》の粗い細く曲がりくねった道を進み、村の中心部に到着する頃には、日はだいぶ傾いていた。

我々は検屍などで宮城県内の様々な場所に赴《おもむ》くものの、蓮池村は初めてだ。今宮と小倉、そして私も仙台生まれの仙台育ち。実は宮城県内のことをあまりよく知らない。小倉は旅行好きだが主に出掛けるのは海外で、今宮はどちらかと言うと旅行嫌いだ。私は国内旅行専門であり、県外に出てしまう。三人とも、まるで未開の地を訪れたかの如く、車内でキョロキョロし通しだった。

蓮池村役場に診療所が隣接し、二つの建物の前はだだっ広い運動場のような広場で、砂地の駐車場だ。役場も診療所も木造の平屋でトタン屋根。外壁は黒ずみ、屋根は錆び、雨漏りや隙間風が酷そうだ。特に診療所の方は「蓮池村診療所」の看板の文字が辛うじて読める程度まで朽ちている。

小倉が診療所の前に停車すると、玄関から背広姿の男が飛び出して来た。年齢は私と同じぐらいか少し年下に見える。

「え、遠路はるばるお疲れ様です！　若柳署刑事課の大江《おおえ》信夫《のぶお》と申します」

色白で身体は細く亜麻色《あまいろ》の短髪。おそらく地毛なのだろう。緊張のせいか声が少し震えている。車から降りる小倉に向かって敬礼をする。初対面の三人から小倉を警察官と判断するのは妥当だ。私はカットソーにデニムのスカート、今宮はジーンズにTシャツという出で立ちだから当然だろう。

小倉が自己紹介をすると大江は再度敬礼をし、身分を名乗る。彼は巡査部長だ。小倉と大江が挨拶を交わしている最中、車を降りた今宮は背伸びと欠伸《あくび》を繰り返していた。これから検屍に向かう人間とは思えない。私も控えめに深呼吸をする。山々に囲まれているせいか、仙台市内よりも空気が美味しい気がする。

その時だ。視線を感じたので診療所の玄関に目を遣《や》ると、白い影が玄関の奥へと消えて行く。

「白衣で眼鏡の男がこちらを見ていたぞ。ここの医師かもな」

今宮も気づいたようだ。今宮が検屍バッグから二人分の白衣を取り出し、私のを放り投げて寄越す。私はそれに袖を通しながら小倉と大江の会話を聞く。

「若柳署から来たのは君だけ？　やけに捜査員の数が少なくないかい？」

「はっ！　管内で火事が発生し、そちらに人員を取られてしまいました。申し訳ありません！」

「休日なのに、わざわざ法医学教室の先生方にも来てもらったんだよ。こちらにもう少し人員を割《さ》いてくれてもいいんじゃない？　人一人が亡くなっているんだから」

「申し訳ありません！」

大江は壊れた器械の人形のように謝罪を繰り返す。澤木正三の遺体発見時は大騒動だったものの、鑑識作業や捜査過程で「単純な事故」か「自殺」という流れになったのだろう。法医解剖室へ来る警察官の人数も事件の大きさによって違うので、非常に分かりやすい。

「うるさいオヤジどもがいなくて、ちょうどいいんじゃないか？」

「今宮先生。何てこと言うんですか。失礼ですよ」

「さっさと検屍しちまおうぜ。遺体用の冷蔵庫がないんだろう？　この暑さだと遺体が腐る。

ほら、行くぞ」

今宮は悠然と診療所の玄関に向かう。私と小倉、大江は慌てて後を追う。大江が小走りに今宮を追い越し、診療所の両開きの引き戸を開けようとするが、軋《きし》んでなかなか開かない。小倉が手伝いやっと開いた。いつものことらしいが、患者には大迷惑だろう。

引き戸が開いた途端、腐食した木と消毒液の臭いが混じった、何とも言えない臭気が鼻を突く。まだ外は明るいのに内部は薄暗い。向かって右の壁際に木の靴棚があり、古ぼけた緑色のスリッパが十足ほど綺麗に並ぶ。玄関正面は待合室で、中身の飛び出した革張りのソファが壁に沿ってL字に置かれている。向かって左側は受付窓口で、ひび割れたガラス戸は閉ざされ、黄ばんだ白いカーテンのせいで向こう側が見えない。受付窓口の右側は磨《す》りガラスの引き戸で、何やら白い人影が蠢《うごめ》く。先ほど見かけた白衣の男性だろうか？　戸の上には「診察室」のプレート。診察室の更に右隣はトイレだ。

「滝本《たきもと》先生！　先生！　検視官と法医学の先生方をお連れしましたよ！」

大江が診察室へ向かって声を張り上げると、ゆっくりと引き戸が開き、その隙間から眼鏡をかけた初老の男が顔を覗かせる。こちらをやたらと警戒している。小倉を始め我々三人が身分を名乗ると口をへの字に曲げる。

「――澤木正三さんはこちらに寝かせとります。『診察室に死体を連れ込むな』と患者から苦情が来るんでな、早めに視《み》てもらえんでしょうか。こっちは診察時間を切り上げてお待ちしとったんで」

白髪交じりの頭髪に口髭《くちひげ》、丸眼鏡の医師は滝本清《きよし》と名乗る。今宮と私が玄関で見かけた白い影はこの医師だ。専門は内科だが村で唯一の医師なのでどんな患者でも診察し、重症の者は隣町の病院に託す。滝本は渋々といった様子で我々を診察室内に入れる。大江はハンカチで口元を押さえながら一番最後に診察室へ入って来た。遺体が苦手なのか。

治療室を兼ねた診察室は予想以上に狭く、正面の窓の下には診察机と丸椅子。向かって左側には白い医療用キャビネットが二つ。片方には医療器具、もう片方には薬瓶が無造作に詰め込まれている。側板や抽斗《ひきだし》のメッキが剝《は》げてボロボロだ。キャビネットの向かい側はカーテンで仕切られている。どうやら診療用のベッドらしい。

私はカーテンの向こう側から発生する死臭を嗅ぎ取る。滝本が無言で頷《うなず》いたので、私はそっとカーテンを開く。小さな診療用ベッドの上で白いシーツが人形《ひとがた》に膨らんでいる。今宮は躊躇《ちゆうちよ》することなくシーツを捲《めく》る。

シーツの下から現れたのは胡麻塩《ごましお》頭で太眉の老人。見るからに頑固そうな顔立ちだが安らかな表情だ。寝巻きと思われる矢絣《やがすり》模様の浴衣《ゆかた》を着ているが、土や細かい砂、水草などが付着し、ぐっしょりと濡れている。その顔立ちの印象とは打って変わって浴衣から伸びた手足は枯れ木のように細い。今宮は大江に向かって訊《き》いた。

「遺体を池から引き上げる時〈泡沫《ほうまつ》〉は出たのか？」

溺死《できし》遺体を水面から引き上げると、鼻や口から微細《びさい》な白色泡沫がまるでキノコのように漏出《ろうしゅつ》する。殺害後に遺棄《いき》された場合などは、この泡沫が見られない。要は水中で呼吸したか否かである。

「えっ？　ほ、ホウマツ？　ホウマツって何ですか？」

今宮の問いに大江は動揺する。どうやら泡沫を知らないらしい。私は呆《あき》れてしまった。今宮は少し苛立《いらだ》った様子で舌打ちをする。

「鼻や口から泡が出たのかと訊いているんだ。遺体を引き上げたのは誰だ」

「も、申し訳ございません！　すぐに確認します！」

大江は携帯電話を片手に診察室を飛び出すと、数分後に戻って来た。

「澤木正三を蓮池から引き上げたのは文字駐在所《もんじちゅうざいしょ》の警察官です。泡沫は見られなかったと。遺体はあお向けで浮いていて、顔面は水面に浸《つ》かっていなかったとのことです」

「現場の水は？」

「は、はい？」

「池の水を採取したのか？　もし司法解剖になったら、プランクトン検査の必要がある」

分かりませんでした！」

「申し訳ございません！　採取していないと思います。私は現場に行っておりませんので、

今宮は盛大に溜息をつく。

「遺体は、さ、澤木正三、七十五歳。農家でした。自宅はここから徒歩十分ほどです。現場の蓮池は澤木家の自宅から徒歩数分です。澤木正三は長男の元正、その嫁の豊江と同居していました。澤木正三の妻は既に他界しています」

大江は吐き気を堪《こら》えながら澤木正三の家族構成を説明してくれたのだが、既に車内で得た情報だったこともあり、大江は当てにならないと判断したのだろう、今宮は大江を完全に無視し、小倉と二人で遺体の浴衣を脱がそうとしている。小倉は大江を振り返る。

「おい、大江君。突っ立ってないで、手伝ってくれないか」

「あ、は、はい！　すみません」

大江は慌てて遺体に触れようとするも、カーテンを殴るように開けて診察室を飛び出して行ってしまう。隣のトイレから盛大に嘔吐《おうと》する声が聞こえて来た。小倉が「やれやれ」とカーテンを閉め直す。

「白ネギみたいに細っこいのに、あんなに吐いたらまた栄養が行き届かないんじゃないか？　可哀想に」

今宮は「ヒヒッ」と低く笑う。警察が遺体を見て倒れたり気分が悪くなると面白がるという悪い癖を持っている。――かく言う私もだが。

「おい、梨木。ちゃんと遺体の腕を持てよ。浴衣を脱がせられないじゃないか。すみません、滝本先生でしたっけ？　申し訳ありませんが、検屍をお手伝いいただけないですかね？　少し人手がいるんです。ご同業のよしみでお願いします」

滝本は決してカーテンよりこちら側には入って来ず、隙間から覗いている。額には大量の脂汗《あぶらあせ》。今宮の問い掛けには曖昧《あいまい》な返事を繰り返すだけだ。もしや、この人も遺体が苦手なのだろうか。臨床医《りんしょうい》の中には「死んだ人間は全く受けつけない」という人もいる。人間の死を看取るのも医師の重大な役目なのだから、生者だけでなく死者にも少し歩み寄って欲しい。

「い、いや、私は……、その……。医者は医者ですが、法医学には明るくないもので。お役には立てないですよ。今宮先生に全てお任せします」

「臨床医としての先生のご意見も伺いたいので、お願いしますよ」

小倉がそう言ってカーテンの隙間から滝本の顔を覗くと、滝本は背を向ける。――確実に怪しい。

「それでは、手伝いは結構ですので、検屍の間にこの方と奥様のカルテを出しておいていただけますか？　治療経過などを拝見したいのですが」

今宮の発言に滝本は更に慌て出す。

「カ、カルテ……ですか？　ええっと、どこだったかな」

ますます怪しい。今宮が滝本を睨《にら》みつけると、彼は「私は外にいますんで」と、そそくさと診察室を出て行ってしまう。大江はトイレからなかなか戻って来ない。

「どうなっているんだよ、この村は。やる気あんのか。検屍に俺らしかいないなんて、前代未聞だぞ。さっきは『うるさいオヤジどもがいなくていい』とは言ったが、限度があるぞ」

「すまんな、タカちゃん。教育が行き届いてなくて」

「おまえが謝ることはない」

今宮が苦笑する。

「さて、これでホトケさんに問題がなければ、すぐに帰れる訳だし。ね？　早く始めるぞ、タカちゃん」

今宮は「それもそうだな」と、私が差し出した物差しと無鉤《むこう》ピンセットを受け取る。小倉は今宮の手懐《てなず》け方を心得ていて羨《うらや》ましい。今宮は私の言うことを全く聞かず、何かにつけ「おかっぱ」と小バカにする。

ここで小倉は「大江を呼んで来る」と肩を怒《いか》らせながら診察室を出て行く。私と今宮、そして澤木正三の遺体だけが取り残され、暫く待っても小倉と大江はなかなか戻って来ない。

「オグ、遅いな。何をやってんだ、アイツ。ミイラ取りがミイラになっちまったか。待つのも時間の無駄だから、俺たちだけで検屍をやっちまおう。梨木、書記を頼む」

「分かりました」

私はクリップボードに検屍所見記入用紙を挟み、鉛筆を持って待機する。そして遺体に視線を移した。

遺体の皮膚は死人独特の土気色《つちけ》ではなく、どちらかと言うと灰色に近い。私は遺体の肛門に温度計を差し込んだ。

「男性屍《だんせいし》。身長と体重は分からんから省《はぶ》く。栄養状態は不良。皮色《ひしょく》は蒼白《そうはく》。死斑《しはん》は――」

今宮が外表《がいひょう》所見を取りながら遺体を横向きにする。遺体は痩せ細り、今宮一人で簡単に動かせた。遺体の背中には暗紫色《あんししょく》の死斑が軽度に出現している。今宮が指で遺体の背中を圧迫したが、死斑は消褪《しょうたい》しない。

死後十五時間以上経過した死斑は指圧《しあつ》によって消褪し難くなり、二十時間以上経過した死斑は完全には消えなくなる。これは、時間の経過と共に毛細血管の透過性《とうかせい》が高まって、血管内で赤血球の自己融解《ゆうかい》が起き、ヘモグロビンが血管外に出て皮膚の基底層《きていそう》に沈着《ちんちゃく》するためだという。このような状態になった死斑を〈浸潤性《しんじゅんせい》死斑〉と言うらしい。「死斑についての知識は法医学の基礎だ」と、今宮にみっちりと仕込まれた。

「硬直《こうちょく》は全身で強度《きょうど》」

今宮は遺体の死後硬直を確認した後、眼瞼《がんけん》を捲り、眼瞼と眼球の結膜《けつまく》を確認する。溢血点《いっけつてん》はなく、角膜《かくまく》の混濁《こんだく》は中等度《ちゅうとうど》で瞳孔《どうこう》は辛うじて透見《とうけん》可能だ。その間に私は遺体の直腸《ちょくちょう》から温度計を抜く。二十四度だ。

更に今宮は鼻骨《びこつ》を触った後、鼻腔内《びくうない》を確認し、口唇《こうしん》を捲って歯列《しれつ》を見る。死後硬直が高度なため、今宮は口を開けるのに苦労している。無理矢理開くと歯牙《しが》が折れる場合があるので、今宮と私で何とかこじ開けた。

「口腔内《こうくうない》は損傷《そんしょう》なしだ」

続いて今宮は遺体の脇や肩の辺りを観察し始める。

「腋窩《えきか》（脇の下）や肩周辺に表皮剝脱《ひょうひはくだつ》があるな。死後の損傷だ。それ以外は目立った外傷はない」

遺体前面の外表所見を取り終えたので、遺体をひっくり返して背面《はいめん》にする。枯れ木のような澤木翁《おう》は、今宮と私で簡単にひっくり返すことができた。遺体の背面を見た途端に今宮は再び唸《うな》り出す。

「臀部《でんぶ》から大腿部《だいたいぶ》、下腿《かたい》の背面に表皮剝脱が多数見られるな」

「生前の損傷ですか？」

「いや。肩や腋窩の損傷と同じで、これも死後のものだろう。出血がないからな」

「何か……。引きずられた痕《あと》みたいですね」

「おお！　梨木もたまにはやるじゃないか」

今宮は澤木正三の浴衣と下着を手に取り、隈なく観察する。

検屍も終わりに差し掛かった時、小倉がやっと戻って来た。額に汗をかいている。

「あれ？　大江さんは？　まだトイレですか」

私が尋ねると、小倉はスーツの胸ポケットからハンカチを取り出し、汗を拭いながら答える。

「大江君は待合室で伸びてる。トイレで胃液が出なくなるまで吐いた後、待合室のソファに倒れ込んだらしい。それよりも緊急事態。滝本医師が行方不明だ」

「ええっ!?」

今宮が私をジロリと睨む。

「梨木。おまえ、いいかげん驚くと大きな声を出す癖を直せよ。こっちが驚くぜ」

「すみません。た、滝本先生が失踪って――」

小倉は髪を掻《か》き上げながら溜息をつく。

「やられたよ。さっき、診察室を出たら外から車のエンジン音がした。白のバンが走り去るのが窓から見えた。若柳署に連絡して緊急配備を敷くよう通達したから、捕まるのは時間の問題だろう。大江君は当てにならないから、僕が隣の受付でカルテを探していたんだが、澤木正三と米子の名前は見当たらなかった。滝本が持って行ったか、前もって破棄したに違いない。ヤツは何かを知っている。タカちゃんの見立てはどうだ？　澤木正三の遺体に怪しい所はあったのか？」

「死亡推定時刻は昨晩の午後十一時ぐらいだろう。今の時点で死因は分からん。しかし、これを見てくれ」

今宮は小倉に遺体の背面臀部・大腿・下腿の表皮剝脱と、澤木正三が着ていた衣類を見せる。

「遺体の肩と腋窩にも同じ損傷がある。いずれも死後のものだ。澤木氏が死亡した後で、誰かが遺体を引きずった可能性がある。後ろから両脇を持ってだ。引きずった際に浴衣が捲れて下半身が露出、臀部、大腿、下腿の背面に表皮剝脱が生じたんだろう。浴衣と下着を調べたら、生地のほつれや破れが見つかった」

私の推測は当たっていた。誇らしげに胸を張ったものの、誰も気づかない。

「検視官でなくとも、背面の擦過傷《さっかしょう》には気づいて然《しか》るべきだ。事故か自殺で片付けようとしているなら大問題だぞ。殺人かどうかはまだ分からんが、死体遺棄だ」

「確かに。この件に滝本医師が関わった可能性があるな」

今宮の言葉に小倉は厳しい表情で頷く。小倉は一通り遺体の損傷を観察すると診察室を飛び出し、待合室で伸びている大江を叩き起こす。「死体遺棄の可能性がある」と聞いた大江は激しく動揺する。携帯電話で若柳署へ連絡しようとするが、手が震えてボタンが押せない。代わりに小倉が電話する始末。私と今宮は再び呆れた。アイツ、出世できねぇだろうな、と今宮が呟《つぶや》く。

若柳署からここまでは車で一時間ほど掛かる。捜査員の到着までまだ暫《しば》くの猶予《ゆうよ》があるので、澤木家と第一発見者の河野善治宅を訪問することにした。澤木正三の遺体は大江に任せ――一人で診療所に残りたくないと泣き喚《わめ》く大江を小倉が叱り飛ばした――、我々三人は再び小倉の運転する車で澤木家へ向かう。

4

トタン屋根が連《つら》なる住宅地の一角に澤木家と河野家は隣接する。いずれも遺体発見現場の蓮池からは徒歩数分の距離だ。澤木家の門から家屋までは緩《ゆる》い上り坂で、坂の途中には耕耘《こううん》機《き》などの農作業用具を収める古い納屋《なや》が建つ。澤木家に向かって左隣が河野家で、納屋の位置が違うだけで河野家も似たような造りだ。集落の背後に山が迫り、土砂崩れでもあったら大変だろうなと心配になる。

田畑だけが広がり、茅葺《かやぶ》き屋根の民家がぽつりぽつりと点在する風景を想像していたので、正直がっかりしてしまった。

「残念だったな。『祟《たた》り』だの『帰れ！』だの叫ぶ老婆の出迎えがなくて」

今宮はそう言い低く笑う。「推理小説は全く読まない」と豪語していたのに、何故「濃茶《こいちゃ》の尼」の存在を知っているのだろう。いや、インパクトが大きい登場人物ともなれば横溝正《よこみぞせい》史《し》の名作『八《や》つ墓村《はかむら》』を知らずとも、分かるという人がいてもおかしくないか——。

「ああっ！　トヨペットのコロナマークⅡじゃないか!?　懐かしいな」

突然、小倉が納屋へ向かって駆け出したので、私と今宮は驚きながらも後を追う。

「待て、オグ。家宅捜索令状《かたくそうさくれいじょう》を持っていないんだから、勝手なことすんなよ」

「分かってるよ。大丈夫」

澤木家の納屋は木造の二階建てで、家屋よりは低い。元は臙脂《えんじ》色《いろ》だったと思われるトタン屋根は所々が錆びて腐食している。納屋の前には洗いかけの漬物樽《つけものだる》が積まれ、脚立《きゃたつ》なども置かれている。人様の家の納屋に入るのは初めてで、少しワクワクしてしまう。

小倉に続き中に入ると、古い木材と土、そして味噌の匂いが入り混じった何とも言えない臭気が鼻を突く。懐かしい匂いだ。大きな稲刈機《いねかりき》や耕耘機、田植機《たうえき》が並び、農家としての繁栄のほどが窺《うかが》える。蜘蛛《くも》の巣が掛かっているが、これらは二度と日の目を見ないのだろうか。

農耕機械や軽トラに隠れるようにして一台の古びた普通車が駐《と》められ、納屋の中で異様な存在感を放っている。小倉は日頃から視力の良さを自慢しているが、よく外からこの車が見えたものだ。

私は車に明るくないので車種が全く分からない。埃《ほこり》を被った車体はチョコレート色で角ばったデザインだ。小倉は「三代目のマークⅡ、セダンだ」「よく残っていたものだ」と狂喜乱舞しているが、そんなに珍しい車なのだろうか。

「タカちゃんのお祖父《じい》さんも、これに乗ってなかった？」

「よく覚えてるな、おまえ。いやぁ、懐かしい。祖父さんも長く乗ってたからな。祖父さんに八木山《やぎやま》動物公園に連れて行ってもらった帰り、仲の瀬橋《なかのせばし》のど真ん中でエンストして動かなくなったことがある。その時はかなり焦ったぜ」

珍しく今宮が顔をほころばせ、車に興味津々である。私は二人の会話について行けず、ただ車の周囲を一周するだけだ。リアガラスに煤《すす》けたオレンジ色のステッカーが貼ってある。

「ああ、それ？『有鉛《ゆうえん》ガソリン』のステッカーだよ。元は赤色だった筈《はず》。日光で劣化して脱色しちゃったんだね」

リアガラスを覗き込む私に気づき、小倉が説明してくれた。

「有鉛ガソリンとは何ですか？」

何だ、知らないのか、と今宮は私に侮蔑《ぶべつ》の表情を向ける。

「昔のガソリンには鉛《なまり》が入っていたんだよ。しかし、鉛は有毒ゆえに規制され、ガソリンは完全に無鉛化《むえんか》された。おい、小倉。そろそろ澤木家に向かった方がいいんじゃないか？　このままだと俺たち、不法侵入だぞ」

「そうだな。すまん。仕事を忘れるところだった」

納屋を出た我々は、小倉を先頭に開け放たれた無防備な澤木家の玄関に入る。茅葺き屋根でこそないものの、築五十年は経過すると思われる古い家屋だ。年を重ねた木材特有のむっとした匂いと線香の匂いが混じり、故郷に戻って来たかのような懐かしい気分になる。三和土《たたき》には多数の履物が並び、どうやら澤木正三の死を知った近隣の人々が駆けつけたようだ。

「ごめんください」

小倉が呼び掛けると、奥の階段横から喪服に白い前掛けをした中年女性が床をドスドス言わせて出て来た。でっぷりと肥《こ》えた胴回《どうまわ》り、鋭い三白眼《さんぱくがん》が有無を言わせぬ迫力を醸《かも》し出す。大ぶりな白真珠のイヤリングとネックレスは全く似合っていない。

「——どちらさん？」

「先ほど連絡致しました、宮城県警本部の小倉です。杜乃宮大法医学教室の今宮先生と梨木さんもお連れしました。澤木豊江さんですね？」

小倉が警察手帳を見せると、澤木豊江の三白眼はより一層凶悪になった。我々は「この度はご愁傷様です」と頭を下げたが、彼女は上目遣いのまま申し訳程度に頷いただけだ。澤木豊江は澤木正三の長男・元正の妻だ。

「爺様《じさま》を返しに来てくださったので？」

「いえ。澤木正三さんは遺棄された可能性が出て来ましたので、ご遺体を司法解剖し、詳細な死因を調べさせていただきます。残念ながら、ご遺体はもう暫くお返しできません」

「えっ！　爺様が？」

澤木豊江が驚きの声を上げると、左奥の広い座敷から喪服姿の人物が数人、怪訝《けげん》そうな表情で出て来た。白衣姿の今宮と私を指差し、何やら小声で話している。澤木豊江は皆へ「何でもない」と慌てて釈明する。

「――早くこちらへ」

澤木豊江は村人から我々を遠ざけるように、玄関右手の居間へと案内する。今宮は澤木豊江の背後に回り、犬の如《ごと》く、くんくんと鼻をひくつかせている。私は小声で、何やっているんですか、と今宮の白衣の袖を引っ張る。

「梨木、彼女から何か臭わないか？」

「そう言えば……」

私も一緒になって澤木豊江の臭いを嗅ぐ。

「少し甘い香りがします。香水でしょうかね？」

澤木豊江は我々を振り返り、少し頰を赤らめる。

「私、臭いますかね？　すみません……」

「いえ、失礼しました」

私が頭を下げると、彼女は恥ずかしそうだ。

「ウチの主人からプレゼントされたんです。香水と……。何て言ったっけ？　アロエじゃなくてアロ、アロ……」

「アロマディフューザーですか？」

小倉が即答した。さすが。私もすんなり出て来なかったのに。今宮に、何だそれ、と訊かれたので説明する。アロマディフューザーはアロマオイルを噴霧《ふんむ》して部屋中に拡散させる機械だ。私の説明を聞いた今宮は「ふぅん」と興味なさそうだ。

「そう、それ！　そうです！　結婚してから初めてだったんですよ、主人から誕生日にプレゼントされるの。最初は何か後ろめたいことがあるんじゃないかと疑ったんですけどねぇ」

余程嬉しかったのだろう。澤木豊江の話が止まらない。相槌《あいづち》を打つのは私だけ。

「主人からもらった香水を首元に付けたらかぶれちゃってね。安物に慣れた身では、高級品は肌に合わないのかしら。ふふ、お恥ずかしい」

彼女の首元を見ると、確かに少し赤くなっていた。今宮は澤木豊江の話を全く聞かず、眉間に皺を寄せながら再度鼻をひくつかせる。

「この臭いは……」

「何か分かったんですか！」

「声が大きいんだよ、梨木は」

澤木家の居間は十畳と広い。茶簞笥《ちゃだんす》や飾り棚は作り付けで、更に天井が高いので広く感じる。畳や障子紙は茶色に変色し、柱や梁《はり》など木材部分は飴色に光る。古めかしい柱時計は振り子の音がやたらと大きい。柱時計の下に貼られた農協のカレンダーには、ゴミ出しの日や集落の会合の日程などが書き込まれている。

我々が居間の座卓を囲んで座ると、澤木豊江はそそくさと台所へ姿を消す。茶を淹《い》れに行ったのだろう。私と今宮は掃き出し窓を背にして並んで座り、小倉は座卓を挟み今宮の向かい側に座る。我々の小声での会話に小倉も加わって来た。

「実は、僕も気になったんだ。変わった臭いだなって」

小倉は世界各国の香水を集めるのが趣味で、自宅マンションの陳列棚には、色とりどり、大小様々な香水の瓶が約百個も並んでいるらしい。いかにもナルシストな男性がやりそうなことだ。

「さすがのオグでも分からんのか？　もっとよく嗅いでみろ」

「僕を警察犬扱いするなよ」

澤木豊江が盆の上に飲み物を載せて戻って来たので、我々は居住まいを正す。

「梅雨の中休みですかねぇ。ここいらは農家が多いので、雨が少ないと困るんですよ。外は暑かったでしょう。どうぞ」

彼女が我々に出してくれた麦茶はとても美味しそうだ。涼しげなグラスに水滴が伝い、大きな氷が麦色の液体の中でカランカランと鳴る。

「豊江、お客さんか？」

襖《ふすま》が音もなく開き、私は驚く。顔を出したのは澤木正三そっくりの男だ。小倉が、澤木元正さんですね、と問うと、男は無言で頷く。小倉が身分を名乗り、我々の紹介をすると、それまで猫背だった澤木元正の背筋が伸び、こんな格好ですまねぇ、と頭を下げる。元正がゆっくりとした動作で居間へ入って来ると、空いていた小倉の隣――私の正面だ――に座る。白のランニングシャツにステテコ姿で、とても喪主とは思えない。彼が座に着いた時、豊江と同じ臭気が漂って来て、思わず顔を顰《しか》めてしまう。豊江は再び台所へ立ち、元正の分の麦茶を運んで来る。

「父ちゃん、具合が悪かったら部屋で寝てろ。無理に起きて来たら、ますます悪くなる」

「いや、大丈夫だ。警察の方々が来てくれたんだ。ちゃんと話しねぇと、爺様も浮かばれねぇ」

元正の顔色は土気色で、表情に覇気《はき》がない。彼の顔のパーツ一つ一つや額に深く刻まれた皺まで、亡くなった正三に生き写しだ。元正は、豊江が持って来た麦茶を一気に呷《あお》るが、手が震え口元から少量の麦茶が零《こぼ》れ落ち、ランニングシャツを汚す。元正はそれを手で拭う。

「澤木正三さんが蓮池で発見された時の状況を詳しく教えていただけないでしょうか」

小倉の言葉に澤木夫妻は何度も頷き、豊江が話し始める。

「昼食の準備を始めようとしていたので、今日の十一時頃ですかね。隣の河野の爺様が血相を変えて、ウチの縁側から家の中に飛び込んで来まして。『大変だ！　正三が蓮池で死んでる』と。慌てて主人と二人、蓮池に向かいました。ウチの爺様が寝巻きのままあお向けで浮いていたので、私は腰を抜かして、そこから動けなくなってしまって。主人も動揺してどうしていいか分からず、オロオロするばかりでした。河野の爺様が警察を呼んでくれました」

「警察、ですか。河野さんは救急車を呼ばなかったんですね」

小倉の問いに豊江は「はぁ」と気の抜けた返事をする。

「池に浮いた爺様に呼び掛けても動かなかったし、もうダメだと思ったんじゃないですかね。私も実際、そう思いました」

「正三さんの、昨晩からのご様子は？」

豊江に代わり、元正が答える。

「親父が床に就いたのは午後八時ぐらいでした。ええ。いつも九時前には寝ています。酒を呑みながらテレビで野球観戦をし、贔屓《ひいき》のチームが負けそうになると、八時ぐらいに寝るんです。特に具合が悪そうということはありませんでした。親父は何度か便所に起きてましたね。親父の足音が私の部屋まで聞こえて来るんです。親父の起床時間はいつも午前七時頃でした。私も同じ頃に起きます。豊江は一時間早く、六時頃ですね。朝飯は七時半頃食べ始めるのですが、親父が起きて来なかったので、部屋まで様子を見に行きました」

元正は正三の部屋を訪れ、襖を開けて様子を窺った。正三はまだ布団の中にいて、声を掛けても返事がなかった。元正は正三が熟睡していると思い込み、起こそうとせず部屋を後にした。

「親父は前夜に酒を呑むと、たまに昼ぐらいまで寝ていることがあったので、今朝もそうだろうと思い、無理に起こしませんでした」

澤木正三の死亡推定時刻は昨晩の午後十一時頃。元正が今朝、正三の部屋を訪れた際、正三は既に布団の中で死亡していた筈だ。今宮は私と目が合うと強く頷く。小倉の聴取は続く。

「正三さんの昨晩の飲酒量はどれぐらいでしょうか？」

「日本酒をコップ一杯程度でしたかねぇ。滝本先生からは禁酒を言い渡されていたんですが、止めると暴れたので……。最近は殆《ほと》ど呑めなくなっていましたが」

「暴れたんですか？」

突如として今宮が会話に参加して来たので、元正は驚きながらも頷く。

「え、ええ……。感情の起伏が激しくなりまして。暴れたかと思うと、急にぼーっとしたり。後は身体の震えですかね。歳ですし、ボケが進んだのだろうと。後は、時折幻覚を見ているようでした。親父の部屋に行くと、誰かと喋っているんです。河野の爺様が来ているのかと思って襖を開けると、そこには親父以外誰もいない。親父は『米子がいる』って言うんです。お袋は四月に亡くなっているんですがね。『まだ生きている』と言い張るんですよ。肝臓が悪くてもこんな症状が出るんですか？」

「…………」

今宮は顎に手を遣り考え込んでしまう。そうかと思うと急に立ち上がって掃き出し窓の外を眺め始める。おそらく、足が痺《しび》れそうになったのだ。

「ここから蓮池が見えるんですね」

今宮がそう言うので、私も彼の隣に立って窓の外を眺める。澤木家の門から道路を挟んだ向こう側に小さな蓮池が広がる。池の周囲は田畑が広がり、ビニールハウスも点在する。

「田畑をお持ちなんですか？」

私が澤木夫妻に問うと、二人は曖昧に頷く。

「昔は一家全員で田畑に出ていたんですが、婆様《ばさま》が死んでから爺様も急激に弱ってしまい、人手が足りなくなって経営ができなくなりました。今は私が細々と小さい畑をやっとるだけで、豊江は農協へ勤めに出ています。田を手放し、ビニールハウスも潰すつもりです」

蓮池から僅《わず》か数十メートルほどのビニールハウスを元正が指差す。澤木家のそれは、ビニールが濁り、所々が破け荒れていた。時折吹く風にビニールがひらひらと揺れる。ここで質問役は小倉に戻る。

「若柳署からの報告ですと、正三さんと米子さんは、お二人とも肝臓を患っていたとのことですが」

「今年の二月ぐらいからですかね。村の診療所に通い、滝本先生に診てもらっていましたが、一向に良くならなかったです。隣町の病院へ行くよう勧めたんですが、親父もお袋も『通うのが億劫《おっくう》』『歳だから仕方がない』と嫌がったんです。二人とも昔気質な所がありまして、滝本先生に義理立てしていたのかも知れないです」

　小倉は澤木夫妻に米子が死亡した時の状況を尋ねる。豊江は盆を胸に抱き俯いてしまったので、元正が語り始めた。

「お袋が亡くなったのは四月の中旬です。倒れた場所は、あのビニールハウスでした。昼飯を食った後でしたかね。親父とお袋はビニールハウスで農作業、私と豊江はこの居間におりました。そろそろ私もビニールハウスへ向かおうかと思っていたところに、親父が血相変えて飛び込んで来たんです。『米子が倒れた！』と。我々が駆けつけた時にはもう、お袋は返事をしなかったです」

「救急車を呼んだのでしょうか。死亡確認はどなたが？」

「救急車を呼んだとしても、この集落までは到着に時間が掛かります。そこで私がお袋を車に乗せて、診療所へ運んだんです。――滝本先生が看取ってくださいました」

「警察は呼ばなかった、と」

「ええ」

「死亡診断書の死因はどのように書かれていたのでしょう」

　今宮がそう尋ねると、澤木夫妻は首を傾《かし》げて黙り込む。暫くの後、豊江が口を開く。

「確か『心不全』だったような……」

「亡くなるまでの米子さんの病状は覚えておいでですか？」

元正は腕組みをし首を傾げる。数分後、何かを思い出したのか、ああ、と声を上げる。

「『手足に力が入らない』と言って、農具を持てなくなりました。後は、頭痛と吐き気ですね。お袋は昔から酷い頭痛持ちだったんで、悪化したのかと思っていました」

今宮は、そうですか、と真顔で言うとそのまま黙り込む。何を考えているのか分からない表情だ。小倉の事情聴取は続く。

「ご近所付き合いなどで何かトラブルは？　正三さんはどなたかに恨まれたりしていませんでしたか」

「そう言えば……」

豊江が、ほら、と元正にけしかける。元正は渋々ながら話し始める。

「——隣ん家《ち》の爺様は、親父とは幼馴染で。昔っから仲が良いんですが、最近、揉めていたみたいです」

「その理由をご存じですか？」

「さてねぇ……。とにかく、隣ん家やウチの縁側から、怒鳴り合う声がしょっちゅう聞こえて来ましたよ。殴り合っているところに、止めに入ったことがあります」

「どれぐらい前から、そんなことがあったんですか？」

「そうですね……。お袋が亡くなった直後ぐらいでしょうかね」

元正の供述が真実なら、被疑者は澤木夫妻と滝本医師を合わせて四人だ。

話題が途切れ、座が静かになる。小倉がボールペンを走らせる音と、柱時計のチクタクというリズミカルな音だけしか聞こえない。

「それでは、事情聴取はこのぐらいで……」

小倉がそう言って手帳を閉じる。その時の豊江の表情を私は見逃さなかった。「やっと解放された」という、安堵の笑みを浮かべたのだ。一方の元正は終始同じで渋い表情だ。

「小倉さん、ちょっと待ってください。ご主人に問診をさせていただけませんか？　ご主人、いつから具合が悪くなりましたか」

今宮は小倉の返答を待たず、勝手に問診を開始する。元正はカレンダーを見上げながら答える。

「――そうですねぇ。一週間ぐらい前でしょうか」

「主にどんな症状ですか」

「頭痛が酷くて、ふらつくんです。食事も受けつけません。三キロも痩せてしまいました」

「他には？」

「手が震えて、物が持ち難いです。歳ですかねぇ」

元正はそう言って覇気のない声で笑う。一方の今宮は険しい表情だ。

「一度、大きな病院で診察を受けた方がいいでしょう」

「親父やお袋には『病院へ行け』と口うるさく言いましたが、いざ自分がこうなると、やはり億劫でね。滝本先生に診察してもらいますよ」

「いや、あの人は止《や》めた方がいい」

今宮がきっぱりと言い放ったので、元正は驚く。

「——先生。それは、どういう意味でしょうか？」

「その件に関しては、小倉さんから説明していただきます」

今宮は勝手に小倉へ話を振る。小倉は、やれやれ、と苦笑する。

「先ほど、滝本医師は診療所より逃亡を図りました。澤木正三さん遺棄に関して何らかの事情を知っているものと思われます。警察は緊急配備を敷き、滝本医師の行方を追っております」

澤木夫妻は驚きの声を上げる。特に動揺していたのは豊江の方だ。顔面は蒼白で、お盆を取り落としてしまう。そんな澤木夫妻をよそに、今宮は立ち上がる。

「最後に一つだけ。正三さんのお部屋を見せていただけませんか？」

珍しく今宮がそんなことを言い出したので、私と小倉は顔を見合わせる。

「爺様は、私が部屋に入るのを嫌がったので掃除しておりませんし……」

豊江はエプロンの裾《すそ》を揉みながら、だいぶ迷惑そうにしていたが、今宮は「構わない」と答える。元正が足をふらつかせながら、こちらです、と居間を出て行く。私も腰を上げ、窓の外を見ると、橙《だいだい》色の空をカラスの群れが飛んでいる。柱時計の時刻は午後五時。夕暮れの気配が近づいていた。

澤木正三の部屋は座敷脇の長い廊下——縁側で広い庭が見渡せる——を抜けた突き当たりらしい。元正を先頭に我々が座敷横を通り掛かると、十人ほどの村人が葬儀用の祭壇をこしらえていた。もう葬儀の準備とは気が早いが、おそらく彼らは澤木正三が司法解剖に附されるとは思っていないのだろう。彼らの視線が我々に集中する。我々は無言で頭を下げると、足早に正三の部屋へ向かう。村人の視線が背中に突き刺さるようだ。

「親父の部屋です。お袋と一緒の部屋でしたが、お袋が亡くなってからも親父はお袋の物を捨てられずにいました」

元正が襖を開けるとカビ臭い空気が漂い、小倉はくしゃみが止まらなくなる。空気清浄機を利かせた綺麗な部屋で暮らしているからだろう。一方の今宮は再び犬のように鼻を動かしているが、平気そうだ。

六畳一間の和室の壁は昔ながらの繊維壁《せんいかべ》で、所々が破けて黒カビが発生し、これが臭気の原因らしい。左手が縁側で右手が天袋《てんぶくろ》付きの押し入れ、正面には古ぼけた箪笥が二つと、布で覆われた鏡台が置いてある。鏡台は米子が使っていたのだろう。部屋の隅には、碁石が置かれたままの碁盤が放置されている。元正が縁側の障子とガラス戸を開けると心地よい風が吹き、カビの臭気が軽減する。隣の河野家が縁側から近く、生垣を越えるとすぐに隣家の庭先に出られる。元正は震える指で生垣を指差した。

「生垣に穴が開いているでしょう。ほら、あそこです。あそこから隣の爺様がここに来ては親父と囲碁を打ったり酒を呑んだりしていましたね」

生垣の一部に人が通れるぐらいの穴がぽっかりと開いていて、正三と河野翁はお互いにそこから行き来していたらしい。

今宮は縁側に出て庭や隣家を一通り見回すと何やら小倉に目で合図を送り、小倉は心得たとばかりに頷く。

「少し、部屋の中を見せていただいてよろしいですか？　終わったらお呼びしますので。家宅捜索令状もなしに申し訳ありませんが」

小倉が澤木夫妻の退席を促《うなが》すと、二人は渋々といった様子で部屋を後にする。今宮は白衣のポケットからディスポーザブルの手袋を取り出して嵌める。そして澤木夫妻が完全にいなくなるのを見計らい、押し入れの襖を勢い良く開ける。

「今宮先生、急にどうしたんですか」

「ああ、ちょっとな」

押し入れの上段に、一組の布団が無造作に丸めて突っ込まれていて、今宮と小倉は二人でその布団を取り出し広げようとする。無言で息が合い、私だけ置いてけぼりだ。

「お二人とも、何を調べようとしているんですか？　教えてくださいよ」

「何だよ、おまえ。全然分かってねぇのか」

今宮は布団を広げながら呆れ顔だ。今宮のこの表情を、何度目の当たりにしたことか。とても悔しい。

「タカちゃんは元正氏の証言に基づいて『澤木正三がこの部屋で死亡した後、蓮池に遺棄されたのではないか』と疑っているんだよ。だから、澤木正三がここで亡くなった証拠がないか調べているんだ。ね？　タカちゃん」

小倉の言葉に今宮は無言で頷く。

「布団に失禁《しっきん》などの痕跡がないかと思ってな。おい、梨木。布団の端を持ってくれ。――あった。これだ」

果たして今宮の言う通り敷布団はぐっしょりと濡れており、尿失禁の痕跡が残っていた。

「失禁ぐらいじゃ、ここで死亡した証拠にはならんか。オグは縁側を調べてくれ」

「了解」

小倉は縁側に出ると、腰をかがめて地面を食い入るように見つめる。私は何をどうして良いか分からず、ただ立ち尽くす。今宮は布団を押し入れに戻さず、広げたままにする。

「澤木元正の証言によれば、昨晩の澤木正三に別段変わったところはなかった。午後八時に就寝したのなら、正三氏はこの部屋で亡くなった筈だ。俺は、正三氏の死亡時刻を午後十一時前後と推定したからな。まあ、息子の証言に虚偽《きょぎ》がなければの話だが。正三氏はここで亡くなり、誰かに蓮池まで運ばれたんだ」

「その誰かとは？」

「それは、まだ分からん。しかし、犯人は滝本医師とグルだろうな」

「滝本医師の診断は虚偽だったと？」

「おそらく。だから彼は逃げたんじゃないか」

「犯人はどうしてこの布団を始末しなかったんでしょう」

私の疑問に今宮はニヤリと笑う。

「村のネットワークを舐めるなよ。正三氏が亡くなったと聞き、村人がすぐにこの家へ集まって来たんだ。冠婚葬祭にはうるさい連中だからな。犯人は布団を『処理しなかった』のではなく『できなかった』んだ」

「それじゃあ、蓮池に遺体を遺棄したのも犯人では？」

「それは違う。澤木正三が異状死体で発見されたら一番都合が悪いのは犯人だ。何故なら、警察が介入して捜査が始まるからな。もし、澤木正三がこの部屋の布団上で死亡しているのが発見されたら、きっと犯人は滝本医師に連絡して死亡確認をしてもらい、病死か自然死に見せかけた筈。わざわざ苦労して池に遺体を遺棄する必要はない。滝本医師が逃げたということは、澤木正三の死因は別で、肝臓病ではないということだ。犯人はおそらく、この部屋の隠せる物は隠して掃除機ぐらいはかけた筈だ」

確かに、畳には塵一つ落ちておらずとても綺麗だ。高齢で体調不良の澤木正三が自らの部屋を掃除できたとは考え難い。澤木夫妻は意外にあっさりと我々をこの部屋に通したが、拒否したら疑われると思ったに違いない。ということは、犯人は澤木夫妻のどちらか――？

そこへ、縁側にいた小倉が室内へ戻って来る。

「そっちの方はどうだった？　オグ」

今宮の問いに小倉は親指を立てる。

「何かを引きずった痕が所々に確認できる。それを足で擦《こす》って消した痕もあるな。とにかく、早く現場保存しないと――」

「ちょっと、待て」

今宮は片手を上げて小倉の話を制する。

「そこにいるのは、奥さんですか？」

今宮は戸口に向かい、大きな声で呼び掛ける。襖が十センチメートルばかり開いていた。

小倉が襖を開けると、豊江が怯《おび》えた様子で立ち尽くしている。どうやら彼女は襖の隙間から我々の様子を窺っていたようだ。

「こんな所で何をしているんですか？　いつからいらっしゃったんです？」

小倉が問い詰めると、豊江は無言でそそくさと逃げて行った。

「全く、油断も隙もねえな」

今宮は腕組みをし、勢い良くふんと鼻を鳴らす。さすがは今宮。私は証拠探しに夢中で、周囲の気配に注意を払う余裕などなかった。

「今までの会話を全部聞いていたんでしょうか？」

「おそらく。な、オグ――」

既に小倉は、携帯電話で誰かと会話中だ。若柳署か宮城県警にでも連絡しているのだろう。

「次に納屋を見せてもらうとするか。証拠隠滅《いんめつ》されたらまずい」

「納屋？　どうして納屋なんですか。さっき見たじゃないですか」

「行けば分かる」

小倉の電話が終了したタイミングで、我々は澤木正三の部屋を出た。小倉いわく、吉田を始め宮城県警本部・捜査一課の捜査員もこちらへ向かっているらしい。小倉は、ギックリ腰なんだから大人しくしていればいいのに、と不満そうだ。お目付け役の吉田が来ると自由奔放に振る舞えないのが憂鬱《ゆううつ》なのだ。

再び座敷脇の廊下を通ると、村人らの好奇に満ちた視線を浴びる。玄関に到着した時、居間から澤木夫妻が出て来た。豊江は顔面に大量の汗をかいている。

「次は納屋の中を見せていただけないですか？」

小倉の申し出に、過剰に反応したのはやはり豊江だ。「汚いから」「鼠《ねずみ》や蛇、ムカデが出るから」などと遠回しに断ろうとしているが、小倉と今宮には全く効果がない。蛇やムカデごときでたじろぐ連中ではないのだ。かく言う私も、害虫の類《たぐい》にはだいぶ慣れた。司法解剖に附される遺体は、腐敗もせず綺麗な場所で発見されるとは限らない。ゴミ屋敷や汚水槽《おすいそう》、藪《やぶ》の中や貯水池《ちょすいち》――。そういう場所での発見となると、害虫にまみれたまま搬送されて来ることも多い。高度腐敗となれば蛆《うじ》やハエが湧く。法医解剖に携《たずさ》わる者は、血液や臭気だけでなく害虫にも慣れが必要だ。

澤木家の玄関を出て緩やかな坂を下り、門の手前右手の納屋――先ほど、我々が勝手に入った場所だ――へ向かう。元正がゆっくりと後をついて来た。我々の動向を心配したのだろう。

「澤木さん、随分と古い車をお持ちなんですね」

納屋へ入ると、小倉が嬉しそうにマークⅡを指差す。

「え？　ええ……。親父も私も車道楽で。これだけは廃車にできませんでした」

元正は車体を撫でながら、どこか歯切れ悪そうに答える。

「今でも走れるんですか？　乗ってみたいなぁ。ガソリン入ってます？」

「――い、いや、もう無理でしょうね。エンジンが錆びついて壊れていますよ」

そんな小倉と元正をよそに、今宮は納屋の一階を一通り調べると、元正の許可を得て二階へ上がろうとする。小倉がそれを制し、先頭を切って階段を上って行く。二階へ延びる木製の階段は狭い上に古くて急だ。今宮も小倉に続くが、大の男二人が乗ったので階段はギシギシと悲鳴を上げる。これで私が乗ったら壊れそうなので、二人が二階へ到着してから上ることにした。

「気をつけてくださいよ。床が腐っているかも知れないので」

元正が二階に到着した今宮らへ呼び掛ける。今宮は無言で片手を上げた。私も慎重に二階へ向かう。

二階は屋根裏部屋のようで、天井が低く狭い。蜘蛛の巣が髪に纏《まと》わり付き、埃が宙を舞う。

小倉が激しく咳き込んだ。息を切らしながら、元正も二階へ上がって来た。

「ここは殆どゴミ置き場のようなものでして。面倒臭がって誰も掃除をしないんです」

釣り竿、投網《とあみ》、バケツなどが散乱する。元正は、親父は川釣りが趣味だったんです、とそれらを片隅に寄せながら皆の居場所を確保する。

今宮は最奥の薄暗い場所に目を遣り、声を上げた。

「おっ！　あった、あった。やっぱりな」

今宮が発見したのは、煤けたポリ瓶や錆びた一斗缶《いっとかん》だ。どうやら古い農薬の類である。元正はそれらを見て溜息をつく。

「そ、それは、以前使っていた農薬です。廃棄するのを忘れていました。こんな所に残っていたとは知りませんでしたよ」

今宮は再びディスポーザブルの手袋を嵌めると、しゃがみ込んでそれら農薬の山を崩し始める。私も手袋を嵌めて手伝う。

「今宮先生。何が『やっぱりな』なんですか？」

「見れば分かる。おっ、〈パラコート〉だ」

「パラコート？　久しぶりに見たな。まだあったのか」

小倉は今宮からパラコートのポリ瓶を受け取り、しげしげと眺める。

パラコートは一九六〇年代から広く普及した除草剤だ。効果が高かったのだが、自殺に利用されるようになり、一九八〇年代後半にはパラコートによる死者は年間千人を上回った。一九八六年以降パラコート（濃度二十四パーセント）は製造中止、パラコート五パーセント＋ジクワット七パーセント製剤に成分が変更された。

「農家の納屋にはこうして古い農薬類が捨てられず眠っていることが多い。それを子供が発見して誤飲《ごいん》、または自殺や殺害目的で使用される」

「今回の事件はパラコートが使われたのでしょうか？」

私の質問に今宮は首を横に振る。

「パラコートは少量でも激烈《げきれつ》な症状が出る。口腔内の炎症や潰瘍化《かいようか》が主だ。ところが、澤木正三の遺体の口腔内は清浄だった。生前の症状もパラコート中毒のものとは違う。パラコート中毒は口腔内の炎症・潰瘍に続き声の掠《かす》れ、肝機能・腎《じん》機能障害、肺水腫《はいすいしゅ》を引き起こし最終的には多臓器不全《たぞうきふぜん》で死に至る」

私は、なるほど、と頷きながら農薬の瓶を漁《あさ》る。中には塗装用のスプレー缶や車の絵が付いた瓶などが交じっているが、何の目的で使用された溶剤なのか私には分からない。今宮はそれらを一つ一つ手に取って成分表示を確認し、小倉に向かって現場保存しろ、と言い、立ち上がる。そして、不安げに我々を見守る元正の前に立つ。

「澤木さん、今すぐ病院へ行ってください。小倉さんが救急車か警察車両を手配してくれますので。このままだと、あなたの身が危険です」

澤木元正は驚いてよろめく。

「せ、先生！　それはどういうことですか？　わ、私の身が？」

今宮は小倉に目配せする。小倉は頷き、どこかへ電話をかけ始める。

「迎えの車両が来るまで、我々の車で待機してください」

「どういうことですか？　ま、まさか……」

「念のため確認します。ここ最近、高額な生命保険への加入は？」

元正は明らかに動揺する。顔面から汗が噴き出し、手の甲で額を拭う。

「――は、入りました」

「いつですか？」

「一週間前……。豊江と二人で一緒に入りました」

一週間前だと彼の体調不良が始まった頃と一致するが……。今宮は、そうですか、と素っ気なく言い、元正を階下に下りるよう促す。元正は暗い表情のまま、軋む階段をゆっくりと下りて行った。

「タカちゃん、救急車の手配は済んだ。この中に犯人が使った毒物があるんだろう？　しかし何故、瓶を処分しなかったんだろう」

「完全に油断だ。澤木米子の殺害がうまくいったことに味を占め、こんな田舎まで警察の捜査が及ばないと思ったに違いない。——想定外のアクシデントが発生するまではな」

「アクシデント？　ああ。正三氏の蓮池への遺棄か」

小倉の言葉に今宮は頷く。

「犯人にしてみれば、澤木正三が蓮池で発見されるとは思ってもいなかったろう。せいぜい家か畑、隣家で倒れると踏んだ筈だ」

「あの奥さんが犯人で決まりではないのですか？　元正氏の体調不良は、明らかに怪しいですよ。生命保険といい、奥さんに入らされたのでは？　それに、使用された毒物はどれですか？　あの農薬類の中にあるんでしょう？」

私の疑問に今宮は意地悪そうな笑みを浮かべる。

「俺はまだ『澤木豊江が犯人だ』とは言ってないぞ。ただ『澤木元正の身が危険だ』と言っただけで『澤木元正が命を狙われている』という意味じゃない。勝手に早とちりするな、おかっぱ。毒物に関しては、この中のどれか当ててみろ」

「元正の身が危険だ」と言われたら、誰しも「次に殺害されるのは元正ではないか」と思う筈だ。それに「当ててみろ」とは尊大である。少しぐらい教えてくれても良いではないか。

私がムッとした表情をすると、小倉が、まあまあ、と慰《なぐさ》めてくれた。

「よし、タカちゃん、楓ちゃん。次は隣家の河野善治を訪ねてみよう。何か新たな発見があるかも知れないよ」

我々は納屋の二階から下りると澤木元正を捜査車両に避難させ、澤木家の門を出て河野家に向かう。

その時、河野家の生垣から一匹の猫が顔を覗かせる。見慣れない人間が自分の縄張りにたむろしていたのが気になったようだ。サバトラの巨大な猫は我々を一通り観察すると、悠々と河野家の邸宅へ向かう。坂の途中で何度もこちらを振り返り、まるで「ついて来い」と言わんばかりだ。今宮は動物に興味がないので、狸《たぬき》みたいにデカい猫だな、と言ったきり猫から視線を逸らす。猫好きの私は嬉々として後を追うが、猫は私の様子を窺いながらも駆け出し、河野家の庭へ入ってしまった。

縁側に一人腰を掛け放心している、寝巻き姿の老人がいた。縁側の奥は彼の部屋なのか、布団が敷きっぱなしで今しがた起きて来たかのようだ。老人の足元には我々を案内してくれたサバトラ猫が悠然と座り、片手で自らの顔を何度も洗っている。

我々は河野家の庭から縁側へ向かう。気配に気づいた老人がひょいと顔を上げこちらを見たが、表情は虚《うつ》ろだ。

「河野善治さんですか？　亡くなった澤木正三さんについて、いくつかお尋ねしたいのですが」

「おお！」

小倉が警察手帳を掲げると、河野善治は途端に相好《そうごう》を崩し目を輝かせる。白衣の今宮と私を交互に見て目を丸くし、背筋をぴんと伸ばした。河野善治はふさふさとした白髪で、穏やかそうな人物だ。

「そうか、そうか。あんたらが正三を調べに来てくれたのか」

警察と法医学関係者は、歓迎よりも寧《むし》ろ煙たがられることが多いので、我々はかなり面食らう。「家に上がれ」と言う河野翁のありがたい申し出を固辞し、このまま縁側で聴取することになった。

「連れを五年前に亡くしてから、この家に独りだ。来客と言えば、隣の正三爺だけだった」

小さな溜息を漏らす河野善治には、孤独の影が浮かぶ。誰もいない座敷で、この猫と語らう河野善治の姿を想像し、胸が痛む。猫は何故か今宮に興味津々で、今宮の足元を周回する。

「こら、ゴン太っ。これから大事な話をするんだ。あっちに行ってろ」

「この猫ちゃん、ゴン太という名前ですか。いいんですよ。私が相手してますから」

私はその場にしゃがみ込むと、ゴン太の背中を撫でる。丸々と肥え、毛並みの良い猫だ。

爪や歯も綺麗に手入れが行き届いている。

ゴン太は今宮のスニーカーの紐《ひも》がいたく気に入ったようで、じゃれついて遊び始める。今宮が嫌そうに足を引っ込めると紐が揺れ、それをゴン太は遊んでもらっていると勘違いし、今宮から離れようとしない。困惑気味の今宮を見ることは滅多にない。河野善治の聴取よりこっちの方が気になる。

河野の傍らには日本酒の酒瓶と人数分の湯飲茶碗が置かれている。河野は嬉々として日本酒を茶碗に注ぎ始め、我々に呑むよう勧める。今宮と小倉が「勤務中だから」「車の運転があるから」と固辞すると、河野はあからさまに肩を落とす。

小倉が河野の隣に腰掛け、事情聴取を始める。今宮は相変わらずゴン太に絡まれたままだ。私は小倉の隣に腰掛ける。

「お隣の澤木正三さんとは、幼馴染だったとのことですが」

「そうだ……」

河野は更に肩を落とす。親友の死を深く嘆いているのだ。

「正三、米子とは赤ん坊の頃からずっと一緒だった。小学校も中学校も高校も同じ。この村から出たことはねぇよ。二人とも、こんなに早く逝《い》くとは思わんかった。正三には『酒は控えろ』と言ってたんだがなぁ。オラの周りから誰もいなくなった。——後は、ゴン太だけだ」

「遺体発見時の状況を詳しく教えてください」

「——今日の昼前、また囲碁でもやろうと思って、正三の部屋を訪ねた」

河野はその時の詳細な時間を覚えていないと言う。澤木正三の部屋はもぬけの殻で、河野はすぐに周辺を探し回った。そして蓮池で澤木正三の遺体を発見し、慌てて澤木家に戻った。

「部屋に正三さんがいなかったら、普通は元正さんか豊江さんに行方を尋ねると思いますが。何故すぐに外を探しに行ったんですか？」

「元正と豊江——。オラは特に豊江には邪険にされとったからな。顔も見たくなかった。だから家の周辺や蓮池を探しに行った」

河野は持っていた湯飲茶碗を盆の上に置こうと身体を捻《ひね》る。その拍子に顔を顰めた。

「大丈夫ですか？」

今宮が尋ねると河野は、大したことねえ、と片手をぶんぶん振る。

「いや、歳だな。あちこちが痛《いて》ぇ。今朝は腰を痛めてよ」

「何か重い物を持ったんですか？」

「——いや……」

河野は何かを言い澱《よど》んで俯いた。小倉の質問は続く。

「最近、正三さんと揉めていたそうですが」

「――豊江が言ったんだな」

河野の目つきが鋭くなる。答えに窮した小倉に「まあ、そんなところです」と、今宮が助け船を出して誤魔化した。

「やっぱりなぁ。あの嫁、オラに罪をおっ被せようとしてるな」

「それは、どういうことですか？」

「『豊江は金遣いが荒い』と正三がこぼしていた。休みともなれば、仙台さ行って化粧品だの、服だのって買って歩いてるらしい。その癖、食費や生活費は切り詰めてな。正三は『ロクなもん食わせてくれねぇ』とも言ってたな。今に正三が、豊江に殺されるんでねぇかと心配だった。米子婆が死んだ時、そう思った。やっぱり、豊江が正三と米子を殺したんだろ？食い物に何か混ぜていたんでねぇのか」

澤木豊江が浪費家だったのは新事実だ。そう言えば、大ぶりな真珠を身に着けていた。

「それで、正三さんとの喧嘩の理由は……？」

「ああ。大したもんでねぇ。囲碁でズルしたのしねぇのって、子供みてぇな揉め事よ。オラも正三も、本当に囲碁が好きでなぁ……」

河野は遠い目をする。

「殴り合ったことは？」

「殴る？　そんなこたぁ、しねぇよ。オラたちにそんな体力はねぇ。田圃《たんぼ》や畑をやるのがやっとだから、せいぜい言い争いだ。正三はやけに怒りっぽくなっていたからな」

「その症状はいつからか覚えていますか？」

今宮はゴン太の猛攻を何とか退け、河野の隣に腰掛けながら質問する。代わりに私がゴン太の相手をしようと手を伸ばしたが、彼は私に興味を示さず、縁側に軽々と上がると座敷へ姿を消してしまった。

「確か、米子が死んだ直後ぐらいだ。認知症は怒りっぽくもなるんだろう？　とうとう正三もボケたかと思った。去年までは二人ともピンピンしていたのに、今年に入ってから悪くなった」

ゴン太がすぐに戻って来て、河野の背後で寝そべる。河野がゴン太の背中を撫でると、ゴン太は嬉しそうに喉をゴロゴロと鳴らす。今宮はその様子を忌々しげに見つめる。

それにしても、河野の証言が正しければ澤木豊江が限りなく怪しい。澤木豊江がこの河野に犯行をなすりつけようとしているのが見え見えではないか。

「正三も米子も、農業が好きでなぁ。元気な頃は二人して、朝から晩まで田畑にいたよ。オラも少し手伝って、収穫した農作物を分けてもらっていた」

「どんな農作物を育てていたんですか？」

私が尋ねると、河野は澤木家のビニールハウスを指差す。

「あのビニールハウスではキュウリやトマト、ナスなんかの夏野菜を育てていた。味はもう格別よ。籠《かご》に入れて裏の沢に浸けておけば、冷えて美味かった。この縁側で、三人してよく食ったもんだ。――ところがな」

今年、ビニールハウスの農作物は何故か殆ど枯れてしまい、不作に終わった。

「苗が全く育たなくてな。ここ最近、暑かったり寒かったりと変な気候だから、そのせいじゃないかと思ってた。今日だって梅雨とは思えない、いい天気だ」

確かに、近年は梅雨時季に夏のような晴天が続き、梅雨明け後に長雨で肌寒かったりする。梅雨らしい梅雨や夏らしい夏がなくなった。

「夏野菜の種まきはいつ頃始めるんですか？」

今宮がそう尋ねると、河野は詳細に教えてくれた。ナスは二月の中旬、トマトは三月の中旬、キュウリは四月の初旬に種をまき、いずれの野菜も五月の初旬から中旬に植え付け、六月から十月初旬までに収穫となるのだそうだ。

「元正さんや豊江さんも農作業を手伝っていたんですか？」

私の質問に河野は片手をぶんぶんと振った。

「残念ながら、元正は親に似なかったな。農業が嫌で渋々手伝っていた。家も仕方なく継いだようなもんだ。仙台か東京に出たがっていたからな。豊江も農家に嫁いで来た割には、虫やら野の生き物が嫌いでな。ビニールハウスにさえ近づかなかった。──全く、あの二人にはがっかりだ」

その時だ。彼方からサイレンの音が近づいて来た。小倉が呼んだパトカーか救急車だろう。澤木豊江を逮捕、元正を病院搬送して一件落着だろうか。しかし、正三を蓮池に遺棄した理由が分からない。

「ウチの人、どこに行ったか見なかったかい？」

サイレンの音を聞きつけたのか、澤木豊江がズカズカと河野家の庭に入って来た。河野の眉間に深い皺が刻まれる。ゴン太が起き出し、毛を逆立てて豊江に威嚇《いかく》し始める。河野もゴン太も豊江が嫌いらしい。

「こっちに元正は来てねぇよ。見れば分かるだろう」

河野はとげとげしくそう言うと湯飲茶碗の酒を一気に呷る。

「ああ、奥さん。ご主人には捜査車両で待機していただいてます」

小倉がにこやかに対応するも、豊江には効果がない。大抵《たいてい》の女性ならここで小倉に落ちるのに。

「どうして？　ウチの人が何かしたのか？」

「ええ。澤木米子さんと正三さん殺害、そしてあなたの殺害未遂容疑です」

今宮が冷静に言い放つ。私はいつもの癖でまた驚きの声を上げてしまう。

「――元正が犯人……？　豊江でねえのか？」

河野が動揺する。それは豊江も同じだ。

「ウ、ウチの人が犯人って、どういうことですか？　この、河野の爺様が犯人じゃないんですか？」

「な、何だとぉ！　オラはな、ただ――」

豊江と河野が一触即発の様相を呈した時、俄《にわ》かに澤木家と河野家の門前が騒がしくなる。

宮城県警本部と若柳署の捜査車両と救急車が到着したのだ。聞き慣れた声もする。吉田検視官補佐だ。河野家の門前で我々に気づいた吉田は、腰を押さえつつ片手を上げる。小倉が、無理に来なくても良かったのに、と肩を落とす。鑑識班が澤木家と納屋に突入して行く。これから本格的な捜査が始まるのだ。

捜査開始は良いとして、まだ多くの疑問が残る。澤木米子、正三はどのように殺害され、死因は何なのか。今宮に語ってもらおうではないか。

「今宮先生、教えてくださいよ。元正さんが正三さんと米子さんをどのように殺害したのですか？　そして死因は？」

「澤木元正は納屋にあった〈アンチノック剤〉を使ったんだ」

「アンチノック剤……？」

「そうだ。ノッキングを防止する液剤だ。アンチノック剤の主成分は〈四《し》エチル鉛《なまり》〉」

四エチル鉛――テトラエチル鉛とも言う――は揮《き》発性《はっせい》が高い無色の液体で、皮膚や呼吸器から体内に吸収され脳や毛髪、爪などに蓄積《ちくせき》する。頭痛、不眠、悪心・嘔吐などの症状が続き、幻覚・精神錯乱、昏睡、筋強直性痙攣《きんきょうちょくせいけいれん》をきたし、多くの場合死亡する。致死量は〇・一～〇・二グラム。

　この世には、自分の未知の知識がまだまだ多く存在するものだと改めて実感した。身近にこのような毒物があったとは知る由もない。そして車にとんと縁のない私は「アンチノック剤」という液剤があるのも初耳だった。「ノッキングとは何か？」と小倉に尋ねると「車のエンジン内における異常燃焼・過早点火《かそうてんか》現象を『ノッキング』と言い、それを防ぐためにガソリンに添加する薬剤のことを『アンチノック剤』と言う」と教えてくれた。

「アクセルを急に踏み込んだ時に『ガリガリ』という異音が聞こえる時がある。それがノッキングだ。日本では一九七〇年に排気ガスが原因の鉛公害が発覚し、一九八〇年代後半にガソリンは完全に無鉛化された。それまで、ガソリンには鉛が入っていたんだ。『有鉛ガソリン』と言う。ガソリンの無鉛化に伴い、アンチノック剤にも四エチル鉛は使われなくなった。現在ではベンゼンやトルエンが主だ。澤木夫妻から異臭がしただろう。何か甘ったるいような独特な臭いだ。あれは香水なんかじゃない。〈有機溶媒《ゆうきようばい》〉の臭いだ。梨木は病理標本を作製するから分かるよな。染色の時に使用するキシレンの臭いと何となく似ているだろう？」

「そう言えば……」

道理で大学の検査室で嗅いだことのある臭いだと思った。有機溶媒とは、水に溶解しない物質を溶解させる有機化合物の液体――常温・常圧の環境下にて――である。エタノール（アルコール）やメタノール、アセトン、キシレンなどが挙げられ、四エチル鉛もその一つだ。

「一つ賢くなりましたよ。それにしても、臭気だけで四エチル鉛と分かるなんて、今宮先生の方がよっぽど警察犬みたいじゃないですか」

なんだと、と今宮に睨まれる。

「ただ臭いだけで毒物を特定した訳じゃない。根拠はある。澤木正三と米子、元正の症状は、いずれも慢性の四エチル鉛中毒だ」

「三人はどこでその毒物を摂取したんですか？」

私が問うと今宮はビニールハウスを指差す。

「おそらく、澤木元正はビニールハウスにアンチノック剤を仕掛けた。種まきから苗の植え付けまで、ビニールハウス内で作業するだろう。夏野菜の農期に合わせて毒物を仕掛けたんだ。澤木正三、米子の症状が出始めた時期と一致する。アンチノック剤の主成分である四エチル鉛は無色透明で油状、芳香性があり、揮発性の高い毒物だ。口の広い容器に入れて放置しておけば、気体となってビニールハウス内に充満する。それに澤木正三、米子が曝露《ばくろ》され、慢性中毒となった。『肝臓を患っていた』というのは、滝本医師による出鱈目《でたらめ》の見立てだ。四エチル鉛は呼吸器からだけでなく、皮膚からも吸収される。元正氏は、アンチノック剤を扱う内に自らも四エチル鉛に曝露されて、一週間前から症状が出始めた。農作物が不作だったのも、おそらくアンチノック剤のせいで枯れたんだ。奥さん、ご主人からもらった香水やアロマ何とかは使わない方がいい。おそらくアンチノック剤が混ぜられているでしょう。次のターゲットはあなたです。今まで何回使いましたか？　あなたもすぐに病院へ行って診察を受けてください。高額な生命保険への加入は、ご主人から言い出したんじゃないですか？　あなただけでなくご主人も一緒に加入したのは、疑われないようにするためだ」

今宮の言葉に澤木豊江は蒼褪《あおざ》める。香水を使用したのはまだ一〜二回で、アロマディフューザーに至ってはまだ箱も開けていないらしい。澤木豊江の首のかぶれは、四エチル鉛によるものだったのだ。かぶれで済んだのは不幸中の幸いだ。

「そして、正三さんを蓮池まで運んだのは、河野さんですよね？」

今宮の説明を満足げに聞いていた河野だったが、今宮にそう指摘されると表情を険しくする。

「澤木元正氏が遺体を蓮池に遺棄するメリットは全くない。奥さんも同様で、動機が見当たらない。とすれば、残るは河野さん、あなたしかいません。先ほど、腰が痛いとおっしゃっていましたね。それは遺体を運んだからではないですか？」

「――先生、正三を蓮池まで運んだのは間違いなくオラだ」

河野は姿勢を正すとあっさり認め、我々は驚く。一番驚いたのは澤木豊江だ。何でそんなことを、とヒステリックに叫ぶ。

「正三は『この家で死にたくねえ。あの池で死にてえ』と何度も言ってた。だからオラがあの池まで運んだんだ。正三の遺言を叶えてやりたかっただけだ。蓮池はオラたちの大事な場所で、正三の棺桶《かんおけ》よ」

今日の午前十一時頃に河野が正三の部屋を訪ねた時、正三は既に死亡していた。そこで河野は生前の正三の言葉を思い出し、泣く泣く遺体を蓮池まで運んだ。澤木正三の下肢背面にあった表皮剝脱はその時のものだ。

「それに、正三を蓮池に連れて行けば、警察が来て調べてくれると思った。あのまま家で見つかっていたら、また米子の時と同じで、警察も来ねえし病死扱いにされるに違いない、とな。オラはずっと、豊江が犯人だと思ってた。おめえが飯の支度をするから、その時に何か毒を混ぜてたんじゃないかと疑ってた。──すまなかった」

河野は素直に頭《こうべ》を垂れる。豊江は強く口唇を噛み締めていた。

「オラはもう、老い先短けぇからな。刑務所に入れられるなんてぇ、屁でもねえ。まあ、心残りはこのゴン太だけよ。な、ゴン太」

ゴン太は飼い主の不安が伝染したのか、力なく鳴いた。

「オラのことはどうでもいいとして、正三の亡骸《なきがら》はこの後、どうなるんだ?」

「司法解剖をして、詳細な死因を調べます。執刀は、この今宮先生です」

小倉の言葉に河野は安堵の溜息をつく。

「そうか、そうか……。正三、もうちっとの辛抱だな。でも、安心した。これでよく調べてもらえるな。ありがてぇことだ。米子の時も、もっと強く訴えれば良かった。しかし、実の息子に殺されるとは思ってもみなかったろうな。本当に可哀想だが、これでちっとは浮かばれるだろう。先生方、よろしくお願いします」

河野は目に涙を浮かべ、我々に頭を下げる。小倉は、お任せください、と強く頷いた。

「正三と米子は、いつ、オラを迎えに来てくれるんだろうなぁ」

河野は蓮池の方を見やり、寂しげに呟いた。澤木豊江は放心したままその場に立ち尽くす。彼女の頬には涙が伝い、澤木元正が乗る捜査車両を無言で見つめていた。

澤木家の座敷にいた村人たちも何事かと駆けつけ、ちょっとした騒動になった。小倉に促され、河野善治と澤木豊江は河野家を後にし、捜査車両へ向かう。これから若柳署で任意の事情聴取が始まるのだ。ゴン太は近所の村人が預かってくれることになり、一安心だ。

吉田が腰を押さえながら、こちらへ向かって来る。小倉は特に悪いことをしていないのに、今宮の後ろへすっと隠れる。いつもの癖なのだろうが、小倉は今宮よりも身長が高いので、隠れたことにならない。吉田は今宮と私の前で立ち止まると敬礼をする。

「先生方、お疲れ様でした。おかげさまで、四エチル鉛による連続殺人事件のホシを挙げることができました。逃亡中の滝本医師の身柄も確保しました。仙台へ向かっていたようで、東北自動車道の三本木《さんぼんぎ》パーキングエリア内で逮捕です。澤木元正と共犯で、滝本医師は澤木米子が亡くなった際に虚偽の死亡診断書を作成、下りた保険金の一部を澤木元正から受け取っていたようです。今回の一件は警察の不手際でもあります。澤木正三の遺体が蓮池から上がった時点で、よく捜査すべきでした。お恥ずかしい限りです」

宮城県警の素早い対応に舌を巻く。いつ小倉が連絡したのだろう。さっき納屋にいた時だろうか？　あの時の状況を思い返してみるが、今宮は特に小倉へ指示を出していなかった。

今宮からの目配せだけで小倉が全てを察したのなら、二人の連係プレーもなかなかのものだ。私だけが蚊帳《かや》の外だったのは恥ずかしい。

澤木元正の前職は自動車整備工場の整備士だった。アンチノック剤に詳しいのも頷ける。彼は「四アルキル鉛等作業主任者」の資格も所持していた。「四アルキル鉛」とは、四エチル鉛、四メチル鉛などを指す。二〇〇六年四月以降は「特定化学物質及び四アルキル鉛等作業主任者」と資格名や試験内容が変わった。

「澤木家で以前に購入した車がノッキングの起きやすい不良車だったとかで。いえ、納屋に残っている車とは別とのことです。澤木元正が勤めていた工場からアンチノック剤をもらい受け、常備していたそうです。だいぶ昔に使っていたアンチノック剤が納屋に残存していたんですね。澤木元正は今年の初めにそれを思い出し、犯行に使用したと」

一通り説明すると吉田は手帳を閉じる。

「正式に澤木正三の司法解剖を依頼致します。明日でよろしいでしょうか？　執刀は今宮先生で？」

「ええ。午前九時搬入で結構です」

蓮池村診療所で待機していた大江の存在をすっかり忘れていたが、彼は大丈夫だったのだろうか？　澤木正三の遺体は既に若柳署へ搬送され、明日の司法解剖まで冷蔵庫で保管される。

「大江巡査部長も明日の司法解剖に臨場するそうです。なにぶん、解剖は初めてらしいのでビシビシしごいてやってください、今宮先生。梨木さんも」

大丈夫です、と私は胸を張る。そんな私を見て今宮は呆れたように笑う。河野家の門前から所轄の捜査員が吉田を呼ぶ声がしたので、吉田は、ちょっと失礼、と再び腰を押さえながら去って行き、小倉はほっと溜息をつく。また吉田に小言を食らうとでも思ったのだろう。

「鑑識が来る前に、蓮池に行ってみようか？　何だかんだで、まだ見ていなかったし」

小倉の提案で我々も蓮池に向かうことにした。河野家の門を出た時、手錠を掛けられた澤木元正に遭遇する。彼はがっくりと肩を落とし、無言で捜査員の指示に従っている。そんな彼に今宮は冷たい視線を送る。小倉がそれに気づいた。

「――殺害動機は何だろうね、タカちゃん」

「ふん。大方、金だろう。澤木豊江ともども、一週間前に生命保険に入ったと言ってたからな。親の方は将来の介護が嫌になって手っ取り早く殺そうとしたんじゃないか。都会に出たかったらしいから、長年の不満が鬱積《うっせき》していたんだろう。短絡的な犯行だ」

「相変わらず辛辣《しんらつ》だなぁ」

蓮池は静かで、先ほどまでの騒ぎが嘘のようだ。もうすぐここにも鑑識と捜査員が押し寄せるだろう。大した捜査がおこなわれなかったので、再度の現場検証が始まるのだ。

「河野さんは、よくここまで一人で遺体を運べましたね。いくら正三さんが痩せ細っていたとしても、かなりの重労働ですよ」

そうだね、と小倉が笑う。

「河野家にお邪魔した時、縁側には既に茶碗が四つ用意してあった。河野さんは、我々が来るのを待っていたんだよ」

河野善治は澤木家の様子を窺い、我々の到着を知った。次に自宅へ来るだろうと予測し、来客用の湯飲茶碗を用意したのだ。

「期待していたんじゃないかな？　我々警察、そしてタカちゃんと楓ちゃんが正三さんの死因を突き止めてくれるのを。だから、幼馴染をここに遺棄したんだ。河野さんは飄々《ひょうひょう》とした様子だったけど、断腸の思いだったに違いない」

ふん、と今宮は鼻で笑う。

「いつもなら、俺ら法医学関係者は煙たがられる存在だけどな。解剖を喜ぶ遺族はいない。誰だって嫌だろ。身内が解剖台に乗せられメスを入れられるなんて。河野の爺さんが特殊なだけだ」

そう言いつつも今宮は少し嬉しそうだ。自らの使命が報《むく》われた気がしたのだろう。

小倉の携帯電話がけたたましく鳴り、彼は、ちょっとゴメン、と捜査車両の方へ駆けて行く。

水面を渡る風が心地よい。

蓮が咲き始め、さながら浄土のようだ。

「天国もこんな感じでしょうか」

私が感嘆の溜息を漏らすと、今宮は吹き出した。

「知らん。行ったことないからな」

安楽椅子《あんらくいす》探偵、今宮貴継《いまみやたかつぐ》

顕微鏡《けんびきょう》で両目を酷使《こくし》し続けたら目が疲れた。おまけに頭痛がして気持ち悪い。

私は椅子から立ち上がると、窓の外を眺める。大きな雨粒がガラスに叩きつけられては流れ落ちてゆく。今日は朝から雷を伴った土砂降《どしゃぶ》りで、雨が嫌いな私はずっと憂鬱《ゆううつ》だ。まだ午後五時前だというのに外は暗く少々肌寒い。この降り方だと、梅雨明けが間近だろう。

梅雨が明ければ夏が来る。夏休みの予定を考えて、憂鬱な気分を振り払おうとした。

私、梨木楓《なしきかえで》は仙台の杜乃宮《もりのみや》大学医学部法医学教室で解剖技官《かいぼうぎかん》の職務に就《つ》いている。

今はこうして、プランクトン検査の真っ最中。プランクトン検査の方法は〈壊機法《かいきほう》〉と言い、大抵《たいてい》は法医学の教科書に載っている。爆発の危険がある発煙硝酸《はっえんしょうさん》を使う上、手間暇のかかる検査法だ。溺死《できし》の疑いがある遺体の臓器（左右の肺・肝臓・腎臓《じんぞう》）の一部を発煙硝酸で溶解《ようかい》させ、最終的にプレパラートを作製する。それを顕微鏡で覗《のぞ》き、プランクトンの数や種類を確認しつつ、遺体発見現場の水と比較するのだ。遺体からプランクトンが検出されない場合、遺体は死後に遺棄《いき》された可能性が高い。

「いやいや、参ったなぁ」

わざとらしく頭を掻《か》きながら検査室へ入って来たのは、我が法医学教室の准教授、今宮貴継《いまみやたかつぐ》だ。今日も白衣の下は相変わらず黒色のTシャツにジーンズとラフな服装。白衣を着ていても、医学部生と間違われること数多《あまた》。

今宮は「忙しい」を連発しながら丸椅子にどっかりと腰を掛け、何やら書類の束に目を通している。こういう時は私に話を聞いて欲しいのだ。話の内容は大方《おおかた》、教授への愚痴《ぐち》か自分の手柄《てがら》自慢のどちらかだろう。

終業時間が近いので、私は検査室から引き上げるべく、顕微鏡周辺を大急ぎで片づけドアに向かう。しかし、すぐ今宮に引き留められた。

「待てよ、梨木。プランクトンのカウントは終わったのか？」

「え？　ええ。たった今終わったところです。報告書は明日仕上げます。それでは」

「ん」

「はい？」

「ん」

今宮が無愛想《ぶあいそう》に指差したのは、先ほどまで私が座っていた顕微鏡前の丸椅子だ。「ここに座って俺の話を聞け」という意味である。私は小さく溜息をつくと丸椅子に座り直した。

「交通課から轢《ひ》き逃げの被疑者リストが送られて来てな。いや、参ったよ。俺は探偵じゃないのにな。容疑者を捜査するのは警察の仕事だ。警察の怠慢《たいまん》」

「確かにそうですね」

私が頷《うなず》くと、今宮がジロリと睨《にら》む。ここで「そんなことないですよ」「今宮先生は警察に頼られているんですよ」などと、お世辞の一つも言えない私は、医学部の縦社会で出世できないだろう。

今宮は「法医学者は遺体を調べるのが仕事。事件捜査は警察の仕事」と言いつつも、警察に頼られて満更《まんざら》でもなさそうだ。毎度、ぶつくさ文句を言いながらも警察の呼び出しに応じている。

「今宮には名探偵の如《ごと》く活躍して欲しい」と密かに思う私だが、今宮自身はどう考えているのだろう。

「轢き逃げ……？　ああ、昨日の司法解剖事案ですか」

「そうだ。俺と梨木で入っただろう」

三連休明け――月曜日が海の日で祝日――の七月二十一日火曜日、自動車轢き逃げによる交通死亡事故が発生した。現場は仙台市青葉区下愛子《しもあやし》。愛子バイパスより南に入った、センターラインのない生活道路。明神様《みようじん》のこんもりとした小さな森より五十メートル東側の地点だ。

被害者は近くの高校に通う二年生の若竹百花《わかたけももか》、十七歳。二十一日の午後十時頃、道路脇の草むらに彼女が左側臥位《ひだりそくがい》（左を下にした状態）で倒れているのが発見された。第一発見者は草むらに隣接《りんせつ》する田圃《たんぼ》の持ち主である農家の男性。その日も一日中土砂降りだったので、用水路や稲の様子を窺《うかが》いに来たところだった。遺体発見当時も土砂降りで落雷が発生し、宮城県内の一部地域で停電が起きていた。

農家の男性はすぐ一一九番に通報したが、若竹百花は既に心肺停止の状態だった。現場に到着した救急隊により若竹百花は社会死《しゃかいし》判定され、病院へは不搬送《ふはんそう》となった。管轄である仙台北署にて若竹百花の検視《けんし》をおこなった結果、自動車に轢き逃げされた疑いが強まり、現場に交通課の捜査が入った。

明けて二十二日の昨日、若竹百花は我が法医学教室で司法解剖に附《ふ》された。執刀医は今宮、補助は私だった。

広くは知られていないが、交通事故で死傷者が出た場合、捜査は「捜査一課」ではなく「交通課」がおこなう。そのため法医解剖室まで遺体を運搬して来るのも、司法解剖に立ち会うのも交通課の警察官であり、今宮の親友である小倉《おぐら》検視官率いる捜査一課の出番はない。

解剖台に乗った若竹百花の遺体は血の気がなく、特に後頭部《こうとうぶ》の損傷《そんしょう》が酷かった。顔面の損傷が比較的少なかったのが唯一の救いだろう。

自分より若い者が解剖台に乗るのを見るにつけ、やるせない気持ちになる。親の気持ちを考えると、尚更《なおさら》胸が塞《ふさ》がる。「遅かれ早かれ、人はいつか死を迎える」「死因に関係なく、人は致死率百パーセント」などと自分に言い聞かせ割り切ろうとするが、やはり理不尽《りふじん》な死に関してはモヤモヤが残る。

若竹百花の解剖所見は、頭蓋骨は後頭骨《こうとうこつ》から頭頂骨《とうちょうこつ》と頭蓋底《ずがいてい》が骨折、更に脳挫傷《のうざしょう》、頸椎《けいつい》骨《こつ》折に伴う頸髄《けいずい》損傷、背面《はいめん》の肋骨《ろっこつ》骨折、左上腕《ひだりじょうわん》・前腕《ぜんわん》の筋肉内出血、脾臓《ひぞう》・左腎臓の挫傷、骨《こつ》盤《ばん》骨折、大腿部《だいたいぶ》背面から膝窩部《しっかぶ》（膝裏《ひざうら》）・下腿《かたい》背面（ふくらはぎ）上部の筋肉内出血と筋挫《きんざ》滅《めつ》――。損傷は全身に及んでいた。

解剖時間は損傷の多さに比例する。何故なら、創《きず》（傷）の所見を一つ残らず観察しなければならないからだ。損傷が全くない遺体の場合、解剖は二時間ほどで終了するが、今回は六時間も掛かった。

若竹百花の死因は、車両の衝突による多発外傷でほぼ即死、死亡時刻は二十一日の午後八時前後と推定された。

それにしても、重篤《じゅうとく》な人間を見殺しにして走り去るとは、どのような思考回路をしているのか。轢き逃げ犯は一様に「怖くなって逃げた」と言い訳するが、ただの保身に他ならない。

「現場に、破損した被疑車両の部品など残っていなかったんですか？」

「それがなぁ……」

今宮いわく、血痕《けっこん》や被疑車両の遺留品《いりゅうひん》は土砂降りのせいで、道路の両側の草むらに殆《ほとん》どが流され、捜査が難航しているらしい。加えて事故現場は街灯や防犯カメラもなく、目撃者も名乗り出ていない。

「最初は変質者による殺害・死体遺棄で捜査が始まるところだったからな。道端の草むらに若い女が倒れていりゃ、暴行や強姦《ごうかん》を疑う。仙台北署で遺体を検視してやっと『轢き逃げ』と分かった訳だ。現場は街灯もなく真っ暗な上、更に土砂降りだったから、被害者も犯人も、お互いに気づくのが遅れた故の不幸だろう」

今宮は封筒から新たに書類と写真を取り出す。

「今のところ、現場から発見・回収されたのは微量の塗膜片《とまくへん》とフロントガラス片だけだ。その塗膜片から車体の色は『白』の可能性が高い。現場周辺の防犯カメラを解析した結果、現場を通過したと思われる被疑車両がこの五台に絞り込まれた。人物の写真は、被疑車両を所有もしくは運転していた者だ」

今宮が机上に並べたのは若竹百花の解剖所見と写真、被疑者五人の個人情報の一部と、それぞれが事件当時乗車していたと思われる車の写真だ。私はそれらを手に取り、しげしげと眺める。

「短時間でよくこの五人に絞り込めましたね」

今宮は頷く。

被疑者と被疑車両は次の通りである。

甘粕光司《あまかすこうじ》、五十五歳・男性。白の軽トラックに乗車。車は自身が経営する酒屋の配達に使用。

留戸和子《るとかずこ》、二十七歳・女性。仙台市内の高校に勤務する数学教師。白のSUVに乗車。

高麗富一郎《こうらいとみいちろう》、七十六歳・男性。無職。白の軽自動車（ワンボックスタイプ）に乗車。認知症の傾向があり、運転中に自宅へ帰れなくなることが時折ある。

新妻祥子《あらつましょうこ》、三十八歳・女性。小学生の子供がいる主婦。白のセダンに乗車。

波佐見紀男《はさみのりお》、四十三歳・男性。白のワンボックスに乗車。仙台市内の文具メーカーに勤務する会社員。営業部所属で、乗っていた車は社用車。

被疑者の書類を読みながら、いつの間にか顔を顰《しか》めていたらしい。今宮に笑われた。

「梨木。眉間の皺《しわ》がエライことになっとるぞ」

「はあ……」

私は車にとんと興味がないので「ワンボックス」や「SUV」などと言われても、何のことかさっぱり分からない。無意識に壁掛け時計を盗み見てしまった。終業時間をとうに過ぎている。そんな私の様子に今宮は「ふんっ」と鼻で笑う。

「交通事故はつまらないと思っているだろう。梨木はすぐ顔に出るからな」

図星だ。交通事故ほどミステリ欲を刺激しない案件はないだろう。車が人体に当たっただけではないか。

「いいか。交通事故に遭《あ》った遺体は、なかなか雄弁《ゆうべん》だぞ。『たかが車に当たっただけ』との見識《けんしき》は大間違いだからな」

ここで今宮は大袈裟《おおげさ》に咳払いをする。

「遺体の損傷の程度から推理して、被疑車両を特定してやる」

「ええっ!?」

今宮が突飛《とっぴ》なことを言い始めたので驚いた。果たして、本当にできるのだろうか。

「根拠《こんきょ》もなく大風呂敷を広げた訳じゃないぞ。全て昨日の司法解剖で分かった」

「推理の前に一つお願いが。これら写真の車種はどんなものか教えてくださいよ。それが分からないと今一つピンと来ないんですよね」

今宮は、面倒臭《くせ》ぇヤツだな、と言いつつも自分のメモ帳を開き、車の絵を描いて説明してくれた。

「『ワンボックス』の意味が分かるか?」

「『一つの箱』という意味ですか」

「直訳しただけじゃねえか。まあ、そんなところだ。エンジンルーム、座席が収まる車室、荷物を入れるトランクルームがそれぞれ独立する車をスリーボックスと言う」

「要は、三つに区切られているんですよね」

「そうだ。ワンボックスは車室のみの一部屋で、車室の下にエンジンがある」

「『SUV』とはどういう意味ですか？」

「『Sport Utility Vehicle』の頭文字を取った略称だ。スポーツやレジャーに多用される、ゴツめの車だ。オフロード走行ができる」

「あの……。オフロードって何ですか？」

「舗装《ほそう》されていない道路や、道路以外の場所だ」

自分でも知識のなさに呆《あき》れた。興味がないからと言って、無知のままで良い訳がない。今まで何度も交通事故事案の司法解剖に入っていたのだから、車について勉強する機会はたくさんあった筈《はず》。私は今までの分を取り返そうと必死にメモを取る。

「この『セダン』とは、どんな車ですか？」

「『スリーボックス』『リアデッキ』『ノッチバック』を備えた車だ」

また分からない用語が出て来た。私は頭を抱える。

「『リアデッキ』はトランクの上部の平らな部分だ。『ノッチバック』は、そのリアデッキからルーフ……。ああ、ルーフは屋根だ。リアデッキからルーフまで四十五度ぐらいの角度を持った造形が『ノッチバック』だ。分かりやすく言うと『セダン』は、凸型ボディが基本形。街中でよく見かける、オーソドックスな車と言える」

　今宮が図を描いてくれたので、何とか理解できた。

「『ボンネット』は、車前方の平坦な部分ですよね？」

　今宮は私の質問に「今更そんなことを訊《き》くな」とも言わず、説明してくれた。

「エンジンルームのカバーが『ボンネット』だから『エンジンフード』とも言うぞ。『バンパー』はどこの部位か分かるか？」

「ええと、ナンバープレートの下の細長い部分ですか」

「そうだ。昔は金属製が主流だったが、現在では樹脂製の物が多いらしい」

「『バンパー』は、何のために付いているんですか？」

「衝突時の衝撃を和らげるためだ。遺体の交通外傷を視《み》る時は、ボンネットとバンパーが重要だから覚えておけ。軽トラは説明しなくても分かるだろ？」

　私は頷く。今宮に教えられた情報を踏まえ、改めて被疑者らの車種を見ると、車体がどんなものか想像しやすくなった。今宮の講義が、学生に人気が高いのも頷ける。

「車の種類と部位が分かったところで、次は車両による損傷の分類だ」

歩行者が車に衝突されると、
①車体の前面で下半身を強打
②ボンネット上に掬《すく》い上げられてフロントガラス等に頭部や背中が衝突
③路上に落下
と、三段階に分けられ、それぞれを「一〜三次損傷」と呼ぶ。三次損傷の後、他の車に「轢過《れきか》」された場合はそれを「四次損傷」と言う。轢過とは車両が人体の上を通過することだ。


ここで今宮は、若竹百花の解剖写真と被疑車両の写真を私の目の前に並べ直した。

「若竹百花の全身の損傷を一次損傷から四次損傷まで分類していくぞ。骨盤骨折・大腿部背面・膝窩部（膝裏）・下腿背面（ふくらはぎ）上部の筋肉内出血・筋挫滅は一次損傷に該当《がいとう》する。一次損傷はバンパーやヘッドライトなどに当たって生じる打撲がメインで、特にこの膝窩部から下腿背面上部の損傷はバンパー衝突による『バンパー創《そう》』だ」

バンパーの高さは普通乗用車では三十〜四十センチメートル、大型車では五十〜七十センチメートル。解剖時に若竹百花のバンパー創を足底《そくてい》から測定した際、三十〜四十センチメートルの高さに集中していた。

「次に二次損傷。頭蓋骨骨折・脳挫傷・頸椎骨折による頸髄損傷・背面の肋骨骨折。ボンネット上に掬い上げられ、頭部と背中を強打したせいでできた損傷だ。おそらく、被疑車両のフロントガラスは蜘蛛《くも》の巣状に割れているだろう」

今宮いわく、大型車やワンボックスカーの場合はボンネットがない分、一次損傷と二次損傷が同時に発生するらしい。

「続いて三次損傷。車両と衝突後、路上に落下した際の損傷。脾臓挫傷・左腎臓挫傷・左上腕、前腕の筋肉内出血。左腕は骨折がなく、筋肉内の出血だけで済んだのは草むらにふっ飛ばされたからだ。草がクッションになった」

「損傷が左側に集中していますね」

「左側を下に落下したからだ。以上の解剖所見より、若竹百花は被疑車両に後ろから衝突され、ボンネットとフロントガラスに衝突後、草むらに左側臥で落下したということが分かる」

「あれ？　四次損傷はないんですか？」

「おお。やるじゃないか。よく気づいたな。若竹百花の身体にタイヤ痕《こん》（タイヤマーク）がないだろう。よって、車両に衝突されただけで轢過されていないことになるから四次損傷はナシだ。勿論、『多重轢過』もない」

多重轢過とは、一台以上の車両に轢かれることで、特に高速道路や夜道で発生する頻度が高い。倒れている人に気づかず、または、気づいてもブレーキが間に合わず何台もの車が一人の人間を轢いてしまう。複数の車が絡んだ事故は非常に厄介だ。

「さて、これにて被疑車両を推理するに足る情報は全て提示した。これらの情報を踏まえ、被疑車両を特定してみたまえ。尚、被疑車両は一台のみである。健闘を祈る」

「『読者への挑戦』みたいな台詞《せりふ》言わないでくださいよ。ミステリ小説を読まない癖に、何で知ってるんですか」

「もう殆ど答えを言ったようなもんだから、ヒントなしだぞ。ほれ、当ててみろ」

今宮は、車の写真五枚を私の方へ滑らせる。私は一枚ずつ写真を手に取り細部まで観察するものの、何も浮かんで来ない。今宮は、早く自らの推理を披露したくて堪《たま》らないのか、ニヤニヤと嬉しそうだ。

「ほい、残念。時間切れ。仕方がないから、俺が推理してやる」

今宮が私に与えたシンキングタイムは僅《わず》か数分。結局、私に被疑車両を当てさせる気は皆《かい》無《む》なのだ。

「まずは、若竹百花の一次損傷に着目してみろ」

「ええっと……。下肢は筋挫滅や筋肉内出血がメインで、骨折がないですね」

「いい所に気づいたな。それで車の時速が分かる。おそらく、時速三十〜四十キロメートルで衝突されたんだろう。それ以上の時速だと骨折が発生して、より重傷になる」

車の速度が時速二十キロメートル以下だと、車に押し倒される。一方、時速五十キロメートル以上になると人体は上方に撥《は》ね上げられ、時速七十〜八十キロメートル以上ともなれば、撥ね上げられた人体の下を車がすり抜けるので、人は車の後方に落下する。

「他に気づいたことは？」

「…………」

「ボンネットだ、ボンネット。車の写真をよく見ろ。俺はさっき、既に答えを言ったぞ」

軽トラック、ワンボックス、ＳＵＶ、セダン、軽のワンボックス——。

「もしかして、ボンネットの有無ですか？」

「ようやく分かったか」

今宮は、やれやれと大袈裟に肩を竦《すく》める。

「先ほどの説明でも言った通り、若竹百花はボンネットがある車種に衝突された可能性が高い。もし、ボンネットのない車に衝突されていたら、頭部と胸部の損傷は更に重傷になっていた筈。そうなると、この五台の内、ボンネットのない三台が消える」

今宮は、軽トラック、ワンボックス、軽のワンボックスの写真を裏返す。

「残ったのはＳＵＶとセダンだ。他に何か気づいたか？」

「あっ！　バンパー創ですか？　若竹百花のバンパー創は足底から三十～四十センチメートルの高さに集中していました」

「ご明察《めいさつ》。このSUVは大型で、バンパーは普通乗用車よりも高い位置にある。よって、SUVが被疑車両であればバンパー創は下腿よりも上に来る。それに、SUVによる衝突ではかなりのダメージを食らう。もし、SUVに当たられていたら、若竹百花の損傷はもっと酷かった筈だ。――そうなると最後に残ったのは……」

今宮はSUVの写真を裏返し、残ったセダンを指で突《つつ》く。

「コイツで間違いない」

「こ、これが被疑車両ですか……」

私が恭《うやうや》しくセダンの写真を掲《かか》げると、今宮は満足そうだ。セダンの持ち主は新妻祥子。小学生の子供がいる主婦だ。

「こういうのを『安楽椅子探偵』と言うんだろ？」

「はい!?」

「違うのか？」

「え、いや……」

「安楽椅子探偵」とは、現場に行かず情報のみで謎を解く探偵のことで、そのような内容の物語を「安楽椅子探偵もの」と言ったりして、ミステリファンにはお馴染みの用語だ。

それにしても、今宮の口からミステリ用語が飛び出るとは思わなかった。何度も言うが、今宮はミステリを全く読まない筈なのに、一体どのようにして「安楽椅子探偵」という言葉を知ったのだろう。もし覚えたてなら、その言葉をやたらと使いたがる様は、まるで子供みたいではないか。

「事故現場に行かずして、警察からの情報だけで推理して犯人を特定したろ？」

今宮は腕を組んだまま踏ん反り返る。

「だから俺も、安楽椅子探偵って訳だ。違うか？」

「ええ、まぁ……。そうなり、ます、ね」

私は、少し違うのではないか、と言い掛けてやめた。確かに今宮は、遺体の解剖結果と警察からの捜査情報のみで犯人を推理した。法医学者は、遺体から事件の全容を推理する安楽椅子探偵と言っても過言ではないのでは、と考え直した。

「お、雨が上がったみたいだな」

今宮がそう言うので窓の外に目を遣《や》ると、天気が嘘のように回復し、雲の切れ間から光が差している。

「ちゃんと梅雨明けして、夏らしい夏が来ればいいですね」

「嬉しそうだな。頭の皿の水が乾かないように気をつけろよ、おかっぱ」

東北は結局梅雨明けせずに夏が終わる、といったことが度々ある。ただでさえ東北の夏は短いのに、梅雨が明けずにグズグズした天候が続くと気が滅入る。やはり夏は太陽が主役でないと。

今宮は、私が季節の中で夏が一番好きだということを知っている。暑がりの今宮は、夏が大嫌いで冬を好む。冬でも半袖の時があるぐらいだ。夏になると今宮は、いつもの威勢がなく、動物園のホッキョクグマのようにぐったりしている。そして冷たい物を摂《と》り過ぎて夏バテを起こすという悪循環に陥《おちい》るのだ。

「梨木は、夏休みをいつ取るんだ」

「お盆の頃にしようかと。大学時代の友人から『ウチの村に遊びに来ないか』とお誘いがあったんですよ。彼女の家は神社で、更に近所には即身仏《そくしんぶつ》を祀《まつ》った有名なお寺があるみたいで。神社仏閣好きの私にとっては魅力的な場所です。観光がてら、のんびり滞在して来ます」

「殺人事件が起こっても助けに行かんからな」

「起こる訳ないじゃないですか。どこかの名探偵じゃあるまいし、そうそう殺人事件に巻き込まれたりしませんよ。今宮先生は取らないんですか？　夏休み」

「取ってもやることがない。おそらく、大学に来るだろう」

「とんだワーカホリックですね。定年後、自宅の地下室なんかに解剖室を作らないでくださいよ」

その時だ。今宮のスマートフォンに着信が入る。

「噂をすれば。仙台北署からだ」

今宮は嬉々として椅子から立ち上がり、会話を始める。しかし、数分後には眉間に皺が寄り始めた。傍《はた》から会話の内容を聞く限り、轢き逃げ犯が出頭して来たようなのだが――。

今宮は通話を切ると、憮然《ぶぜん》とした様子で椅子に音を立てて腰掛ける。

「被疑者が出頭して来たんですよね？　その様子だと推理が外れたんですか」

「――いいや。当たってた」

「凄いじゃないですか！　それなら、どうして不機嫌なんですか？」

「轢き逃げ犯は新妻祥子じゃなかった」

「へ？　どういう意味ですか？」

何と仙台北署に出頭して来たのは、新妻祥子と不倫関係にある男だった。新妻祥子とは高校時代の同級生らしい。二人はホテルで逢引きの帰り、若竹百花を撥ねた。男が新妻祥子のセダンを運転し、新妻祥子は助手席に乗っていた。二人は不倫がバレるのではないかと恐れ、若竹百花の救護をせず現場から逃げ去ったのだ。

「クソッ！　運転していたのは誰かまでは当てられなかったぜ」

今宮は心底悔しそうで、机をバンバン叩く。被疑車両を当てたのに、何故ここまで悔しがるのか分からない。私は机の上に散らばった書類や写真を掻き集めて今宮に渡した。

「そ、そりゃあ、当然ですよ。車両を特定しただけでも凄いですって」

「名探偵なら、犯人まで特定しなけりゃならんだろうが」

「どうしてそこまで名探偵にこだわるんですか。今宮先生はよくやりましたよ。いやぁ、名推理でした。はい、凄い凄い」

私は拍手してやった。何故、私がここまで今宮を慰《なぐさ》めなければならないのだろう。今宮は、そうか、と少し機嫌を直したようだ。

「今年の夏は暑くなりそうだな」

じゃあな、と今宮は伸びをしながら検査室を出て行く。今宮を見送った後、私は大きな溜息をつく。何だか疲れた。

しかし、今宮の洞察力は鋭く法医学者としてのセンスは抜群だと改めて認識した有意義な時間だった。

窓の外はすっかり分厚い雲が晴れ、オレンジ色の空が広がっている。おそらく梅雨明けだ。もう夏の匂いがする。

夏が来れば溺死遺体の解剖が増える。溺死遺体の解剖が増えれば、プランクトン検査が増える。今からそれらを考えると気が滅入るが、大好きな夏が来るのだから、沈んでばかりはいられない。季節を楽しまないと。

私は来《きた》るべき夏に思いを馳《は》せつつ、検査室を後にした。

参考文献

・エッセンシャル法医学　第3版　髙取健彦　編集　医歯薬出版
・学生のための法医学　第4版　永田武明　原三郎　編集　南山堂
・検死ハンドブック　高津光洋　著　南山堂
・臨床法医学テキスト　佐藤喜宣　編著　中外医学社
・法医学　第4版　若杉長英　著　金芳堂
・病気がみえるvol.1 消化器　第4版　医療情報科学研究所　編集　メディックメディア
・病気がみえるvol.6 免疫・膠原病・感染症　医療情報科学研究所　編集　メディックメディア
・図説　英国貴族の城館　カントリー・ハウスのすべて　田中亮三　文　増田彰久　写真　河出書房新社
・図説　英国庭園物語　小林章夫　著　河出書房新社
・中毒症のすべて　いざという時に役立つ、的確な治療のために　黒川顕　編集　永井書店
・毒の科学　毒と人間のかかわり　船山信次　著　ナツメ社
・クルマのすべてがわかる事典　青山元男　著　ナツメ社

解説

東《あづま》えりか

死体は何も語らない。原因も苦痛も、誰であるのかさえ周りに知らせてくれない。だが「死」の理由が必ずあるはずだ。

人の死を研究することで医学は進歩してきた。病であれ、怪我《けが》であれ、次は死なせないという医療関係者の強い意志が働いている。だからこそ無惨な死の捜査に携わる者は、死体から放たれる声なき声に注意深く耳を傾けるべきではないだろうか。

小松亜由美《こまつあゆみ》のデビュー小説『誰そ彼の殺人』は不可解な死の原因を探る最前線、大学の法医学教室が舞台である。

語り手は仙台に位置する国立大学、杜乃宮《もりのみや》大学医学部法医学教室の臨床検査技師で法医解剖技官の梨木楓27歳。小学校高学年のときに横溝正史《よこみぞせいし》の『獄門島《ごくもんとう》』を読んで推理小説にはまった。多くの小説を読み漁《あさ》るうちに法医学や科学捜査に興味を持ち、病膏肓《やまいこうこう》に入《い》るというべきか、法医学教室での職を得たくて臨床検査技師の資格を取り解剖技官としてこの教室にもぐりこんだ変わり種である。

杜乃宮大学の法医学教室は宮城県内で発見される異状死体（変死体）の死因究明を一手に引き受けている。楓は若き准教授で新進気鋭の法医学者、今宮貴継《いまみやたかつぐ》のもと、警察から運び込まれる身元や死因が不明の死体を日々解剖し続けている。

昨今では法医学者や監察医が警察と協力して事件を解決する、というドラマや小説が花盛りだ。「科捜研の女」「監察医朝顔」「法医学教室の事件ファイル」など人気が高い番組はシリーズ化されている。男性が主役の作品もないではないが、毅然《きぜん》とした主演女優のキャラクターが受けているのだろう。

そもそも日本の司法制度の中で法医学者の役割とは何か。

大阪府監察医事務所の監察医務監であり、元東京大学大学院医学系研究科・医学部法医学・医事法学分野教授の吉田謙一《よしだけんいち》氏は、著書である『法医学者の使命「人の死を生かす」ために』（岩波新書）でこう説明している。

法医学の役割は、〝異状死〟の死因を解剖・検査を通して究明し、法的判断の根拠を提供することにある。〝異状死〟とは、病状の悪化を医師が観察し、臨終を看取って死亡診断書を交付できる〝自然死〟以外の全ての死である。その死に関して法的問題が生じる可能性があるため、第三者による公的死因究明を要する。何より、死因は、科学（医学）的根拠、客観的事実に基づいて診断しなければならない。

本書に収められている四作の短編小説には、温泉旅館での不審死、沼地に沈められていた口が破壊され手足が切断された死体、限界集落の小さな池に遺棄された老人、自動車の轢《ひ》き逃げ事故で道端に放置された女子高校生が、なぜ死に至らなければならなかったのかを今宮と楓だけでなく、宮城県警本部の検視官である小倉《おぐら》由樹《よしき》警部と吉田巌《よしだいわお》検視官補佐の協力のもとに解決していく。

事故なのか殺人なのか、それを判断するために、彼らは塵《ちり》一つ見逃さぬように周囲の状況を調査し、遺体の外観を観察した後、内臓や脳を体内から取り出して視認し、病理検査にかけて原因を探る。

その過程で思いもよらない病気を発見したり、人間関係の諍《いさか》いに巻き込まれたりもするが、法医学の医師や技官はあくまで科学的な結論を求めなくてはならない。

楓が憧れて入った職場とはいえ、現実は過酷だ。現場の惨状や解剖遺体の損傷の酷さのあまり、臨場する警察官でさえ失神は当たり前。重い遺体を移動させるため、小柄な女性と言えど体力が必要とされる。検体の扱いは細心の注意が必要で、観察眼に至っては、一つの見落としが冤罪《えんざい》を発生させる恐れさえあるのだ。

本書の読みどころの一つが解剖場面である。一体の死体を解剖開始から、すべてを終えて縫合《ほうごう》するまでの過程は迫力満点で、微に入り細を穿《うが》つ。

例えば「恙《つつが》なき遺体」の被害者、芦田太一《あしだたいち》の解剖はこう始まる。

脊椎《せきつい》に沿ってメスを入れ、広背筋《こうはいきん》や脊柱起立筋《せきちゆうきりつきん》を捲り骨膜剝離子と呼ばれる器具で骨に付着している僅かな筋肉を剝がし、肋骨を綺麗に露出させる。更に棘上筋《きよくじようきん》と棘下筋《きよくかきん》を剝がすと、肩甲骨が出て来る。

一体の解剖に費やすページは10ページ以上。筋肉などのパーツは何とかついていけたが、専門的に使われる器具までは解らなかった。いやはや細かい。

それもそのはず、著者の小松亜由美は大学の医学部法医学教室に勤務する現役の法医学解剖技官であり、多くの異状死体の解剖に携わっており、ドラマなどの撮影現場において法医学の監修をした経験を持つという。

楓が影響を受けた『獄門島』はどうやら著者本人がそうであったとのこと。法医学教室に入るために臨床検査技師になった楓のように、ミステリーを書くために法医学解剖技官になったのではないか、と思わせる。

二足の草鞋《わらじ》を履《は》く推理小説家は少なくない。医師、弁護士はもとより、新聞記者や大学教授、ビジネスコンサルタントなど、前職だけでなく現役で二刀流を続けている人も多くなった。だが、異状死体の解剖現場最前線で働く解剖技官の登場には、驚かされた。

その強みは本書でふんだんに生かされている。通常のミステリー小説では「法医学者によってこんな結果が出ました」という報告だけで事件解決に導くが、本書ではそこに至るまでの手数の多さ、知識のない人には踏み込めない詳細な情報が鏤《ちりば》められているのだ。

例えば一作目の「恙なき遺体」の解剖現場で被害者が急死であると今宮が見破った根拠について「急死の三徴候」という法医学では常識である原則を披露している。ミステリー小説はずいぶん読んできたつもりだが、この法則は初めて知った。

これらの知識を持っているかいないかで、小説のリアリティが全く違ってくる。もちろんストーリー展開そのものに関係しない冗長な知識の披露は害でしかないのだが（だから読み飛ばす、という読者も多くいるのは確かだが）、専門的な知見によって魅力的なディテールが描写され、謎解きの妙味が生まれてくるのだと思う。

収録されている四篇それぞれは医学・科学的根拠を踏まえながら、本格ミステリーを織り込んで新鮮な驚きをもたらしてくれる。ホームズとワトソンにたとえれば、今宮が冷静なホームズで楓が情緒的なワトソン。しかしこのワトソン、解剖現場に臨場するとテキパキと良く動き、そこに感情の入る余地はない。若いコンビが活躍するこのシリーズは続編を執筆中と聞くと、次回作が待ち遠しい。

だが一つ心配なことがある。本書単行本の発売は2019年の5月。その年末から新型コロナの感染が始まった。

日本では年間約100万人以上が何かの原因で死んでいく。警察庁刑事局の発表した2018年に警察が扱った遺体の解剖率は宮城県で10%以上15%未満。新型コロナ禍で行動の自由がきかない今、なんらかの犯罪による死の原因が明らかにされていないかもしれないのだ。

本書の冒頭で解剖台前に立つときの装備が詳しく語られる。術衣の上に足元まであるディスポーザブルの長いガウンと帽子。顔にはフェイスシールドに口にはN95マスク。ニトリル製の手袋を二重にはめ、宇宙服のようないで立ちは、ここ一年ですっかりおなじみになってしまった。

解剖時にこの姿をするのは、感染症予防であるのだが、まさに今は新型コロナという感染症爆発の真っ只中。N95マスクなんてほんの2年前は誰も知らなかっただろう。

こんな世の中でも異状死体は後を絶たず、検死をおろそかにするわけにはいかない。ミステリー小説にこのパンデミックを織り込むためには医学的な知識がどうしても必要となる。法医学解剖技官の著者ならば、全く新しい形の医療ミステリーが書けるかもしれない。

原因は究明できても死者の思いは辿《たど》れない。だが小さな細胞ひとつからわかる真実がある。それを求め、楓は今日もメスを振るい死者の無念を晴らすのだ。

――書評家

この作品は二〇一九年五月小社より刊行されたものです。

誰《た》そ彼《がれ》の殺《さつ》人《じん》

小《こ》松《まつ》亜《あ》由《ゆ》美《み》

令和3年10月10日　初版発行

発行人———石原正康
編集人———高部真人
発行所———株式会社幻冬舎
〒151-0051東京都渋谷区千駄ヶ谷4-9-7
電話　03(5411)6222(営業)
03(5411)6211(編集)
振替00120-8-767643
印刷・製本—中央精版印刷株式会社
装丁者———高橋雅之

幻冬舎文庫

ISBN978-4-344-43131-7　C0193　こ-44-1